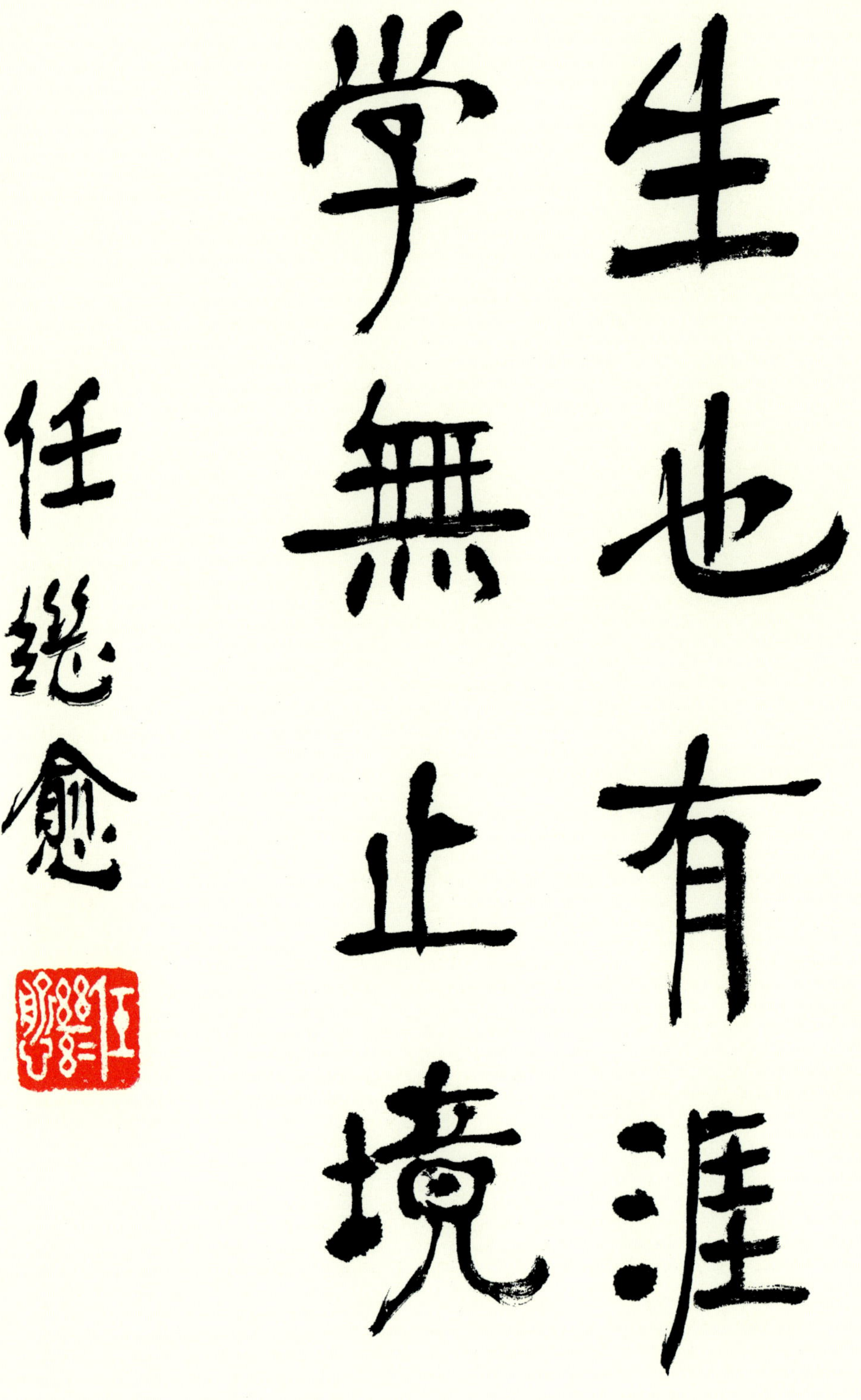
生也有涯
学無止境
任繼愈

以厚積薄發四字篆印一方
贈高等教育出版社

# 厚積薄發

李嵐清
二〇〇七年初秋

教育部
哲学社会科学研究
后期资助项目

# 库切作品与后现代文化景观

# J. M. Coetzee and Postmodern Cultural Spectacle

邵凌　著

高等教育出版社·北京

**图书在版编目（C I P）数据**

库切作品与后现代文化景观 / 邵凌著 .-- 北京：
高等教育出版社，2016.1
ISBN 978-7-04-044476-6

Ⅰ. ①库… Ⅱ. ①邵… Ⅲ. ①库切，J. M. 一文学研究
Ⅳ. ① I478.065

中国版本图书馆 CIP 数据核字（2015）第 306849 号

# 库切作品与后现代文化景观
KUQIE ZUOPIN YU HOUXIANDAI WENHUA JINGGUAN

策划编辑　孙　璐　　责任编辑　孙　璐　张　岩　　封面设计　张志奇
版式设计　杜微言　　责任校对　吕红颖　　责任印制　韩　刚

| | | | |
|---|---|---|---|
| 出版发行 | 高等教育出版社 | 咨询电话 | 400-810-0598 |
| 社　　址 | 北京市西城区德外大街4号 | 网　　址 | http://www.hep.edu.cn |
| 邮政编码 | 100120 | | http://www.hep.com.cn |
| 印　　刷 | 涿州市星河印刷有限公司 | 网上订购 | http://www.hepmall.com.cn |
| 开　　本 | 787mm×1092mm　1/16 | | http://www.hepmall.com |
| 印　　张 | 14.25 | | http://www.hepmall.cn |
| 字　　数 | 200 千字 | 版　　次 | 2016 年 1 月第 1 版 |
| 插　　页 | 2 | 印　　次 | 2016 年 1 月第 1 次印刷 |
| 购书热线 | 010-58581118 | 定　　价 | 48.00 元 |

本书如有缺页、倒页、脱页等质量问题，请到所购图书销售部门联系调换

物 料 号　44476-00

# 总　序

哲学社会科学是探索人类社会和精神世界奥秘、揭示其发展规律的科学，是我们认识世界、改造世界的有力武器。哲学社会科学的发展水平，体现着一个国家和民族的思维能力、精神状态和文明素质，其研究能力和科研成果是综合国力的重要组成部分。没有繁荣发展的哲学社会科学，就没有文化的影响力和凝聚力，就没有真正强大的国家。

党中央高度重视哲学社会科学事业。改革开放以来，特别是党的十六大以来，以胡锦涛同志为总书记的党中央就繁荣发展哲学社会科学作出了一系列重大决策，党的十七大报告明确提出：“繁荣发展哲学社会科学，推进学科体系、学术观点、科研方法创新，鼓励哲学社会科学界为党和人民事业发挥思想库作用，推动我国哲学社会科学优秀成果和优秀人才走向世界。”党中央在新时期对繁荣发展哲学社会科学提出的新任务、新要求，为哲学社会科学的进一步繁荣发展指明了方向，开辟了广阔前景。在全面建设小康社会的关键时期，进一步繁荣发展哲学社会科学，大力提高哲学社会科学研究质量，努力构建以马克思主义为指导，具有中国特色、中国风格、中国气派的哲学社会科学，推动社会主义文化大发展大繁荣，具有十分重大的意义。

高等学校哲学社会科学人才密集，力量雄厚，学科齐全，是我国哲学社会科学事业的主力军。长期以来，广大高校哲学社会科学工作者献身科学，甘于寂寞，刻苦钻研，无私奉献，开拓创新，为推进马克思主义中国化，为服务党和政府的决策，为弘扬优秀传统文化、培育民族精神，为培养社会主义合格建设者和可靠接班人做出了重要贡献。本世纪头20年，是我国经济社会发展的重要战略机遇期，高校哲学社会科学面临着难得的发展机遇。我们要以高度的责任感和使命感、强烈的忧患意识和宽广的世界眼光，深入学习贯彻党的十七大精神，始终坚持马克思主义在哲学社会科学的指导地位，认清形势，明确任务，振奋精神，锐意创新，为全面建设小康社会、构建社会主义和谐社会发挥思想库作用，进一步推进高校哲学社会科学全面协调可持续发展。

哲学社会科学研究是一项光荣而神圣的社会事业，是一种繁重而复杂的创造性劳动。精品源于艰辛，质量在于创新。高质量的学术成果离不开严谨的科学态度，离不开辛勤的劳动，离不开创新。树立严谨而不保守，活跃而不轻浮，锐意创新而不哗众取宠，追求真理而不追名逐利的良好学风，是繁荣发展高校哲学社会科学的重要保障。建设具有中国特色的哲学社会科学，必须营造有利于学者潜心学问、勇于创新的学术氛围，必须树立良好的学风。为此，自2006年始，教育部实施了高校哲学社会科学研究后期资助项目计划，旨在鼓励高校教师潜心学术，厚积薄发，勇于理论创新，推出精品力作。原中央政治局常委、国务院副总理李岚清同志欣然为后期资助项目题字“厚积薄发”，并篆刻同名印章一枚，国家图书馆名誉馆长任继愈先生亦为此题字“生也有涯，学无止境”，此举充分体现了他们对繁荣发展高校哲学社会科学事业的高度重视、深切勉励和由衷期望。

展望未来，夺取全面建设小康社会新胜利、谱写人民美好生活新篇章的宏伟目标和崇高使命，呼唤着每一位高校哲学社会科学工作者的热情和智慧。让我们坚持以马克思主义为指导，深入贯彻落实科学发展观，求真务实，与时俱进，以优异成绩开创哲学社会科学繁荣发展的新局面。

教育部社会科学司

# 序

这些年来，诺贝尔文学奖的一个神奇效应是能够把一位大众视线之外的文学大师一下子放进学界的法眼，很快形成一个新的研究热点，集中产生出大量新的研究成果。库切就是通过这种方式，在荣获 2003 年诺贝尔文学奖后，迅速成为我国外国文学研究者热情关注的研究对象，他的汉译作品一时成为出版社争相印行的书籍，那时他已经六十多岁了。不过，在中国学术视野里似乎有些迟来的库切研究确实也有具备优势的地方，譬如库切已经完成了其艺术个性的复杂的、难免曲折多变的生成过程，已经把他所能创造的至少是大部分最好的艺术成果呈现出来了，国外的库切研究已经积累了相当丰富的文献，等等。这些条件在很大程度上促成了国内的库切研究在不长时间里就结出了累累果实，迄今已经出版了不少专著，研究论文更是连年不断，使库切研究成为外国文学研究领域里的一个重要方向。

当然，库切之所以引人注目，成为当代外国文学研究的重要议题，主要还是因为作家及其作品自身具有十分丰富的文学和文化内涵。库切生长于南非，游学英美，移民澳大利亚，做过信息技术工作，也在大学里教授文学，广泛的生活体验和多样的地理阅历以及既创作亦研究的文学生涯，注定库切不仅是一位把遥远的南非景象呈现在我们面前的可靠的优秀作家，而且也是以特殊身份穿越到当代西方生活，因而以不同于西方本土作家的眼光把西方现实再现出来的文学大师。其实，库切成为一位真正意义上的世界文学家，不只因为诺贝尔文学奖是世界级的奖项，更因为库切身上典型地体现了全球化过程中的流动性和多样性。然而不无遗憾的是，库切研究成果大都采用了后殖民批评的话语系统，几乎让库切定型为一位后殖民作家，这样做显得有些单薄。

邵凌的这部专著把库切作品置于 20 世纪后半叶至 21 世纪初的当代世界社会文化的整体语境中进行考察分析，发现了文学表征与西方文化传统及其当代嬗变之间千丝万缕的复杂关系，指出库切的早期作品反映了一个有良知的白人知识分子对种族隔离制度的憎恶和批判，表达了深深的道德愧疚，而库切着力解构以殖民主义为代表的各种压迫性意识形态，这一举动与当代西方兴起的颠覆线性宏大叙事、拆解传统意义上的西方主体的后现代解放浪潮是紧密呼应的。在创作后期，库切的主题与当下西方社会的生活发生了更为密切而全面的联系，后现代大都市以及大都市中发生的形形色色的故事成为其小说的主要内容，表明作家的视野覆盖了西方社会的历史和现在，甚至扩展到整个世界。在如此拓展了的视角之下，库切的形象显然丰满了许多。当然，完成这样一项研究课题，对作者的知识宽度、思辨能力、理论水平以及学问耐心的要求之高，也是可想而知的。

值得庆贺的是，邵凌几度寒暑，数易其稿，终于成书付梓，为库切研究再添新作。我不敢妄加预测读者反响会如何，但是相信本书不仅可大力拓展库切作品的阐释空间，而且它所提及的诸多议题将为后来的研究提供珍贵的启发。是以识并序。

马海良

2015 年 4 月　北京

# 目　录

# Contents

# 绪言



J. M. 库切（John Maxwell Coetzee）是一位颇具声望的用英语进行文学创作的作家，2003 年获诺贝尔文学奖，并获得包括英国文学最高奖布克奖、法国费米那文学奖等在内的多个国际奖项，享誉当今世界文坛。

1940 年，库切出生于南非一个普通的荷兰裔家庭，接受了传统英式教育。1961 年获开普敦大学文学和数学学士学位后，由于厌恶南非种族隔离的社会现实，远渡重洋来到英国伦敦，就职于国际商业机器公司（IBM）从事计算机软件开发工作。在此期间，取得开普敦大学的文学硕士学位。四年之后，库切去了美国，在德克萨斯大学攻读博士学位，之后在纽约州立大学任教。旅美期间，库切阅读了大量有关早期南非殖民史的资料，对南非的历史与现实产生新的认识。1972 年库切返回南非，在开普敦大学任教，开启了文学创作生涯。处女作《幽暗之地》（*Dusklands*，1974 年）出版后引起学界的关注，之后，库切有多部小说面世。《内陆深处》（*In the Heart of the Country*，1977 年）获南非 CNA 文学奖，《等待野蛮人》（*Waiting for the Barbarians*，1980 年）获布克奖。他 20 世纪 80 年代的作品还包括《迈克尔・K 的生活与时代》（*Life and Times of Michael K*）和《福》（*Foe*）。90 年代的库切笔耕不辍，1990 年《铁器时代》（*Age of Iron*）问世，《彼得堡的大师》（*The Master of Petersburg*，1994 年）、《耻》（*Disgrace*，1999 年）相继出版。由于《耻》中存在一些对后种族隔离时代的新南非的负面描写，小说出版后在南非国内引起轩然大波，一时间，库切成为舆论非议的中心，还遭到南非总统姆贝基点名批评。这与他后来移居澳大利亚并加入澳籍有一定的关系。《伊丽莎白·科斯特勒：八堂课》（*Elizabeth Costello*: *Eight Lessons*，2003 年）、《慢人》（*Slow Man*，2005 年）、《凶年纪事》（*Dairy of a Bad Year*，2007 年）是他移居澳大利亚之后的作品。库切是一位出色的作家，虽然作品数量不是很多，却相当用心，在写作手法上多有创新，几乎部部都是精品。小说创作之余，他还是一位知名的评论家和学者，许多文章在《比较文学》（*Comparative Literature*）、《文学语义学学报》（*Journal of Literary Semantics*）、《现代文学学报》（*Journal of Modern Literature*）、《现代语言笔记》（*Modern Language Notes*）以及 *PMLA*（现代语言协会会刊）等国际期刊上发表。1988 年，评论集《白色写作》（*White Writing*: *On the Culture of Letters in South Africa*）由耶鲁大学出版社出版。库切的其他三本批评文集分别是《双重视角：散文和访谈集》（*Doubling the Point*: *Essays and Interviews*，1992 年）、《异见：论书籍审查制度》（*Giving Offense*: *Essays on Censorship*，1996 年）与《异乡人的国度：散文（1986—1999）》（*Stranger Shores*: *Essays 1986–1999*，2001 年）。此外，库切还著有三部自传作品：《男孩》（*Boyhood*，1997 年）、《青春》（*Youth*，2002 年）与《夏日》（*Summertime*: *Scenes from Provincial Life*，2009 年），为库切研究提供了宝贵的第一手素材。

库切的成长经历与身份注定他不是在欧洲文化中心，而是在相对边缘的位置用英语写作。库切的书写与后殖民主义反殖民、反霸权的思想，与后现代哲学重思辨、反中心、追求个体化多元言说、倡导边缘的精神之间存在高度的契合。虽然库切对于将自己的小说与某种文学理论等同起来的做法相当排斥，但他并不否认从文学理论中吸取了许多有用的养分进行创作。正像他在访谈中所表述的：文学理论是一种哲学论述，对此他并不在行；

对于后结构主义，他主要采取“拿来主义”的态度，即对那些好的东西兼容并蓄，把它们吸收过来用于创作[①]。因此，主体、历史、权力、话语、殖民与去殖民、叙述/文本的权威等后殖民、后结构主义的热点议题，都是库切小说表现的重点。同时，库切也是一位叙述大师，非常擅长小说的形式建构，乐于尝试新的手法，几乎每部小说都要变换叙述套路，常常被人冠以“形式实验先锋”的称号。现实主义、现代主义、魔幻现实主义、寓言讲述，以及后现代的元小说、互文、拼贴等截然不同的艺术表现手法，出现在他不同时期的作品中，或是在同一部作品中以杂糅的方式呈现。他的小说叙述风格复杂多变，笔调时而冷峻克制，时而狂热犹如呓语，总能散发出强大的磁场牢牢地吸引住读者。鉴于以上原因，库切的小说一直受到国内外学者的重视，是当代英语文学研究所钟爱的作家之一。

国内的库切研究始于21世纪初。在2003年以前，库切对于大部分中国读者来说还很陌生。2001年刊登在《外国文学》第五期的《越界的代价——解读库切的布克奖小说〈耻〉》，是笔者查到的中国期刊全文数据库收录的最早一篇关于库切的文章。这种局面在2003年库切荣获诺贝尔文学奖之后发生了明显的改变。大众和学界对他的关注度陡然上升，关于其生平和作品的介绍性文章在短时间内出现在各大报纸和学术期刊上，大大提高了库切在中国的知名度。浙江文艺出版社更是在不到一年的时间里相继出版了《等待野蛮人》《彼得堡的大师》《青春》《伊丽莎白·科斯特勒：八堂课》等多部小说。随即，库切研究在国内掀起了一个小高潮，每年都有若干篇论文被中国期刊全文数据库收录，而且近年来呈现出快速增长的势头。此外，《后殖民语境里的库切》（高文惠著）、《历史话语的挑战者——库切四部开放性和对话性的小说研究》（段枫著）等几本很有分量的专著也相继出版。简言之，研究者们从不同的文学理论视角出发深度阐释库切作品，研究成果无论在质还是量上都很突出。另一方面，研究界也存在着专著数量不多，且已出版的几本专著大多是从后殖民语境解读库切作品的

① Richard Begam, “An Interview with J. M. Coetzee.” Conducted by Richard Begam, *Contemporary Literature* 33, 3 (1992): p.422.

现象。虽然后殖民的研究路径拓宽了库切研究的道路，功不可没，然而，库切作品的广度与深度超出了后殖民研究的高度与覆盖范围，这已是共识。因此，笔者尝试把库切作品放到它们得以产生的 20 世纪后半叶以及之后的历史语境中，以此来观照库切的创作。

库切的创作大致可以分为三个阶段：20 世纪 70 年代属于摸索与实验的早期阶段，80、90 年代的作品日趋成熟，《耻》之后的作品被归为晚期之作。从内容上看，库切早中期的作品重在解构以殖民主义为代表的各种压迫性意识形态，颠覆线性宏大叙事，消解传统意义上的西方主体，反映了一个生活在种族隔离社会里的有良知的白人知识分子难以化解的深重的愧疚感和道德包袱。在创作的后期，虽然这些议题也时有出现，然而逐渐淡出南非语境的库切的创作与当下西方社会的生活发生了更为紧密的联系，后现代大都市以及大都市中发生的故事占据了库切小说的舞台，体现了触角敏锐的作家对新时代、新议题的感知。当然，这是为了论述方便而姑且采用的一个相对的划分，毕竟，作家的创作不可能用一条界限分明的时间线来一刀切。从形式上看，库切的小说带有明显的后现代主义小说的美学特征。可以说，作为一位崛起于 20 世纪 70 年代的著名作家，库切的创作与后现代社会文化语境之间的关联是不言自明的。一方面，他深受后结构主义、后殖民、女性主义、非人类中心主义、非白人族裔民权运动、残疾人权利运动等理论、思潮与实践活动交汇而成的文化语境的影响，在创作中融入了上述元素与议题，与其他文化文本（包括文学的和非文学的）形成互文；另一方面，他独树一帜的言说又在上述文化现象的传播与发展上发挥了自身的作用，丰富了这一时期的文化空间。换言之，库切的创作是在后现代的世界模式与范式的观照下产生的，并且参与了这一模式与范式的再生产。

一言以蔽之，本书把库切的创作置放于 20 世纪后半叶至 21 世纪初的历史的、文化的场域中，吸纳借鉴了多种文学理论的视角与观点来观照库切的小说，探讨后现代文化语境对库切创作的影响、库切小说的意义与美学特征。

# 总论

克勒然认为，库切的小说“代表了现代文学的一个独特时刻，在那里后现代和后殖民因素在一个特定的领域和地点相会，即被历史地分裂和仍具分裂性的南非历史之中”[①]。克勒然以高度概括的语言提炼了他对库切创作的认识，肯定了库切小说的后殖民和后现代因素，指出库切小说以后殖民和后现代的历史眼光观照南非的苦难史，形成“现代文学的一个独特时刻”。（这里的现代文学是一种泛指的、笼统的称呼，泛指启蒙运动之后延续至今的文学，而非现代主义文学）的确，库切研究注定无法回避南非苦难的国史，更离不开对库切生活其中、其小说产生其中的后现代文化语境的研究。本书对库切小说的研究即是以此双重时空为框架展开的。

笔者用“后现代文化景观”来指涉 20 世纪后半叶以美英为首的西方国家社会文化领域里的主要思潮、理论、现象、事件和实践，这些异质的、多元共生的思想和实践过程彼此交汇延伸，生发出更多的可能性和巨大的能量，极大地改写了人们对世界和自身的认识和认知体系。后现代的世界模式与范式既是哲学的、认识论的，也在政治、经济、社会、文化等领域

① Jeanne Colleran，“Position Papers：Reading J. M. Coetzee’s Fiction and Criticism.” *Contemporary Literature* 35，3（1994）：p.578.

指导着人们的行为和实践；既汇成了一种普遍意义上的文化视域，又在微观处干预或指导艺术创作，对作品的创作与接受发挥影响，使之呈现出独特的后现代美学特征。具体到库切的创作，它还是一道用来观察和诠释南非历史和现实的多棱镜。下文分三部分细说展开：首先，南非苦难史略述，包括作为英国殖民地的外殖民史，独立后阿非利肯民族压迫其他民族的内殖民史，以及种族隔离制度被废除后至 21 世纪到来之前处于历史转型期的南非境况。其次，库切创作与南非主流文学的关系走向。再次，后现代文化景观下的库切创作。

## 一、南非：历史回眸

南非是种族隔离制度存续时间最长的非洲国家。这个位于非洲大陆最南端的国家，面积约 121.9 万平方公里，东、南、西三面被印度洋和大西洋环抱。黑人占总人口的 70%以上，包括祖鲁、科萨等 9 个部族，主要使用班图语。白人包括以荷裔为主体的阿非利肯人（Afrikaner）和英裔白人，前者主要使用阿非利肯语（南非荷兰语），后者使用英语。有色人种是殖民时期白人和土著人的混血后裔，主要使用阿非利肯语。南非有十多种官方语言，英语和阿非利肯语为通用语言，绝大多数南非人信奉基督教或天主教。

南非历史悠久。科伊桑人是最古老的居民，他们过着渔猎和采集生活，绘制的洞穴壁画和岩壁雕刻闻名世界。公元 3~7 世纪，班图人移居德兰士瓦和纳塔尔，14、15 世纪在高草原地区建立了农业区。1488 年，葡萄牙航海家迪亚士率领船队发现了好望角。1652 年，范里・贝克带领荷兰船队登陆，建立荷属开普（Cape）殖民地，成为第一批在此定居的白人。以荷兰人为主的早期欧洲移民后裔在历史上一度被称为布尔人（Boer），他们侵占土著科伊人的土地，取得在开普的主导权。18 世纪初，失去土地的科伊人一部分被赶到内陆，另外一部分则被迫在布尔人的农场充当仆役。18 世纪70年代,布尔人的殖民活动扩张至开普东区班图族人居住的菲什河地带,与土著人的矛盾激化。仅在1779~1803年间,班图人就三次抗击了布尔人的入侵。

18世纪后期,英国人也在积极扩张殖民势力。1795年和1806年,英国两度占领开普殖民地。初期英国把开普作为海军基地,1820年开始移民。在半个多世纪内,南非土著总共发起六次反英战争。至19世纪中叶,姆巴谢河、大凯河以西的大片土地被英军强行占领。失去土地的非洲人只能去欧洲人的农场当雇工。英国人实行土著保留地制度:白人殖民者霸占了90%的土地,非洲人仅保有10%的土地。

随着英国殖民势力的不断渗透,英国人逐渐取代了布尔人的霸主地位,与布尔人的冲突也日趋激烈。1835~1840年间,为逃避英国人的统治,布尔人进行了历史上有名的大迁徙(the Great Migration)。他们强占了奥兰治河以北班图人的大片土地,在德兰士瓦和奥兰治两地建立了若干个小国,后来这些小国合并成南非共和国(德兰士瓦)和奥兰治自由邦。为了笼络布尔人共同对付土著人,19世纪50年代,英国先后承认了这两个布尔人的共和国独立。然而,1870年该地区发现了钻矿和金矿,英布之间的矛盾一触即发。1877年,英国兼并了德兰士瓦共和国。1880年12月,布尔人向英军开火,双方就殖民地的归属权展开战争,即第一次英布战争。1899~1902年间,第二次英布战争爆发。战争以英国的全面胜利告终,英国人并吞了奥兰治自由邦和德兰士瓦共和国。南非自此成为大英帝国殖民版图的一部分。

1910年,南非联邦成立,成为大英帝国内拥有自治权的自治领。南非政府对内推行种族歧视政策。特别是1910~1923年博塔–史末资政府执政期间,制定了多项种族歧视的法令法规,如1913年的《土著土地法》严格限制非洲人取得保留地以外的土地。1948年,以马兰博士为首的以阿非利肯人为主体的白人国民党上台执政,大肆煽动白人对黑人的种族仇恨,出台了一系列法律法规,如《集团住区法》(1950年)、《通行证法》(1952年)、《班图人教育法》(1953年)等,把种族歧视政策贯彻到政治、经济和社会生活的方方面面。种族身份几乎决定了个人的命运。白人处于社会体系的顶端，享有充分的公民权，拥有体面的工作和尊贵的社会身份。有色人种虽然受到白人的歧视，处境略好于黑人。法律明文规定，黑人不能出入白人专用的公共场所。他们被剥夺了旅行自由，住在拥挤的棚户区内，从事收入低微的体力劳动，其子女就学的学校教育资源匮乏，教学质量低下。种族隔离制度可谓从根本上杜绝了黑人改善自身命运的可能性，种族矛盾引发的社会冲突愈演愈烈。

从世界范围看，20 世纪上半叶是民族独立运动风起云涌的时期。被压迫民族拿起武器，为摆脱外来统治而奋起抗争，至 20 世纪中叶已经诞生了多个独立自主的主权国家。这一时期，南非境内的反隔离斗争也开展得如火如荼，黑人、有色人种自不必说，许多有良知的白人民众也加入了抨击种族隔离政权的行列。1912 年，第一个全国性的非洲人政治组织——南非土著国民大会——在布隆方丹成立，后改称为非洲人国民大会，简称非国大。在其领导下，南非人进行了不懈的斗争。1929~1955 年取得以下成果：成立非洲人权利同盟，规定每年 12 月 16 日为非洲人的民族节日丁刚日；草拟《非洲人权利法案》，要求获得南非白人所享有的公民权，并在此基础上通过了《自由宪章》，主张无论民族和种族身份人人平等。1959 年，泛非主义者大会（以下简称泛非大）成立，提出结束白人统治的政治要求。次年，泛非主义者组织了反对《通行证法》的抗议运动。在沙佩维尔，警察打死打伤 200 余人，抗议活动迅速席卷南非，先后有 50 万工人参加罢工，许多地区的经济陷于瘫痪。1961 年，南非宣布退出英联邦，成立南非共和国。同时，非国大和泛非大以武力谋求政治解放的活动也在高涨。1976 年，1 万多名黑人学生在索韦托举行示威游行，遭到白人政府的镇压，600 多人被打死，这一事件把反种族隔离运动推向高潮。开普敦发生巷战，10 万多非洲工人参加罢工。南非政府取缔了 18 个反种族隔离的群众组织，非但没有达到预期的效果，反而激发了民众的斗志。与此同时，国际社会也加大了对南非政府的施压力度，南非政府陷入内外孤立无援的境地。在国内斗争与国际压力的双重夹击下，1990 年，南非政府终于释放了被监禁 26

年之久的非国大领导人曼德拉。1994 年，南非举行了史上第一次多民族选举，非国大党赢得大选的胜利，曼德拉当选总统，宣告种族隔离制度被永久地废除。长期以来黑人被奴役的南非国史终于被改写，新的历史篇章开启了。新政府宣布成立“真相与和解委员会”（TRC），调查种族隔离制度下各种违反人权的行为，并对曾遭受虐待的家庭给予补偿。1998 年，TRC 的总结报告将种族隔离制度定为反人权罪，南非迎来了盼望已久的后隔离时代。①

然而，现实并没有像人们预期的那样美好。由于黑白对立的二元文化结构在南非社会中长期存在，在后隔离时代种族问题依然棘手。曼德拉总统在演讲中描绘了一个多民族和谐相处的“彩虹之国”，要实现这一新型社会，就必须解决历史遗留下来的诸多政治、经济、社会、文化问题与民族矛盾。这些问题很难在短期内解决，在历史的转折期如果处理不当，民族矛盾、社会矛盾甚至可能被激化。作为一个生长在南非、充满忧患意识的作家，库切对南非的关注是与生俱来、不由自主、深入骨髓的，无论他承认与否，无论他的作品是否以南非为故事背景，字里行间都传递出他对这个国家的关切，尽管这种关切在他的小说里可能表现为一种愤懑不解，或是责任与忧思。

众所周知，一个作家的成长经历与气质倾向，或多或少都可能对他的文学创作产生影响。这种影响可能是显露于外的，也可能是隐性的、遮蔽的，或者二者兼而有之。库切的成长经历是镶嵌在南非种族隔离这一历史事实中的。它就像一块久远的阴霾存在于作家的意识深处，构成库切创作的政治意识或政治无意识。他多次在小说、文评或访谈中抨击种族隔离制度，把它称作“本应……废弃的历史闹剧的重演”，指出它不仅给黑人和其他有色人种的生活带来灾难，而且还毒害了白人精神世界的平和与完整。作为一个有着强烈道德观念与是非观念的白人，一个深受后结构主义思潮影响的白人，库切对种族隔离制度带来的根深蒂固的羞耻感深有体验。这种

① 相关史料参考了多篇文章，未及一一注明，在此一并致谢。

羞耻感内化为精神创伤，在写作中化为早中期小说那令人难忘的意识中心，如《等待野蛮人》中的白人行政官、《铁器时代》中的科伦太太等。他们身为白人，却意识到自己与国家统治机器之间的同谋关系，对此的不安与愧疚令他们最终听从内心的声音，走到国家统治机器的对立面。正像许多研究者所注意到的，南非的生活经历不仅是库切写作的重要素材，也是他表达自身政治观点和立场的一个着力点。《男孩》《青春》《夏日》三部自传作品分别选取了作家生命中的三个时期，将他的心路历程呈现出来，为他反压迫、反对不公的社会现状的思想发展脉络提供了切实的观照。

从库切的创作阶段上，也可以感受到南非记忆对作家创作产生的深重久远的影响。20 世纪 70 年代的早期作品《幽暗之地》《内陆深处》取材或部分取材于南非历史，描写了这一历史语境下人（指白人）的分裂；创作中期虽然不乏以寓言叙事为框架的作品，也出现了几部南非题材的小说。在这些作品中，小说的要素与南非的具体语境结合得更为紧密，人物的经历融入南非分裂的历史中，以至于著名的库切研究者阿特维尔在 1993 年的著述中下了这样的论断：南非境况在《铁器时代》中前所未有的凸显，标志着库切创作的新走向。① 以当时的情况看，阿特维尔的看法不是没有道理的。这一时期库切出版了三部南非题材小说。前两部《铁器时代》《迈克尔 · K 的生活与时代》描写内战时期的南非，尽管不同于传统现实主义小说的写作手法，却也反映了南非动荡不安的局势与南非人反压迫、寻求民主的历史呼声与力量。《耻》把焦距对准种族隔离制度废除后南非一度混乱无序的境况，传递了对后隔离时代仍具分裂性的南非社会现实的忧虑。由于《耻》的出版在南非引起轩然大波，备受争议的库切选择移居澳大利亚，南非境况在小说中的凸显进程被中断了。之后，库切进入了创作的新阶段，《伊丽莎白 · 科斯特勒：八堂课》《慢人》《凶年纪事》均以澳大利亚为背景，与南非的历史与现实没有直接的关系，然而，南非斑驳的历史并没有彻底走出库切的记忆，其作品中仍时有浮现。特别是在第三部自传作品《夏日》

---

① David Attwell，*J. M. Coetzee*：*South Africa and the Politics of Writing*. Berkeley：University of California Press，1993：pp. 118–125.

里，南非往事再度占据了叙事中心。可见，南非可谓牵动着库切的意识与潜意识，为他的文学创作提供了源源不断的灵感和素材。

“一段历史时期就如同一个地理上的区域一样，可以成为对小说结构有用的框架。”[①] 对于库切而言，南非的意义不仅在于为其某部小说提供有用的结构框架，更重要的是，在后现代的世界模式与范式的棱镜下，南非发生的一切在他笔下衍生的万千变化，未必以南非的面貌呈现。库切在访谈中谈道：“南非的境况不过是更宽广的与殖民主义、晚期殖民主义、新殖民主义有关的历史境况的一种显示罢了。”[②] 这一言论对如何看待库切作品的南非性产生了一定的影响。相对于某些学者坚持突出南非状况的做法，另外一些学者倾向把库切的作品解读为关于人类处境的寓言故事。他们认为背景设置在哪里并不重要，选择弱化甚至忽视库切小说的南非主题，强调小说所表现的人性和人的处境的普世意义。库切的上述言论往往被拿来佐证这一派的观点。其实，不妨以一种更开放的、灵活的方式解读库切的话语。库切反对的，不是对其小说的南非性的关注，而是那种以南非的现实语境为主导甚至是唯一参照的批评取向。因此，库切轻描淡写了南非元素，转而强调包括殖民主义、晚期殖民主义、新殖民主义在内的大历史语境以及这一语境对他创作的影响。笔者认为，对待库切的小说，南非背景不容忽视也不能忽视，因为南非的一切早已溶于作家的血脉中，爱恨交织，欲罢不能。自传三部曲一再回顾、审视处于不同生命阶段的作家与故国的爱恨纠缠，真是剪不断、理还乱。很难设想如果库切生长在其他国家，其作品还会呈现现有的风貌。毕竟，以“耻”（shame）为核心的道德观、伦理观是在南非这一极端的政治、经济体制里衍生和发展的。也正是由于南非苦难的现实语境以及这一现实语境带来的指向现实的强烈诉求，库切的小说虽然运用后现代主义小说的艺术表现手法，却始终传递出强烈的批判意识和现实关怀，这也是将他与许多后现代主义小说家区分开来的一个重要维度。另一方面，在肯定南非语境的重要性的同时，也不能流于那种单



① 陈俊松：《栖居于历史的含混处——E. L. 多科特罗访谈录》，《外国文学》2009 年第 4 期，第 90 页。

② J. M. Coetzee, “Speaking: J. M. Coetzee.” Interview with Stephen Watson, *Speak* 1, 3 (1978): p.23.

纯地从南非国史的角度研读库切作品的极端化的做法，犯类似只见树木、不见森林的错误，这不利于对库切的创作形成更全面的、视野更开阔的把握。一言以蔽之，对待库切的作品，在重视南非历史的同时，一定要把它置放于它得以产生与发展的后现代文化语境里。为方便论述，笔者用“后现代文化景观”来涵盖这一时期意义重大的、有代表性的思想、文化现象、事件与实践，以及它们交汇而成的后现代世界模式与范式。在此之前，先来关注库切小说与南非文学创作走向的关系问题。

## 二、库切创作与南非主流文学

库切的小说深受后殖民、后现代文化思潮的影响，其反殖民、去中心、反霸权、倡导边缘与个性言说的思想和后现代小说的文本特征，为学界所关注。同时，库切的小说，特别是移居澳大利亚之前的小说，也是南非文学的一个重要组成部分。在种族隔离时期，出于政治因素的考虑与政治斗争的需要，代言文学，即以模拟反种族隔离斗争为创作宗旨的现实主义文学，一直是南非文学的主流。库切不肯做代言文学，走上与之背离的道路。其实，库切不是反对在小说中融入反殖民因素，反殖民、反霸权恰恰是他前中期创作的中心议题。他反对的是那种把文学当做政治斗争的手段或历史的附庸，信奉绝对的真理，认为语言是传情达意的透明的载体的天真观念。库切拒绝做代言文学，在种族斗争激烈、政治需求淹没一切的南非现实语境中，不难理解他被非议的原因。尽管也有一些人士为他鸣不平，库切还是因为其小说没有重点描述和反映国内残酷的政治斗争而一度被左派质疑立场有问题。

时光荏苒，随着隔离制度的废除，南非文学的整体氛围与创作重心发生了显著的变化，对这个问题的认识也相应地发生了变化。政治斗争已经不再被视为文学表现的重点，作家的想象力与艺术表现力备受推崇。南非作家安德烈·布林克的观点颇具代表性，他把后隔离时期南非文学经历的转变概括为五点：（1）小说从表现戏剧性事件或社会现象的政治性题材转向内在化（internalization）与内心化（interiority），从外在的场景描写更多地转向内在的人性或个性化描写，从政治的、社会的视角转向主体性与伦理视角。（2）女子气质（femininity）在小说中凸显，涌现出多位用阿非利肯语或英语写作的知名本土女作家，对于女性主题的探索也增强了。（3）南非文学见证了重写历史的冲动。由男性白人历史学家撰写的宏大历史叙事被极具个性的多样化叙述所取代，"对普通大众的重新发现"令书写普通人的生活成为南非文学的一大特点。（4）魔幻现实主义在南非崛起。由于南非的自然景观为现实世界与精灵、亡魂或被遗忘的灵魂的沟通想象提供了多种可能性，魔幻现实主义在南非的崛起可谓根基深厚。从起源上说，布林克认为它植根于本土口头叙事的久远传统，而非是来自拉美文学的舶来品。魔幻现实主义的两个构成部分（即魔幻与现实）不是截然对立的关系，而是互为补充、延伸和充实。（5）重视语言和故事讲述，创作行为与创作过程成为小说家们着重研究与表现的对象。布林克认为，库切擅长用"不可能的情景"（impossible situation），即从一个不太具有现实性的角度来讲述故事，产生出人意料的艺术效果，并对此大加赞叹。① 简言之，后隔离时期的南非文学发生了显著的变化，对文学作品的评价不再取决于作家的政治观念，而是更倾向于作品本身的艺术表现力，以及与欧美文学为主导的世界文学的接轨。

有趣的是，后隔离时期南非文学发生变革的五个方向正是库切小说早已实践过的，是种族隔离时代他有别于其他作家、被南非左派批评的主要原因。首先，库切的小说向来注重人物的内心世界，即使是以写实氛围著称的《铁器时代》《耻》，小说的张力也更多地产生于人物内心的纠结与反思，而不在于戏剧化地呈现外部事件。库切叙事的内向性与他的文学观有密切的联系。库切对热衷于模拟外部世界的现实主义不感兴趣，在《什

① Andre Brink, "Post-Apartheid Literature: A Personal View," *J. M. Coetzee in Context and Theory*, ed. Elleke Boehmer, Katy Iddiols and Robert Eaglestone. New York: Continuum International Publishing Group, 2009: pp. 11–19.

么是现实主义》(“What is Realism？”)一文中，他指出，现实主义是一种表象化的、过时了的文学创作手法，无法呈现现代人真实的存在与复杂多变的人性。库切仰慕的作家卡夫卡、贝克特等人都拒绝以模拟外部世界为艺术的终极指归，把探索的目光转向人的内在世界，库切从他们的作品中吸取了很多养分，二人对他创作的影响一直为评论家津津乐道。在女性主题的探索方面，库切起步很早：早在20世纪70年代，他就创作了以女性视角阐发女性生存状态的《内陆深处》；80年代的《福》采用女性视角重写历史，与笛福的名作《鲁滨逊漂流记》形成互文；90年代的《铁器时代》与之后的《伊丽莎白·科斯特勒：八堂课》同样聚焦于女性意识与女性经历。库切青睐于女性第一人称叙述者或中心意识是有原因的。虽然性别身份令白人女性相对于白人男性处于弱势地位，然而种族身份使她们与殖民主义之间存在某种共谋关系，这样一来，借用白人女性的特殊位置与视角，可以反观历史、话语、我与他者的关系，颠覆或消解逻各斯形而上哲学或殖民话语。[①] 在揭示历史叙述的意识形态内涵上，库切更是走在前面。他的第一部小说《幽暗之地》通过多个文本的并置与相互指涉，以及潜文本对文本的反讽，瓦解了宏大历史叙事长期以来自我标榜的客观性与真实性。在《内陆深处》《福》等多部小说中，库切延续了对这一主题的探索。此外，库切对魔幻现实主义的尝试在南非境内也是较早的。80年代的《等待野蛮人》成功地将魔幻和现实主义的因素有机交融起来。不同的是，相对于布林克强调的南非魔幻现实主义植根于本土口头叙事的论述，库切更多地受到欧洲和拉美文学风潮的影响。语言方面，库切自小就对语言高度敏感，大学期间主修语言学。他讲故事的能力有目共睹，在小说的形式方面屡有创新，其作品常被赞许为“形式实验的先锋之作”。在种族隔离期间，库切作为“形式主义者”一度受到批评。尽管也有少数支持者的声音，如诺贝尔文学奖的得主女作家戈迪默称“库切的灵视直入人类的神经中心”，认为“库切运用精心构制的寓言描绘严峻的社会问题”，“他的主题都在从

---

① 详见本书第八章“言说与聆听：库切女性视角三部曲”。

流血的严酷事实中提炼出来的”[①],南非国内的主流声音还是对此不以为然。这种状况在后隔离时代发生了逆转。“形式主义”这个曾经被回避、被批评的称谓，成为新时期文学创作的一个方向。原因不难理解：首先，种族隔离制度的废除使政治性不再是写作首要的或最主要的裁定标准，作家创作的自由空间得到极大提升，以前被抑制的对形式的关注与探索必然会在一段时间内爆发出来。其次，随着南非艺术创作与国际接轨，以欧美为主导的西方审美与国际图书市场对民族创作产生一定的导向作用，出现民族文学向国际标准靠拢的现象。库切的艺术造诣和国际声望得到越来越多的南非作家的敬仰与认同，曾经的边缘逐渐成为主流。

另一方面，在看到库切与南非民族文学发展走向的共性的同时，也不应忽视二者之间的差别。库切认为南非的白人写作“之所以是白人的写作，原因在于它既不被欧洲人也不被非洲人所关注”[②]。库切把自己的创作划归于南非白人文学，在他看来，这是有着独特文化身份符码的一类文学，一种文化失根导致的创伤文学。这一认识基于白人在南非的尴尬身份定位。在自传作品里，库切指出非洲是非洲人的非洲，白人在南非是外来者，是错失了文化根基之人。[③]这一小撮的外来者创作的文学注定是外来文学，是无根者的文学。库切对种族隔离时期的南非白人文学的认识，提示其小说与后隔离时代南非主流文学的距离。正如库切所言，他的创作植根于18世纪以来的欧美文学与文化以及这种文学和文化的扩张，无论是从源头上，还是从精神旨趣上都与欧美文学走得更近。这也是他的小说被国际出版商看中、被欧美读者接受的原因。因而，即使是在南非创作时期，与其说库切的小说是南非的，毋宁说它更像是南非状况在后现代世界范式下的变形。

① 摘选自戈迪默为《关于 J. M. 库切的批评视野》一书所作的序言。

② Richard Begam，“An Interview with J. M. Coetzee.” Conducted by Richard Begam，*Contemporary Literature* 33，3(1992): p.423.

③ 详见本书第九章“建构自我真实的三部曲”中关于《夏日》的分析。

## 三、后现代文化景观下的库切创作

在《社会与文化：1780—1950》的导论中，雷蒙·威廉斯勾连了“文化”语义的变迁：起初它指“对自然成长的照管”，后来类推为人类的训导过程。到19世纪，“文化”由过去通常意为针对某个对象的教化转变为“心灵的普遍状态或习惯”，与人类完美的概念发生了密切的联系。在这一时期，出现了“文化”的其他两个含义，即“整个社会智性发展的普遍状态”和“艺术的整体状况”。19世纪末产生了文化的第四个意思，“包括物质、智性、精神等各个层面的整体生活方式”①。威廉斯在“文化”的历史渊源和意义结构中勾连出一场波澜壮阔的思想和情感运动，他对文化，特别是文化作为包含物质、智性、精神各个层面的整体生活方式的论述很有见地，启发了之后的文化研究。这也是本书所力图呈现的文化的内涵。然而，正像许多研究者意识到的，20世纪后半叶文化已经发展为一个内容庞杂的能指符号，尝试对其加以概括与提炼是一项艰辛异常、往往难以令人满意的工作。本书不是对后现代文化做面面俱到、条分缕析的总结与概括，那既超出了本书的研究范围，也非笔者能力所及；本书所做的，是立足当下，从库切作品研究的角度，对20世纪后半叶以来那些有代表性的、意义重大的思想、文化现象与事件进行梳理和勾连，以此观照库切的创作。

美国著名批评家M. H. 艾布拉姆斯主编的《文学术语汇编》在“现代主义与后现代主义”这个词条中对现代主义做出如下的释义：

> 现代主义的特征因使用者的不同而各异，但是在一点上众多批评家是持有共识的，那就是现代主义不仅跟西方艺术的传统而且跟整个西方文化的传统实行有意的和彻底的决裂。在这个意义上，现代主义的重要思想先驱都是思想家，他们质疑那些被认为无可怀疑的传统观念，而这些传统观念

---

① 雷蒙·威廉斯:《文化与社会:1780—1950》,高晓玲译,吉林出版集团有限责任公司2011年版,第4~5页。

> 长期支撑着社会组织、宗教以及伦理道德。同时他们也质疑人们对于人类本身的传统思维方法。①

艾布拉姆斯把现代主义的根本性诉求归结为与整个西方文化的传统实行有意识的、彻底的决裂，分析马克思、弗洛伊德、尼采与弗雷泽等人的思想如何质疑曾被世人奉为真理的传统观念，在政治、经济、心理学、人类学等领域改写了人类对自然、世界、社会、上帝以及人自身的认知。其实，这一论述套用在后现代主义头上，也可以成立。从现代主义身上逆生出来的后现代文化继承了现代主义的叛逆精神，与西方文化传统进行有意识的决裂，并在这条道路上行进得更远。由于历史时空的变迁，现代主义经过一系列学术化、体制化的过程，早已融为文化传统的一部分，也就是说，标榜“深度”和“高雅”的现代主义也成为后现代文化与之决裂的一个重要对象。



从文化的角度看，20世纪下半叶是破旧立新、推陈出新的时期。在不到半个世纪的光阴里，各种新理论、新文化现象产生、扩散，在人文学科领域释放出惊人的能量。这种爆炸性的释放，之前是没有的，估计未来在短期内也很难再次上演。所谓“旧”，是指旧的思想和思维模式，旧的认识世界和诠释世界的方式、方法，特别是逻各斯中心主义的二元对立认知传统和以启蒙理性为奠基的传统哲学话语和世界观。德国学者弗兰克认为，形而上学有三个明显特征：（1）相信超验真理的存在；（2）依据原则进行思想；（3）把知识当作征服世界的工具。②它预设了超验物自体的永恒存在，这个中心虽然从不现身，却是一种恒在。本质、真实、真理、意义是超验物自体在不同语境的幻化。这种不现身的在场被德里达称为“缺场的在场”，是几千年西方思想的灵感源泉，关于“理式”“本体”“终极目的”“绝

① M. H. 艾布拉姆斯：《文学术语汇编》，外语教学与研究出版社2004年版，第167页。

② 转引自赵一凡：《结构主义》，《西方文论关键词》，赵一凡等主编，外语教学与研究出版社2006年版，第256页。

对精神”“主体”“第一性”的思想体系，都是从这个中心叙事展开的。[①] 20世纪后半期涌现的新理论与新的文化现象谋求从根本上消解这种中心叙事，撼动形而上的认知体系和理性话语，建立起后现代去中心的、异质共存的、流动不居的世界模式与范式。20世纪60、70年代西方人文学科发生的一场理论对话开启了这一模式与范式。

在《普通语言学教程》里，结构主义的思想源头索绪尔提出结构语言学的四项法则：历时与共时方法、语言与言语、能指与所指和系统差异决定语义。索绪尔的思想经雅各布森和列维-斯特劳斯等人的发展和传播，至20世纪60年代中后期，在人类学、心理学、文学等领域开花结果。然而，结构主义的盛况并未能持久。弗兰克认为，原因在于结构主义表面上反对主体观念，实际上却孜孜不倦地寻觅人类知识的普遍秩序。它继承了形而上学相信超验真理的存在、依据原则进行思想、把知识当成征服世界的工具的特征，反映了形而上学的“最后一次努力”。美国学者考斯也把结构主义失败的原因与它苦苦追求终极意义关联起来。[②] 结构主义是否反映了形而上学的“最后一次努力”，还需要时间验证，但两位学者把结构主义与形而上学联系起来探索结构主义面临的问题，还是很有道理的。从当时的社会语境看，解构主义兴起于被称为“五月风暴”的法国激进学生运动失利的时期。激进学者们意识到无法撼动资本主义的政治体制，转向“学术思想层面的拆解工作，去破坏和瓦解资本主义所依赖的强大的各种基础，包括它的语言、信仰、机构、制度与权力网络”[③]。德里达从语言学、符号学的角度出发，提出了针对逻各斯中心论的一整套瓦解策略。他以符号的两个必备特征，即“可重复性”和“不考虑讲话人的意图性”，论证文字相对于语音的优越性；提出元书写（arch writing）的概念，打破逻各

---

① 马海良：《后结构主义》，《西方文论关键词》，赵一凡等主编，外语教学与研究出版社2006年版，第168~169页。

② 转引自赵一凡：《结构主义》，《西方文论关键词》，赵一凡等主编，外语教学与研究出版社2006年版，第256页。

③ 王泉、朱岩岩：《解构主义》，《西方文论关键词》，赵一凡等主编，外语教学与研究出版社2006年版，第259页。

斯的语音中心论（phonocentrism），开始了对逻各斯二元对立体系的蚀骨进程。在德里达看来，解构不是简单地倒置两个对立项，而是要充分认识到对立项之间只存在差异，而无孰优孰劣的等级秩序。更重要的是，两项之间存在大量相互渗透、相互包容的关系，并非泾渭分明、截然不同的对立体。他还从索绪尔的“语言中只有差异”的原理，推导出“延异”的观念。也就是说，语言之外不存在某种决定语言的意义本体，“意义”只是语言之内符号延异活动的结果，是能指的自由嬉戏，这就打破了语言符号是外在“真理”体现的神话，消解了意义的确定性与终极性，意义只能从无数可供选择的差异中产生。诚如某些学者所言，解构主义的过度发展可能会引向真理虚妄、意义不定的历史困境，然而，它声称自己是一种针对形而上学的批判确是当之无愧。解构主义的主要贡献在于通过消解语言及其意义的确定性来瓦解逻各斯中心主义的等级森严的层级性，把人们的思想从一元的和绝对的真理范式与僵化的二元对立思维的束缚下解放出来，开启价值多元、异质共存的后时代精神。也是在这个层面上，德里达肯定了解构主义的政治性与政治意义。

德里达从语言层面消解了结构中心，福柯和其他后结构主义者们从信仰、机构、制度与权力网络方面，对启蒙理性和僵化的思想和思维模式等做了进一步的清算。德鲁兹用“独断思想形象”隐喻长期处于支配地位的传统思想形象，它以同一性、总体性、层级性、主体性、真理性、否定性为主要特征，思想受到一套单一的独断的假定的支配。[①] 这种独断思想具有强大的控制性和压抑性，宣扬本质、理性、同一性，倡导一种总体性的信念，压抑表象、感性和异质性。后现代思想谋求从这种压抑体系中释放出长期被中心宰制的边缘，张扬多样的、异质的声音和活力，撼动形而上学哲学的根基。它“以差异性对抗总体性，以小叙事对抗大叙事，以偶然性对抗规律性，以欲望对抗灵魂”。正是在这个意义上，后现代性的脉搏被确诊为“一种异质性的爆炸性释放”，从根本上冲破本质主义这一总体

① 程党根：《游牧》，《西方文论关键词》，外语教学与研究出版社 2006 年版，第 787 页。

性的内核。[①] 后现代作为一个历史时期，是一个理论爆炸与新概念呈几何倍数增长的时代：后殖民研究、女性主义、新历史主义、性别研究、文化研究、流散、复调、互文性、游牧、欲望机器、嬉戏、戏仿、症状阅读、树状文本、胚根文本……这些看似五花八门的理论与概念，都秉承了差异性、多样性、流变性、解结构、反基础、反本质、去中心叙事、反主流话语、复位边缘的后时代精神和话语。

在这种精神和话语交织而成的文化网络里，历史、话语、权力、真理、主体、身体等千百年来盖棺定论的认识被放到了新的范式下加以审视，产生全新的话语。传统的历史观认为历史是由客观存在的历史事件构成的，由透明达意的文字传载而成。而后结构主义的历史观否定了连续不断的递进统一的历史进程，揭示历史是由权力作用下的无数断裂交织而成，这些断裂面总在不断地衔接。历史记载不是对真实事件的准确客观的记录，而是一种叙事，叙事中存在的对材料的选择、加工、编撰等法则同样存在于历史记载中。总体性的终极真理的外衣褪去了，真理与话语的关系凸显：真理不是外在于话语的本体，不存在话语之外的真理；知识是话语活动中权力或真理意志作用的结果，真理和价值受制于权力，却被表达为普遍的超验存在。同时，对权力的认识和研究范式也发生了根本的转变：它不再被设想为一种自上而下的压制性产物，而是一种积极的、更具创造性和生产性的动态关系，它存在于一切差异性关系中，通过规训实现对主体的塑造。主体不复是笛卡尔的“我思”主体，也不是康德的知识形成的“本源的、先验的条件”或黑格尔的主体性膨胀的主体，启蒙时代宣扬的条理清晰的、稳定从容的、对自身与世界做出理性认识和把握的主体形象被颠覆了。此外，由于德里达将意义从文本之外转移到文本之内，即使主体概念存在，也不过是符号链上的一个不断变动的概念，一个不断增补和擦抹的痕迹。而拉康则从主体意识的形成过程层面指出，无论是“镜像主体”还是“言说主体”，都不可能是完整自足的主体，而是一种分裂的自我。失

① 汪民安:《后现代的哲学话语》,《外国文学》2001 年第 1 期，第 53~59 页。

去稳定性与完整自足性的主体被改写为巴特眼中的“超越了个人活动的制度性活动的参与者”，或是英国后结构主义理论家们认为的知识话语和社会权力不断相互作用的文化过程。①

20世纪下半叶不仅见证了文学、文化理论的爆炸性增长，这一时期也是西方国家民权运动不断高涨的时代。法国五月风暴、美国民权运动等，极大地改变了人们的思想与观念。在美国，种族隔离政策被废除，种族歧视制度的合法化被终结，美国从一个种族主义社会转变为一个相对平等的社会。不仅如此，黑人民权运动还大大激发了其他类型的民主和民权斗争：女权运动、反越战运动、新左派运动和其他族裔争取民权的运动，等等。在世界范围内，出现了文学与艺术创作的身体转向与语言转向，创伤叙事兴起，大众文化蓬勃发展，后殖民运动、生态运动和残疾人运动此起彼伏，等等。也就是说，西方学术思想层面的拆解、破坏和瓦解资本主义所依赖的强大基础的努力所取得的开创性思想成果不是孤立地存在于学术机制内，而是切切实实地走出哲学和思想的小圈子，参与了政治、经济和社会文化生活，衍生出一系列相关的运动、事件，或是与这些运动和事件同声共气，谱写出一种新精神、新文化。

以“他者”为例，不同的理论流派结合各自的诉求对白人男性建构的主流叙事和主流叙事传统进行反写：后殖民研究聚焦种族他者，女性主义批评和同性恋批评关注性别他者，残疾研究的对象是身体他者，生态批评提出生态他者的概念，文化研究则打破了高雅和低俗之间泾渭分明的传统界限，把大众文化这一长期上不了台面的文化他者作为研究的重要对象……它们从各自的角度出发，揭示二元对立的思维模式更多的是一种意识形态建构的产物，并非如人们普遍相信的那样，是一种自然的、稳固的真理；“他者”不是一个稳定同质的概念或实体，而是变动不居、异质杂成的社会权力关系的载体。这些研究的研究对象各异，研究方法也不相同，但在谋求把他者从逻各斯中心主义的宰制下解放出来，在广泛意义上重构

① 马海良：《后结构主义》，《西方文论关键词》，赵一凡等主编，外语教学与研究出版社2006年版，第172页。

人与人、人与自然、人与社会的关系上，有异曲同工之妙。尤为值得注意的是，学者们在思想上取得的成果没有停留在认识论的层面，而是进入了广阔的社会领域，与各种社会实践活动结合起来，提供深厚的理论根基或指导：族裔民权运动、女权运动、残疾人运动、身体转向、生态转向……后时代的一个主要特点是视点始终聚焦于社会政治经济文化领域中长期被遮蔽、被压制的边缘位置，这样，（不）在场就不单单作为学术术语存在。更重要的是，理论话语与实践有机结合起来，把反中心、反总体论、多元共存的后时代精神撒播到社会生活的各个角落。可以说，后现代理论消解形而上学的中心预设的努力、反本质主义和对总体性话语的肢解与颠覆深入西方社会生活的方方面面，被广泛吸收和转化，其中某些认识甚至被吸纳为一种通识，汇成后现代的世界模式和范式而消弭于社会生活的无形。

这种新的世界模式与范式，产生于对旧的思想体系的反动，以对异质多元、流动不居的上扬来对抗僵化、教条的思想和观念，瓦解启蒙运动以来人们习以为常的宏大叙事和本质论的一元话语，是对“专横的专横否定，对整体性的整体攻击，对本质主义的本质化的挑战”。然而，恰如琳达·哈琴所说，无论是后现代理论还是它的美学实践都无法摆脱它所试图颠覆的体系，后现代主义和它的挑战目标之间存在“共谋和挑战”的关系。哈琴称之为后现代的悖谬，只能用“都 / 和”（both/and）而非“不是 / 就是”（either/or）的逻辑加以界定。在艺术方面，后现代的悖谬体现得尤为明显，几乎渗透所有的艺术领域，在文学与建筑中最为明显；在文学中最能体现这种悖谬的是戏仿（parody）的运用和“编史元小说”（historiographic metafiction）。戏仿是反讽式的引用、拼凑（pastiche）、挪用（appropriation）或互文性等，是“带有批判距离的重复，能从相似性的核心表现反讽性的差异”，凸显了后现代艺术再现形式与旧形式间的悖谬张力，由此体现了“双重赋码的政治性”（double coded politics）。编史元小说指“那些广为人知的通俗小说，它们既有强烈的自我指涉性，又悖谬地关注历史事件和历史人物”，“把对历史和小说是人为的建构这一理论上的自我意识，转变为对传统形式和内容进行反思和建构的根据”。[①]

库切的多部小说具有戏仿和编史元小说的特征。通过文字嬉戏、邀请读者参与、戏仿和反讽，库切的小说促使读者重新思考历史、传统、话语、权力等问题，把历史和小说是人为的建构的认识化为对传统形式和内容反思和重构的根据。身份和主体性的问题、指涉和再现的问题、历史书写的意识形态内涵等，在他的作品中占据了重要的位置。可以说，库切小说参与了后现代主义小说的生产过程，展现了自我指涉、形式革新、反讽和含糊等特点，抵制现实主义“艺术模仿生活”的诉求，应和了哈琴所说的编史元小说质疑现实和小说中的各种“真实”——各种我们赖以生存于世的人为建构——的观点。

学界在对后现代主义艺术的认识方面，存在不同的看法。极端的观点是把它当作没有意义、东拼西凑、毫无价值的大杂烩。詹明信把它视为后现代的症候，即晚期资本主义的文化逻辑，由于它被资本主义商品经济统摄，已失去对其进行对抗或批评的力量。哈琴则认为，由于戏仿是双重赋码的，对其戏谑的对象既合法化又进行颠覆，具有内在的矛盾性，不应完全抹杀其批评潜能。笔者认为，对待后现代艺术（包括后现代主义艺术在内），应把它置放于具体的、多样化的、变化的后现代文化语境中进行评论，避免总体主义的、一体化的评论倾向，因为评论的对象——后现代艺术——本身就是异质多元的、流动不居的、不断发展变化的。具体到库切的创作，既要注意库切小说的后现代性，又不能把它与后现代主义艺术完全等同起来。库切生长在南非，年轻时曾在英美两国学习、生活，之后常常往返于南非和欧美之间，深受欧美思想文化的影响。从思想和美学的亲缘性上看，库切的创作携带了明显的后现代主义文学的痕迹。这不仅表现在其对主题的选择上：历史、话语、权力、主体、他者这些后殖民、后现代的热点话题常常浮现于他的小说中，对话语权力的剖析、历史和历史认识的问题化、对稳定的理性主体形象的解构、对沉默的他者的审思等，都



① Linda Hutcheon，*A Poetics of Postmodernism*. London：Routledge，1988.

是其小说的重中之重，库切小说的后现代主义小说的形式特征——如自我指涉、戏仿、文字嬉戏、杂糅等也同样显著。然而，苦难南非的本体存在，浸染其中的创痛挥之不去，决定了库切的创作不可能完全脱离现实指涉而沉迷于文字游戏，恰恰相反，道德意识与伦理考量是库切小说的一个重要维度。无论是作为一个生长于前殖民地、对种族隔离制度不齿的白人，还是一个对文化身份的失落有深刻体验和认识的生命个体，抑或一位经受了后殖民和后现代思潮的洗礼、背负精神创伤游走世界的作家，“文化边缘人”的身份使他的作品既不同于同时期的南非现实主义小说，也有别于后现代主义小说的某些特征。在创作的晚期，库切更是难能可贵地在拥抱了西方后现代思想之余对后现代主义进行了审慎的反思与适度的祛魅，指出后现代主义文学先天的力的贫瘠，预示了其后创作可能更多地回归生活的转变。

本书将紧密联系库切创作得以产生和发展的后现代社会文化语境，并以此观照他的创作。具体内容如下：创伤、身体、生态是20世纪后期西方文学与文化研究的重要议题，这些议题为库切所关注。第一章“库切与创伤书写”，第二章“身体叙事、身份和权力话语”，第三章“库切与残疾书写”，第四章“库切的生态言说”，分别考察库切小说与20世纪下半叶西方文学的创伤情结、身体书写与生态浪潮的联系，讨论库切小说叙事的特色。第五章“库切的政治观与文学创作”论述作家的政治观如何影响了作品的艺术形态，而文学创作又暴露了其思想上的矛盾性，在一定程度上修正了他的政治观念。相对于前五章偏重语境研究和库切创作整体研究的思路，其后的章节更注重小说形式的考察，深入挖掘库切小说的美学与意识形态内涵之间的关联。第六章“《幽暗之地》：历史与历史的再现”和第七章“《内陆深处》的极端化不可靠叙述”分别从叙述视角的复杂性和叙述层面的多样性、极端化不可靠叙述的角度，解读形式如何承载了作家对历史、话语、文本等后现代关键议题的思考。第八章“言说与聆听：库切女性视角三部曲”以《福》《铁器时代》《内陆深处》为研究对象，探讨库切如何通过三个不同历史时期、不同国家的女性叙述者的视角和声音，挑战白人男性的叙事权威，反拨同质的、线性的宏大叙事，突出女性言说的历史意义。第九章“建构自我真实的三部曲”结合后结构主义的主体观与自传观，着重研究库切的自传作品如何摒弃了理性的、稳定的、同质化的主体形象，质疑语言作为一种透明载体传情达意的传统观念，生成一种完全不同于传统自传的关于自我的新叙事。此外，这一部分还对自传三部曲的叙述内容加以提炼，尝试对库切的思想之生成与走向达成一些有益的解读。第十章“从库切对现实主义的态度转变解读库切创作的新方向”以库切的两部后期小说《凶年纪事》《慢人》为研究对象，从作家对 19 世纪俄国现实主义文学的态度转变谈起，认为它反映了创作后期的库切对后现代思潮、对自身创作的审思。虽然库切坚持后结构主义者的身份，但他已觉察到后现代主义文学的先天的思想贫瘠。隐含在小说《铁器时代》中的伦理构想回归两部小说的叙事前景，库切借人物之口表达了回归生活、回归道德的文学创作的理念，然而，对 19 世纪俄罗斯小说的示好并不意味着库切要回归现实主义文学，而是在吸纳了后现代艺术表现手法与思想精华之后对后现代思潮的适时的反思。在对传统与创新、创作的审美诉求与广泛意义上的道德诉求的探索中，库切的晚期创作迈入了一个新阶段。

鉴于创伤叙事对库切研究的重要性，本书的论述从 20 世纪下半叶创伤研究和创伤叙事的走俏以及库切的创伤书写开始。南非漫长的内外殖民史给这个国家带来了沉重的灾难，在种族隔离制度被废除后，伤痕依然存在。生长在这片土地，与它的关系可谓剪不断、理还乱的库切，用他的创作见证了南非“历史的分裂和仍具分裂性的南非历史”，值得深入考察，这是本书第一章的论述重点。

# 第一章　库切与创伤书写



1987 年，在接受以色列文学奖“耶路撒冷奖”时，库切这样形容南非文学：“在殖民主义下产生的、在称之为种族隔离状态下加剧畸形而得不到正常发展的人际关系，在心理上反映为畸形而得不到正常发展的精神生活。……南非文学是奴役中的文学……充满了无家可归的感情和一种无名的自由的渴望。……正是你认为在监狱里的人写出来的那种文学。”[①] 种族隔离状态下的心理畸形、人际关系扭曲与人的精神无法自如地舒展，在他的作品中确有大量呈现，笔者将之概括为“创伤”的种种表征。创伤书写可谓贯穿了库切的创作生涯。对创伤的关注与作家独特的成长背景有关，库切的目光敏锐地洞察了南非漫长的种族隔离史遗留至今的创伤记忆，将殖民、反殖民的历史主题与后现代的自由言说有机地链接，谱写出一系列镶嵌在历史与当下的创伤叙事。创伤气息弥漫在库切作品中，不仅涉及主题与人物塑造，还在作品的意识与结构中融入创伤的节奏、过程与不确定性。本章尝试从这一角度切入观看库切的创作，探析作家创伤心理的缘起，力图对其创伤书写的发展与走向形成整体把握。

① 王家湘:《青春》译序，《世界文学》2004 年第 2 期，第 6 页。

## 一、创伤与创伤研究

创伤（trauma）一般指外界因素造成的身体伤害或心理损害。该词最早用于外部事件作用于身体的伤害。《牛津英语词典》的早期版本把身体作为它唯一的指涉对象，即某种外部力量直接造成的身体损伤。19世纪晚期，“创伤”一词的使用出现了从身体到精神/心理的转向。弗洛伊德对创伤的研究描述中包含了“延宕”的概念，强调受伤者对原初经历或记忆、意象的追踪，从而在时间上产生了一种断裂，这对当代创伤研究的专家凯西・卡鲁斯等人产生了重要影响。20世纪70年代，越战老兵的心理创伤问题引发了美国社会的广泛关注，1980年创伤后应激障碍（post-traumatic stress disorder）被正式列为医疗及精神病诊断的常规项目，成为美国创伤治疗的一个标志性事件。对于创伤的理论性研究始于20世纪90年代初期的美国，主要目的是为了揭示创伤隐含的文化与伦理意义，凯西・卡鲁斯主编的《创伤：记忆的探询》和朱迪斯・赫尔曼的《创伤与恢复》被视为创伤理论的经典著作。卡鲁斯在《沉默的经验》中首次提出“创伤理论”这一术语，她将创伤定义为“一种突如其来的、灾难性的、无法回避的经历。人们对于这一事件的反应往往是延宕的、无法控制的，并且通过幻觉或其他闯入方式反复出现”[①]。可见，卡鲁斯与弗洛伊德精神分析研究中的创伤概念之间确实存在着共同之处，她研究的独特之处在于，把一个关于个体的复杂的精神分析概念运用于研究人类历史暴力事件的讲述，从而揭示其对于集体性进程的影响。[②]目前，创伤研究的重心已经实现了从个人心理创伤的动因探寻与防治向文化研究层面的转移，发展为涉及心理学、文学、历史学和文化研究等多个领域的跨学科研究。

由于创伤事件超出了常人的正常体验范围，具有骤发性与毁灭性的特点，对受害者的身心产生巨大的冲击，所以创伤体验难以用文字来表述。

---

① Cathy Caruth, *Unclaimed Experience: Trauma, Narrative, History*. Baltimore: Johns Hopkins University Press, 1996. p.11.

② 柳晓：《梯姆・奥布莱恩九十年代后创作评析》，《外国文学》2009年第5期，第69页。

另一方面，叙事有治疗的功能，受害者可以借助这一方式整合体验，使自身走出危机。因此，创伤体现了叙事与反叙事的张力，表现为“外力作用与（主体）理解消化、大量涌入与同化吸收之间的距离”[①]。心理分析与文学能够应对内在于创伤体验的叙事与反叙事的悖论，是对创伤的负载与释放，前者在临床的广泛应用与创伤文学的两度繁荣也验证了它们强大的功能性。第一次世界大战前后崛起的现代主义小说见证了第一波创伤叙事的兴起。它不仅在主题上表现创伤，而且在形式上采用了意识流等全新手法潜入人物内心，书写现代人的精神危机和战争带来的创伤感。20 世纪八九十年代，西方涌现了新一波的创伤叙事，不仅在小说和回忆录这两个创伤文学的传统文类表现突出，还在电影与摄影领域大放异彩。在文学批评里，创伤在当代小说创作中的意义凸显出来，运用创伤理论透视现当代小说的批评方法应运而生，将文学研究与创伤研究结合起来的思路已经成为美国文学研究界的主要趋势之一。

创伤叙事和创伤理论何以在 20 世纪，特别是 20 世纪晚期的西方国家走俏？首先，20 世纪是一个灾难频仍的世纪：两次世界大战和多场区域性战争夺走了无数人的生命，给人类社会带来前所未有的冲击；多起种族屠杀事件，如第二次世界大战时期纳粹德国对犹太人的屠杀、发生在非洲卢旺达的种族屠杀事件等，留给幸存者难以磨灭的创痛记忆，也引发了关于人性的普遍的深层思考。其次，后殖民主义、女权主义与少数族裔争取民权的运动蓬勃发展，掀开了基于国家、性别和种族压迫的血泪史。创伤历史已经是20世纪世界史的一条主要线索。有学者甚至认为：“当今值得谈论、值得珍存的记忆，是创伤记忆。”[②]此话虽有些偏颇，却也反映了当下西方文化里深深的创伤情结。创伤叙事和创伤理论在 20 世纪晚期的爆发从一个侧面折射出世纪交替之际人们反思历史、正视伤痛、走向未来的内心渴望与诉求。

作为受人尊敬的文学家，库切荣获诺贝尔文学奖，两度摘得英国最高

---

① Roger Luckhurst，*The Trauma Question*. London：Routledge，2008：pp.79–80.

② Roger Luckhurst，*The Trauma Question*. London：Routledge，2008：p.2.

文学奖——布克奖，与他的创伤书写有着密切关系。

## 二、库切创作创伤母题的缘起：后结构主义观照下的南非苦难史

库切作品的创伤气息最早产生于南非独特的历史文化语境。作为非洲殖民主义权力机构与种族歧视持续时间最长的一个国家，漫长的种族隔离史给有色人种特别是黑人族群带来不堪回首的苦难。白人处于权力的顶峰，享有充分的公民权，在自我 / 他者二元对立的种族制度的庇护下过着养尊处优的生活；其他人种特别是黑人长期处于社会底层，在政治、经济、社会生活等诸多方面受到歧视。种族矛盾长期困扰着这个国家，特别是在隔离制度被废除前的 10 年间，种族矛盾空前激化，流血事件频频发生。库切的小说《铁器时代》《迈克尔 · K 的生活与时代》正是以此为故事背景，书写了白人与黑人的伤痛。在 20 世纪的最后 10 年里，南非白人政权走到了尽头。在国内外政治、经济压力的作用下，长期被囚禁的曼德拉获释，并在多民族参与的大选中当选为新政府的总统，民主制度从此在南非得以确立。但是，漫长的种族隔离史与根深蒂固的创伤记忆无法在短期内随新政权的确立而烟消云散。个体与群体关于创伤体验的记忆，经过时间的发酵，演变为集体无意识，随着权力的更迭向外释放暴力，造成新一轮创伤历史的上演。《耻》刻画的正是这样一幅后隔离时代的社会图景。

库切生在南非，长在南非，对种族隔离制度深恶痛绝。他将南非社会概括为“主奴社会”，在这样的社会里，奴隶不自由，主人同样也不自由。[①]在他看来，种族隔离是“一种教条和一系列的社会实践，它在白人的精神存在里刻下伤痕，同时又削弱和降低了黑人的存在”[②]。库切对创伤的关注

① J. M. Coetzee，*Doubling the Point*：*Essays and Interviews*. ed. David Attwell.Cambridge：Harvard University Press，1992：p.96.

② J. M. Coetzee，*New York Times Magazine*，9（1986）.

由来已久，甚至可以用持之以恒来形容。他不仅在访谈中，还在小说里、批评文集中多次谈及这个话题。创伤叙事贯穿了他写作的始终。之所以如此，始于作家本人的心理创伤体验。库切的三部自传体小说给我们提供了宝贵的线索，帮助读者靠近作家的内心世界。在《男孩》中，库切用写实的手法回顾了不公的制度给包括自己在内的阿非利肯人带来的精神伤痕：在白人孩子舒舒服服地上学时，10 多岁的混血孩子就“离开学校到外面去给自己挣面包了”；远离家乡的童工艾迪因为想家，私自从雇主家逃走而遭到英国人的毒打；当小库切在“地球咖啡馆”招待小朋友享用甜点时，窗外出现了几个衣衫褴褛的混血小孩，眼巴巴地瞧着他们：

> 在那些孩子脸上，并没有看出一丝嫉恨的眼光，本来他倒是有那种心理准备，他和自己的伙伴大把撒钱之际，人家正是一文不名。相反，他们却像是进了马戏场的孩子，看人胡吃海喝，尽情享受，眼睛里什么也没放过。
>
> 如果换了别人，也许会叫那个涂着满脑袋生发油的葡萄牙人——“地球咖啡馆”的老板——去把窗外的孩子赶开。驱散乞儿是常有的事儿。你只消做出一脸暴怒的样子，挥着胳膊喊道——什么野东西，滚开！滚开！然后转向看热闹的人，不管是熟人还是陌生人，向他们解释——他们专门盯着看有什么可偷的。他们是一帮贼。这会儿如果他站起来，走向那个葡萄牙人，他该怎么说？“他们毁了我的生日，这不公平，让他们这么盯着看，我很受伤害。”是否该这么说？可是不管怎么说，不管是不是该撵走他们，都已经太晚了，他的心已经被刺伤。他想，阿非利肯人向来一副苦大仇深的模样，那是因为他们的心受到了伤害。他想，英国人不会把自己弄得肝火大盛，他们呆在围墙后面把心守护得很好。①



① J. M. 库切:《男孩》，文敏译，浙江文艺出版社 2006 年版，第 77 页。

用主体间性来观照上段引文，就会对库切的创伤心理产生深刻的认识。库切对于自我/他者关系的解读受到交互作用下的主体哲学的影响，认为自我不是一个传统意义上的理性的一成不变的主体，不是一个自我生成的封闭而孤立的系统，而是随时随地处于与他人和事物的动态联系中。主体与他者不是绝对分离的对立二元，而是彼此渗透、相辅相成的关系，在与他者的交互作用中主体不可避免地携带了他者影子。这样一来，对他者的恶就会反作用于自身，损害自身的道德性与心灵的完整。把主体性置放于主体间性，以此观看种族隔离制度下的主奴关系，库切得出这一不人道的制度不仅贬低了黑人的存在，而且令白人心灵蒙羞的结论。在创作中库切念念不忘“耻”的道德内涵，在某种意义上可以理解为丑陋的种族隔离的社会现实留给他的心灵后遗症。另一方面，由于对阿非利肯的民族身份难以认同，青年时期他逃离南非远渡重洋来到文化母国英国，却沉浸在无法融入的痛苦与迷茫中，而他一心想要忘却的家乡始终徘徊在他意识的边缘。萨义德用“流亡”一词概括这一情景：“流亡存在于一种中间状态，既非完全与新环境合一，也未完全与旧环境分离，而是处于若即若离的困境。”[①] 库切在《青春》中再现了文化失根的苦闷的青春期，为他的创伤做了很好的注解。文化创伤标志着某一群体身份的丧失，或者社会结构的瓦解对群体凝聚力造成的不良影响。对于库切这样的流散者来说，流散使他与本土文化断裂，由于前宗主国的不接纳，又形成身份的分裂。自我身份的认同危机和异化想象充斥于库切与拉什迪等后殖民流散作家的小说中，笔者倾向于把它看作文化创伤的文学表征。此外，库切的博士学位论文研究的对象是以言说创伤闻名于世的后现代文学大师塞缪尔·贝内特。可见，库切关注创伤、书写创伤绝非偶然，文学创作在某种程度上是他对创伤体验的艺术应对。南非创伤的历史与文化为库切的创作提供了丰富的素材与想象空间，国际化的求学背景使他能够超越南非本土的视角审视问题，将殖民、反殖民的历史主题与后现代的思辨精神有机地融合起来，形成极具个人特

① 爱德华·W. 萨义德:《知识分子论》，单德兴译，生活·读书·新知三联书店 2002 年版，第 45 页。

色的言说。

库切的小说常常采用隐喻的寓言形式，突出了“令人感到极度痛苦的意识状况”，而将“当代南非的压迫与斗争的物质因素”放到次要位置，一度受到南非左派的批评。[①] 在种族隔离时期，政治斗争的有效性和对历史事实的真实再现是南非小说创作的主导标准，在此背景下，库切坚持个性化创作，拒绝成为“代言文学”的一分子。他的作品带有强烈的元小说的特点，与南非普遍的现实主义小说路线相去甚远，有些作品也不以南非为故事的背景，被人诟病也就不足为奇。然而，任何忽视库切作品现实批判意义的做法显然是不明智的，也有失公允，何况寓言本身就是一种摆脱审查机构的鹰眼实现现实批判的迂回方式。其实，左派对库切的批评（如“突出了令人感到极度痛苦的意识的状况”）何尝不是肯定了库切对创伤书写的热忱。库切亲眼目睹了种族隔离时代白人政权的冷酷与铁血以及后隔离时代暴力的轮回，他本人又经历了反霸权、反中心、重视边缘、倡导对话精神的后现代思潮的洗礼。在分裂的历史时空中写作的库切在作品中流露出创伤情怀，有其必然的走向：作家痛苦的生命体验与他的使命感交织，令他具备一种深刻的忧患意识，这种忧患意识又会加深他对社会、对历史的思考。创伤书写蕴含了库切对历史、对当下的思辨，其作品的美学价值建立在一种洋溢着历史意识的深刻的道德关怀之上。

## 三、库切作品中的创伤表征

创伤小说“既是一种表现创伤性重负的方式，也是努力释放这种重负或者说对这一事件进行掌握和控制的方式”[②]。此外，创伤叙事还体现了社

① Adelman Gary, “Stalking Stavrogin: J. M. Coetzee's *The Master of Petersburg* and the Writing of *The Possessed*.” *Journal of Modern Literature* Winter ( 1999–2000 ): pp.351–357.

② Kathleen Laura Macarthur, “The Things We Carried: Trauma and Aesthetic in Contemporary American Fiction.” PhD dissertation. Columbia College of Arts and Sciences of the George Washington University, 2005: p.11.

会变革的诉求。对于库切而言，在种族隔离的南非，无论是释放重负、掌握和控制创伤体验，还是诉求社会变革，最终都落实到解构殖民主义合法性、颠覆种族隔离制度这一先决条件上来。在他看来，种族隔离制度作为一种非人性化的社会实践，造成了两败局面：社会关系是扭曲的，人的精神也是扭曲的，无论是白人、有色人种还是黑人都受到这一制度的毒害。书写创伤既可以有效地揭示殖民主义、种族隔离制度的罪恶，又能借用多样化的个体叙述对抗宏大历史叙事所谓的终极真相。创伤书写在库切的笔下是多维的：对象既不乏个体又有族群，曾经深受奴役之苦的黑人、混血儿和挣扎在历史巨变漩涡中的白人都是令人印象深刻的创伤载体。库切尤其擅长摹写有良知的白人知识分子的内在创伤，它以愧疚感、罪恶感的形式栖息在他们的内心深处，使他们的灵魂难以平静。库切一再选取精神世界负载伤痕的白人知识分子作为小说的叙述视角，再现这一群体的精神创伤。可以说，库切透过斑驳陆离的创伤书写审视了创伤这一历史的症候，消解和颠覆了压迫性意识形态。鉴于殖民主义思想、种族隔离制度在南非政治经济生活中发挥过重要作用，以及库切的创伤书写与这一制度的存在与后续影响息息相关，本章选取库切的 4 部小说——《幽暗之地》《等待野蛮人》《铁器时代》《耻》——对他的创伤书写做进一步的梳理和归纳。

库切早期与中期的书写借用了“自我 / 他者”的二元模式解构殖民主义与种族隔离，故事大多采用第一人称白人视角。《幽暗之地》的第一部分“越南计划”呈现了一个深受心理创伤的美国人的形象。唐恩为美国国防部构思越南战争升级计划，把它称为一项开创性的工作，疯狂地投身于其中。唐恩本人没有参与战争，然而战争的残酷却经由一张张血腥的图片影响着他的神经：“我的手伸向照片就像伸向我生命的坟墓……就像伸向一次充满羞耻而美妙的邂逅。”唐恩对此迷恋不已：“如果它们如此让我血液沸腾，正因为我是个男子汉，这些鬼魅般的影像正适合男人！”[①] 痴迷于暴力和错乱的幻想导致他精神与行为异常，最终精神分裂、人格分裂。弗洛

---

① J. M. 库切：《幽暗之地》，郑云译，浙江文艺出版社 2007 年版，第 22 页。本书引用库切作品原文，仅在首次出现时注明版本，再次出现时于引文后以括号注明页码。

伊德与荣格在探寻心理创伤的作用机制时，都强调了潜在的无意识幻想的作用。他们发现病人常与无意识幻想交流，很难区分现实与幻想，在外在创伤结束后，内在创伤却走得更远，弗洛伊德后来把它称作“重复性冲动”。荣格认为，对创伤经历的正常心理反应是从创伤场景中退却，如果无法退却，受害人往往采用“分离”这一心理防御机制，由此把不能忍受的经历分配到身心的各个部位，尤其是“无意识”层面。这意味着意识的诸多因素，如直觉、感觉、意象，不能被整合，经历本身就变成非连续体。分离的心理策略通过压抑或遗忘创伤本身带来的痛苦使外在的生活得以继续前进，但创伤的心理后遗症却继续存在并对受害人的内在世界不断产生影响，产生各种躯体症状和心理疾病。① 唐恩就是一个难以辨识现实与幻想的创伤经历的受害者，“越南计划”的文本充满了他自说自话的臆想。他受到心理重创却不自知，通过拼命压抑、否定创伤妄图超越战争的伤害，最终害了自己。文本多次提到他身体的异化：“我的脚趾倒养成了向脚掌心蜷拢的习惯。”“我同样也改不掉抚摩脸庞的习惯……不过说实在的，我紧张只是因为我的意志都集中到克制我身体各个部位的抽搐痉挛上了，如果 spasm 这个词不算太夸张的话。我的身体不听使唤，真让人头痛。有时候真希望能脱胎换骨。”（7）在笔者看来，唐恩的身体异常是创伤心理后遗症的躯体化反应。通过塑造这样一个人物，库切揭示了战争不仅对直接参与者产生巨大的身心伤害，对于非直接参与者的影响也是存在的，由于这一影响往往是在受害者不知情的状况下产生的，其危害不可小觑。同时，小说警示给其他民族带来创伤的战争很可能反作用于战争的制造者，这在当下依然具有现实指导意义。

《等待野蛮人》从帝国边境行政官的视角书写创伤。帝国权力中心派遣部队奔赴边境，镇压所谓叛乱的野蛮人。帝国部队所到之处生灵涂炭，无辜的异族人遭到折磨。一老一少的祖孙二人因为“形迹可疑”被拘禁，爷爷被折磨致死，孙子也几乎丧命。官方报告把老人的死因归结为“犯人



① 赵冬梅：《弗洛伊德和荣格对心理创伤的理解》，《南京师大学报》（社科版）2009 年第 6 期，第 95、96 页。

在讯问过程中情绪突然失控，自杀身亡”，刑讯者草草处理尸体，企图掩盖真相。然而，伤痕累累的尸体无声地宣告刑讯手段的残忍和死亡的真相。白人行政官没有参入刑讯过程，但是“身体就是证据”，在铁证面前，他的精神受到极大的震动，心情难以平静，无法对此置若罔闻，像以前那样舒适安逸地生活。作为创伤性事件的间接作用对象，行政官的心灵受到了重创。著名心理学家罗伯特·J. 利夫顿等人发现，受伤个体在创伤性事件之后一般需要经历以下过程：（1）回到该事件中，并设法将各种碎片整合起来以获得对于该事件的理解；（2）将这一经历糅合到现时该个体对于世界的理解之中，尽管这一理解已经发生了很大的变化；（3）用一种叙事语言将该经历描述出来。[①]《等待野蛮人》的后续叙事嵌入了作为受害者的行政官对创伤体验的整合、理解与描述。老人的死亡引发了行政官的矛盾行为：在猜到真相后，他试图用各种方法，甚至不惜迁居与纵情声色来远离刑讯室以逃避创伤记忆，却总是身不由己回归事件的原点，将各种蛛丝马迹（即利夫顿所说的碎片）整合起来形成全新的认知。行政官将这一梦魇般的经历糅合到他对于世界的理解之中，面对他者伤痕累累的身体，他猛然觉悟到作为帝国统治机器的一分子，自己与暴力政治的共谋关系：“我用自己的手搓着他的小手（帮他活血）。他痛苦地活动着手指。我像一个母亲，试图安慰在父亲的盛怒下瑟瑟发抖的孩子。刑讯者可以有两副面孔，用两种声音说话，一种粗暴，一种柔声细语。”[②]正是由于行政官直面了异族人的身体创伤，没有回避他者的身体残疾可能带给他的精神创伤与心灵震荡，他才能够对帝国统治的本质达成全新的领悟，从帝国文武御国的权力模式中走出来，站到暴行的对立面，并在与乔尔上校对峙时用自己的语言重构了这一经历（行政官对杨木简符号的能动诠释实际上是对该经历的创造性摹写）。《等待野蛮人》在叙事上嵌入了一个受伤主体对于事件的整合—理解—描述的过程。

创伤主体在行为层面常常显露出矛盾性。一方面，主体竭力逃避与创

---

① 见柳晓：《梯姆·奥布莱恩九十年代后创作评析》，《外国文学》2009 年第 5 期，第 69 页。

② J. M. Coetzee，*Waiting for the Barbarians*. The Penguin Group，1980：p.7.

伤情景类似或可能引发创伤记忆的情景；另一方面，他又难以克制再次体验创伤瞬间的无意识冲动。[①] 行政官在行为上的反常恰好证明他已经成为心灵创伤的承载者。卡鲁斯的观点为行政官的创伤缘起做了很好的揭示。卡鲁斯认为，创伤性经历的被迫重复并不在于对死亡威胁的直接经历，而是在于错失了这种经历，在于因为没有及时地经历，对于死亡的威胁并未完全理解消化的这个事实。恰恰是由于行政官错过了见证刑讯的真相，没能及时地经历、理解、消化死亡的意义，他才无法抑制返回刑讯地（死亡原发地）的冲动。此外，创伤受害者的典型的躯体化反应是频繁地受到梦境或幻觉的侵扰："创伤性经历在梦中的反复出现是想克服间接的体验，想掌握在第一次没有能够完全抓住的东西。由于在过去没能完全地理解死亡的威胁，幸存者就被迫不断地重复面对。"[②]《等待野蛮人》关于异族女孩的描写，特别是梦境描写恰好与这一点契合。女孩的父亲在刑讯时丧命，她半盲的眼睛和跛脚也是拜帝国所赐，是暴行的身体表征。行政官把流浪街头、无家可归的她带回自己的住所，以一种常人难以理解的心态观察抚摸她身体的伤残，体悟它的所指。文本多次写到行政官的梦境，这些梦的片段模糊流动，充满魔幻现实主义的色彩，像散落的色彩斑斓的魔块一般引人入胜。在这样一部行文简洁流畅的寓言式小说里镶嵌一段段后现代的魔幻梦境绝不是作者信手为之，笔者倾向于把它们看作行政官创伤体验的某种隐喻修辞。女孩在梦里反复出现，如："从她空空洞洞的眼睛里看出来全都是雾蒙蒙的一片空旷。我盯着黑暗深处等待着出现一个形象，但仅有的记忆是我涂油的手滑过她的膝盖、腿肚子和脚踝的情景。""扛着那女孩——这是我仅有的一把迷宫钥匙，她的头垂挂在我的肩膀前，两只毫无知觉的脚垂在另一边。还有另外的一些梦，梦里我称作女孩的人形变了形状、性别和大小。有个梦里有两个形体把我吓醒了：巨大而空白，它们不停地长



① Jeffery C Alexander，*Cultural Trauma and Collective Identity*. Berkeley：University of California Press，2004：pp.53.

② Cathy Caruth，*Unclaimed Experience：Trauma，Narrative，History*. Baltimore：Johns Hopkins University Press，1996：pp.64，62.

啊长啊，直到占据了我睡觉的整个房间。好像梗塞住了般我醒过来，大喊着，用尽我的力气。”（86~87）伤残的身体是行政官整合创伤体验的关键；身体的变异象征了帝国对他者的施虐如一块巨大的石头压在行政官心头令他寝食难安，最终幡然醒悟。从统治分子的一员沦为遭受迫害的他者，行政官因莫须有的“通敌罪”被指控、囚禁，当众受到鞭打，尊严扫地。从目睹他者的身体创伤到自身的躯体携带伤痕这一属于他者的能指符号，创伤可谓伴随了主人公觉悟的全过程。然而，行政官视角的唯一性使读者无法靠近文本中的他者，行政官也没有与他们建立起切实有效的沟通模式，他的意识折射出的异族女孩是个无法探知的谜，一个梦境的符号。他者的身体创伤虽然经行政官的眼睛折射出来，他们的心灵创伤读者却无法感知，只能暗自揣摩。[①] 在某种程度上，异族人的身体创伤是小说的引子，促成白人知识分子的道德反思，是他们意识与行为嬗变的催化剂。白人知识阶层精神世界的伤痕是这部小说创伤书写的重中之重。

《铁器时代》以种族矛盾空前激化的南非为故事背景，创伤主题同样贯穿了小说的始终。它采用书信体小说的框架，以第一人称叙述视角记录了民族矛盾不断加剧、暴力事件激增的动荡不安的社会图景。科伦太太的意识构成小说的中心意识。她年逾六十，秉承自由主义人文传统，注重人际间的友爱互助，反对强权与暴力。她亲眼目睹了白人政权的滥杀与黑人群体的丧亲之痛。如果说《等待野蛮人》的他者形象比较模糊，其伤痛只是通过第一人称叙述者的视角间接得以表述，那么，《铁器时代》的故事由于放在南非这样一个现实世界里，科伦太太又与黑人族群有过近距离的接触，后者的生存状态与集体创伤得到淋漓尽致的呈现。一具具被警察击毙的尸体摆在黑人人群面前，科伦太太的女佣面对儿子的尸体悲恸得无语，围观的人群先是短暂地缄默，随后疯狂地宣泄，震动着科伦太太与读者的心弦，也昭示了黑人群体创伤之深之重。“我们的时代是见证的时代。在

---

① 这一他者身体和心灵创伤的表现手法常见于库切早中期的其他作品，如《迈克尔·K 的生活和时代》中迈克尔·K 的身体残疾与《福》中关于星期五缺失的舌头的描写。

这一时代，见证本身就是巨大的创伤。”[①]《铁器时代》就是一部关于见证的创伤史。这创伤在小说里具化为癌细胞，吞噬着科伦太太的生命。文本多次将癌细胞的扩散与饱受煎熬的南非大地和腐朽的白人政权联系起来。科伦太太反思：“罪过很早以前就犯下了。多久以前？我不清楚，但是肯定早于 1916 年。那么久了，我生来就是它的一部分，是我从父辈那里继承的一部分。……罪过总要付出代价，以前我认为代价是羞耻感。耻辱地活着，在耻辱中、在一个被人遗忘的角落默默死去。……尽管我不是罪过的始作俑者，罪过却是以我等的名义犯下。”“我生来就是奴隶，死时也必定是奴隶。带着枷锁活着，带着枷锁死去：这是代价的一部分。”[②]科伦太太的“耻辱”意识与库切的“精神伤痕”如出一辙，通过她库切再次申明：种族隔离以肤色血统区分人群，殊不知不公的制度给有良知的白人带来的只能是愧疚感，残害着精神世界的平静与圆满。这一观念不仅在库切的多部小说里，也在评论与访谈中多次出现。怎样才能走出自我/他者二元对立的泥沼，南非社会有无新生的可能，这些是小说留给读者思考的话题。科伦太太信任一个他者中的他者（被所有人唾弃的无家可归的流浪汉），决定由他担任信使，在她去世后将她的文字传递给定居美国的女儿，这一命题测试的不仅是她本人爱与关怀的信念，更是长期浸染在自我/他者二元意识形态、冷漠异化的南非社会走向新生的希望。虽然小说的结尾不乏悲怆之感，但科伦太太与流浪汉的融洽和睦似乎暗示了未来南非社会走出伤痛、共建多民族大家庭的希望。《铁器时代》的创伤书写一如既往地渲染白人知识分子的道德耻辱感和心灵创伤，同时也预言了黑人族群的创伤记忆有朝一日可能释放出来的巨大力量。“当我们行走在南非这片土地上，我有种感觉像是踩踏在黑人的脸上。他们的呼吸已经停止，但是他们的魂灵却没有离开，……等待再次被唤醒。在地表下游动着数百万的铁一样的身躯。”（125）

小说《耻》以冷峻内敛的笔触把权力交接后的世事更迭化为现实。《耻》以写实的手法记录了后种族隔离时期白人的历史阵痛。主人公卢里是南非

---

① Roger Luckhurst, *The Trauma Question*. London: Routledge, 2008: p.7.

② J. M. Coetzee, *The Age of Iron*. New York: Random House, 1990: pp.164–165.

某大学的教授，因与女学生发生不正当的两性关系而名誉扫地。卢里拒绝按照校方的提议公开忏悔，被学校辞退。他来到南部女儿露西的农场，却不得不面对露西被黑人轮奸，自己的财物被盗，被黑人殴打，露西的农场即将被黑人邻居侵占的现实。黑人不再是创伤的载体，权力的更迭使他们变身为暴力的施与者。露西被黑人轮奸的事实，在卢里的意识里一再与历史上白人男性对异族女性的性侵犯相互指涉，暗示了权力、性与暴力的内在关系，充满历史循环色彩。身体创伤没有击倒露西，她决心在这片土地上生活下去，即使这意味着失去土地，嫁给以前的黑人雇工做他的第三个妻子，就像她所意识到的，这是她在这片土地上继续生活下去不得不付出的代价。露西的选择展现了一个白人女性面对创伤的坚强与勇气，以及在一个已经彻底改变了的历史语境里生存下去的豁达心态。然而，小说更多地聚焦于卢里——一个白人男性——的历史创伤。《耻》的叙事进程映照了卢里从权力所有者滑向失意者的历程：不仅声誉、地位、财产遗失殆尽，甚至连尊严也无法顾及。他与动物为伍，照看被人遗弃的动物，“过着狗一般的生活”。卢里期待已久的剧作迟迟不能成形，创造力的枯竭是精神创伤的表征。卢里的遭遇在某种程度上是某些南非白人男性在后隔离时代创伤经历的映射。

虽然人们常常将他的作品与后现代写作联系起来，库切本人却是一位有着强烈道德意识与人文关怀精神的作家，“耻”字出现在他多部作品的多种场合中。① 创伤记忆易于引发主体的自我嫌恶、羞耻、愧疚等负面情感，这已是学界共识。库切对“耻”的执着显示了种族隔离制度留给白人的精神伤痕如何顽强地存在于他的意识和潜意识中，影响着他的人生观与价值观。在隔离语境里，库切把耻当作道德标尺，就像《铁器时代》中的科伦太太表述的：“我把羞耻当作向导，努力做一个品德高尚的人。只要我感到羞耻，我就知道自己没有陷入真正的不光彩中。这就是羞耻的用处，它是一块试金石，永远在那儿，你像盲人那样摸着它辨识自己的方位。”（165）

---

① 库切的小说《幽暗之地》《等待野蛮人》《福》《伊丽莎白·科斯特勒：八堂课》以及近作《凶年纪事》《夏日》都借助人物对羞耻（shame）、耻辱（disgrace）、荣誉（honor）做出精辟的评析。

在后隔离时代，库切以“耻”作为小说的标题延伸了它的道德内涵，它多方位、多层面的指涉也凸显了创伤这一20世纪的主题：在库切看来，不仅白人对其他人种的压迫是不道德的，任何形式的压迫都是可耻的，“耻”以其丰富的伦理反思表征了现代人的创伤。库切透过小说传达出对体现人性价值的新伦理的呼唤，只有这样人类历史才能摆脱暴力的轮回。

## 四、结语

综上所述，库切的小说站在历史的高度见证了黑人族群的历史创伤，同时又突出了种族隔离带给白人知识分子的道德耻辱和精神创伤。流淌于他笔端的创伤是多维的、立体的、丰满的，个体心理创伤、集体创伤、身体创伤、精神创伤，乃至要实现建立一个和谐共处的混杂性南非民族所要克服的文化创伤，无不在他的小说里暗潮汹涌。库切作品呈现的创伤跨越了种族、阶级的界限，甚至超越了国界。库切移居澳大利亚后的作品《慢人》《凶年纪事》脱离了南非的语境却依然浸染创伤气息，并且创伤书写体现出不同于以往的向度。到目前为止，库切从未远离创伤书写，创伤作为一个构成性要素，依然活跃在他的作品里。而承载创伤的身体与身份、权力话语的关系，是下一章探讨的重点。

# 第二章　身体叙事、身份与权力话语

20世纪80年代以来，西方社会与学术界开启了“身体转向”①，进入了英国社会学家布莱恩·特纳所说的“身体社会崛起”的时代，“在从艺术、人文科学、社会科学到生物科学的众多领域里，人们对身体的认知都取得了进步”②。库切的作品对于身体的关注可以用“由来已久”“持之以恒”来形容，有关身体的叙事几乎每本小说都有涉及。早中期小说中他者伤残的身体，如《福》中的星期五、《等待野蛮人》中的异族女孩等，令人印象深刻；小说《耻》深化了对身体、权力与历史的关系问题的探索。《伊丽莎白·科斯特勒：八堂课》的一个重要的关注点是身体的本体性问题，把它与人的存在危机和生态危机联系起来。而在《慢人》《凶年纪事》中，身体是不可化约的叙事要素。不夸张地说，形形色色的身体和关于身体的叙事大大丰富了库切小说的肌理。其身体叙事的一些热点议题，如他者身体与（不）

---

① Mark Jenner，“Body Image，Text in Early Modern Europe.” *Social History of Medicine* 12，1 (April 1999): p.143.

② 肖恩·维斯尼、伊恩·霍德主编：《身体》，贾俐译，华夏出版社2006年版，第2、4页。

可言说性[①]，刑讯与真相的关系问题[②]，以及暴力表征的伦理争议[③]，已被研究者高度关注。

库切的小说缘何执着于身体？在某些个人的气质秉性的原因之外，或许可以从作家本人的经历中找寻答案。众所周知，与死神擦肩而过的经历往往给当事人留下刻骨铭心的记忆，当事人对身体、疾病、死亡等话题会格外敏感。库切的第一部自传作品《男孩》以生动传神的文笔回顾了童年时期库切几乎溺水而亡的经历。虽然得救，死神将至的瞬间体验丝丝入扣地传递出来，他的脑海里甚至浮现出母亲手拿死亡通知单面色惨白、悲痛欲绝的画面。少年库切还两次遭遇他人的亡故。同学奥利弗死于白血病，作为一个学习上的强劲对手，奥利弗的病故对于库切来说，虽然“竞争的恐惧消除了。他总算透过气来。但往日那种回到第一名的愉悦却没有了”（155）。安妮阿姨的离世令《男孩》的叙事结束于凄清的葬礼仪式，给小说淡淡地罩上一层死亡的阴影，标志着库切童年的终结。生命的脆弱与世事的无常镌刻在库切的意识或潜意识里，使他对人生的洞察敏锐起来。无怪乎库切对同样擅长书写病痛与残疾的塞缪尔·贝克特的小说情有独钟。《青春》形容库切初识贝克特的小说，惊喜的程度不亚于发现新大陆。贝克特穷其一生书写创伤，与他自身的身体状况不无关系。他患有多种疾病，为病痛所累，对痛苦的言述或多或少携带了自身身体状况的痕迹。库切虽然不像贝克特那样为疾病所苦，却对身体怀有强烈的自我意识，这一微妙的心理动态贯穿在《男孩》《青春》《夏日》三部曲里，小说《凶年纪事》

---

① 有关论述见 Gayatri Chakravorty Spivak，“Theory in the Margin：Coetzee’s *Foe* Reading Defoe’s Crusoe/Roxana.” *English in Africa* 17. 2（Oct. 1990）：pp.1–23；Betina Parry，“Speech and Silence in the Fictions of J. M. Coetzee.” *Writing South Africa：Literature，Apartheid and Democracy，1970–1995.* Eds. Derek Attridge & Rosemary Jolly. Cambridge：Cambridge University Press，1998. pp.149–165；Brian Macaskill and Jeanne Colleran，“Reading History，Writing Heresy：The Resistance of Representation and the Representation of Resistance in J. M. Coetzee’s ‘*Foe*’”，*Contemporary Literature* 33，3（Autumn 1992）：pp.432–457 等。

② Barbara Eckstein，“The Body，the Word，the State：J. M. Coetzee’s *Waiting for the Barbarians*.” *Novel：A Forum on Fiction* 22，2（Winter，1989）：pp.175–198.

③ Lucy Valerie Graham，“Reading the Unspeakable：Rape in J. M. Coetzee’s *Disgrace*.” *Journal of Southern African Studies* 29，2，（Jun. 2003）：pp.433–444.

巧妙地借用了作者的生理和心理状态。中年丧子的创伤令库切把目光转向有同样经历的19世纪俄国现实主义作家陀思妥耶夫斯基，以出色的移情能力和想象建构了陀思妥耶夫斯基创作《群魔》前夕痛失爱子、癫痫病频频发作的炼狱人生。这也印证了作为创作主体的艺术家其个体生命体验对创作具有难以抹杀的影响。

南非隔离制度的长期存在是库切执着于身体叙事的另一重要因素。在种族隔离时期，作家们不能回避也无法回避身体这个主题。残疾、伤病、死亡构成这一时期南非小说不可化约的故事要素，是有良知的文化人抨击隔离政策的一种隐喻。尽管库切反对代言文学，坚持走个性化的创作道路，他也赞同“在南非不可能否认苦难的权威，因此也就不能否认身体的权威。不可能这样做，……出于政治、权力的考虑”[①]。关注“苦难的权威”和“身体的权威”，库切的身体叙事承载了厚重的权力关系与身份话语。本章主要着重于库切小说身份、权力话语与身体叙事之间隐秘的关联，下一章将聚焦残疾书写。



## 一、从自传《男孩》看库切身体叙事模式的开启

库切对美做过如下的评述：“美（beauty）与魅力（attractive）含义不同。美具有多重含义，可以回溯至美学甚至柏拉图形而上学。美不局限于活的生命，‘魅力’则受此局限。对人而言，美……并非产生于性的生物特征。”[②]库切眼中的“美”是形神合一的自在之物，美的具象外在与超验的精神融为一体，颇具康德审美无功利性或无目的性的意味。美的身体被艺术化、客体化，被视为令人愉悦的审美对象。但是在身体这个问题上，库切是矛盾的。一方面他试图把身体之美与柏拉图的形而上学联系起来，把它抽象

① Louise Bethlehem，“Elizabeth Costello as Post-Apartheid Text.” *J. M. Coetzee in Context and Theory*. London，New York：Continuum International Publishing Group，2009：p.29.

② J. M. Coetzee，*Strange Shores：Literary Essays 1986–1999.* New York：Viking Penguin，2001. p.24.

化、艺术化、纯粹化；另一方面，身体的生物性在场又难以回避，在一个种族社会中情况更是如此。因此，库切对“美”和“魅力”做了区分，把生物性关联到后者。这在库切的小说中，特别是早中期的小说中，表现为艺术化的、客体化的身体之美与欲望的身体的两极化表征。他的小说称颂身体之美，特别是种族他者轻灵自如的身体之美；而白人男性的不当欲望则是文本的主要批评对象。在结合具体小说做进一步分析之前，笔者援引《男孩》，对库切小说的身体叙事模式的开启进行回溯。

《男孩》采用第三人称叙述者，一个重要原因在于这一成熟的叙述声音可以时而深入少年库切的意识，反映他眼中形形色色的身体，时而拉开与人物的距离，对此做出客观的审视与评判。这就方便作者在一部叙述童年生活的作品中引入后殖民思想来观照人物彼时的想法和行为，丰富小说的内涵。小库切眼中美的身体，属于种族他者的混血儿。随之而来的问题是，在种族隔离的现实语境里，他者的身体美与主体的身份意识必然发生激烈的碰撞；是坚持美的无功利性，还是加入主流意识形态漠视甚至诟病他者的身体？少年库切毫不迟疑地选择了前者，并由单纯的对身体之美的膜拜生发出关于种族隔离制度的最初的自发性思考：

> 这男孩（库切街上遇到的混血男孩）有着未经触摸的新鲜身躯。他纯真无邪，而他，被自身的阴暗欲念所控制，是有罪的。事实上，通过这漫长的思维之径，他已经发现了perversion这个词，它如此阴暗晦涩，让人头皮发麻，那令人困惑的打头字母p可代表任何意思，随后迅速通过无情的r跌入那报复性的v。其罪名并非一项而是两项。这两项罪名是交叉的，他就落在那个交叉射程的火力点上。今天，把这两项罪名加诸其身的那个男孩不仅轻灵如鹿，且纯真无邪，而他的内心却是阴暗、沉重、有罪的：况且这男孩是个混血儿，那就意味着他没钱，住在阴暗肮脏的简陋茅屋里，常常处于饥馑之中；同样可以想象，如果他母亲嚷嚷一声，“孩子！”

> 他就得停下脚步，过来照他母亲吩咐去跑腿，不管她叫他做什么，最后攥起手掌捏紧三便士硬币，乐得屁颠屁颠的。过后如果他在母亲面前抱怨，她会冲他微微一笑，“但是他们习惯这样了！”
>
> ……
>
> 那男孩在他心里挥之不去。（63~64）

他者的轻灵身影浓缩成自然纯真的意象，与“我”的欲念的身体并置：他者是纯真无邪的，“我”是阴暗的、有罪的。值得注意的是，这段描写开启了库切小说种族身份与身体表征衔接的基本模式：拥有自然美好的身体的，不是占据统治地位的白人，而是朝气蓬勃、极具灵气的混血儿。库切寥寥几笔勾勒出少年玩伴埃迪骑自行车时矫健自如的身影：“他骑得像风一样快，踩在踏脚板上，旧海军蓝上装漂浮在身后，他骑得比他（指小库切）好多了。”（80）《内陆深处》通过白人女性玛格达的视角凸显了女仆安娜的美貌与身姿；《铁器时代》赞叹他者的活力与美，仿佛街上一道流动的风景线，令人心动不已；在《耻》《凶年纪事》中，拥有身体之美的依然是有色人种。库切以身体的美丑隐喻不同民族 / 种族的内在。与混血儿的美对立的，是阿非利肯人粗壮笨重的体貌，文本多次讥讽他们蛮横粗鄙的内在。如，《男孩》如是描写 1948 年南非大选的获胜者国民党领导人、阿非利肯人马兰博士的丑陋：“那张肉团似的脸庞上挂不住一丝悲悯之色。他的喉管像青蛙似的蠕动着，他的嘴唇总是撅起的。”（74）在此君的领导下，种族隔离制度在南非全面深化。库切的小说中诸如此类的丑陋白人还有很多，像《幽暗之地》的唐恩、《内陆深处》的玛格达等。

殖民时期的小说常常借助身体描写，把客观存在的人种体貌差异与智力、性格、品行主观地对应起来，建构了所谓的文明人与野蛮人、优等民族与劣等民族的二元差异。通过诟病他者的身体，形成关于他者笨拙、懒惰、无知、缺乏道德感与责任意识的刻板种族印象，霍尔称之为“他者的景观”。白人与其他人种之间的差异被自然化、刻板化，形成“表征的政治学”。也就是说，殖民主义关于自我与他者的对立叙事始终伴随着对他者身体的丑化与诟病。库切反其道行之，大书特书他者的身体美与阿非利肯人普遍缺乏美感的身体，借此讽喻他们粗鄙不堪的内在，这对于殖民意识形态来说无异于釜底抽薪。可以说，身体特征与种族身份的逆向链接是库切反殖民言说的一个重要部分，结合《男孩》对作家早期生活的描述就会发现，其开端处正是作家对美的追求与坚持。对于自然美好的身体的礼赞使库切超越了种族、阶层等意识形态的枷锁，萌发了尊重他者的思想，并最终启发了作家与种族隔离制度背道而驰的政治观与创作生涯。

## 二、女性身体叙事的编码：种族身份、权力与话语

朱迪思・巴特勒认为，社会性别是被演示出来的，即一个人的身体意识及社会性别身份是通过角色扮演生产出来的，并且这种扮演又为占支配地位的意识形态所限定。所以身体意识不是自然的，也不是可以随意选择的，而是由各种文化话语的语言建构而成。[①] 波德里亚把它表述为“我们的身体就是社会的肉身”。身体的地位是一种文化现实，身体关系的组织模式反映了事物关系的组织模式及社会关系的组织模式。身体不仅是社会文化的建构物，也是社会文化意义的存储器和象征场所。[②] 在父权社会中，男性是观看者，女性是被观看者；在种族社会，白人是观看者，种族他者是被观看者。身体话语承载着厚重的权力关系。库切的小说，特别是反映殖民生活的早中期小说，契合“女性作为被观看者”的叙事传统，在这个大的框架下，基于种族身份女性身体叙事呈现二分性：白人女性的身体更多地被表征为父权社会经济与社会关系的符码，鲜少作为欲望对象存在，这与库切小说用身体之美隐喻种族优劣、解构殖民主义意识形态的策略是一致的；关于他者女性的描述则恰恰相反，她们的身体投射了白人男性的

---

① 丹尼・卡瓦拉罗：《文化理论关键词》，张卫东等译，江苏人民出版社 2006 年版，第 116~117 页。
② 何林军：《身体的叙事逻辑》，《理论与创作》2007 年第 1 期，第 15 页。

欲望，由于视角的关系，叙事无法深入她们的内心，读者看到的只是白人视域里他者的沉默的身体在场。

库切第一部小说《幽暗之地》的主人公雅各·库切是18世纪南非荷裔殖民者，此人对白人女性与土著女性的身体做过麻辣点评：

> 荷兰女孩身上有一种财产的气味。首先，她自己就是财产。她们带来的不仅是若干磅白白的肉体，还带来若干亩的土地，若干头牛和若干个仆人。然后就来了一大群父母兄弟姐妹，你失去自由啦。与这个女孩联姻，也就是把自己与一个财产体系连在了一起。而一个未开化的布须曼女孩一无所有，没有和任何东西有联系，她活着可就像死了一样……现在你成了力量的化身，而她一文不值，她只不过是一块抹布，你在她上面蹭蹭就随手丢弃了，完全可以随意处置，不需花费任何钱财，完全免费。她可以挣扎，可以尖叫，可她明白这全是白费，她所能奉献的就只有这自由处置权了。”（81）

这个在书写者S. J. 库切（J. M. 库切在该书中虚构的一个人物）眼中没有受过多少教育、被标榜为民族楷模的白人农场主粗鲁地把白人女性的身体与财产链接起来，宣扬金钱理性。“若干磅白白的肉体”直白唐突地把女性身体与可计量、可消费的商品等同起来，再现了“女性是对于群体生活而言必不可少的一种稀有商品”①的事实：

卢梭在《社会契约论》中明确了契约的含义与精神，把它视为对于现代社会具有奠基意义的伦理。尽管未对契约者的身份进行明确的界定，然而，无论从历史的、哲学的抑或现实的角度看，女性缺乏主体性的历史语境决定了她们往往处于被协议的位置，而非制定契约的主体。在雅各·库

---

① Luce Irigary，*This Sex Which is Not One*. New York：Cornell University Press，1985：p.170.

切看来，婚姻来不得半点儿戏，毕竟一桩“圆满”的婚姻是他所看重的财产扩充的重要渠道，用他的话说，联姻就是“与某个财产体系连在了一起”。这种把白人女性的身体视为经济体系符码的观念在库切早中期反映殖民生活的小说中很常见，几乎成为一种叙事常规。后文将结合库切的其他作品对此进行进一步的论述。

《幽暗之地》把契约的理念迁移至南非这片广袤的他者空间，让它在与殖民者的霸权逻辑的碰撞与冲突中自我消解。在与南非土著部落的谈判中，雅各·库切一再重申：“从今以后，让我们一定像男人一样行事，互相尊重对方的财产，我的财产是属于我的——我的牛，我的牛车，我的货物；你们的财产是属于你们的——你们的牛，你们的妇女，你们的村庄。我们尊重属于你们的东西，而你们也要尊重属于我们的东西。”（94）显然，女性与牛、货物、土地等有形资产被归为一类，作为协议的对象，再次印证了女性身体的经济属性。雅各·库切提议依照契约来解决纠纷，然而由于缺乏契约伦理所依托的一整套政治、经济、法律与社会关系体系，所谓的“契约”注定无法落到实处。文明社会把是否存在一整套关于财产的界定、使用、处置权的制度当作衡量一个社会先进与否、理性与否的尺度，依照这样的标准，霍屯督人的群居生活显然是不文明的、落后的、愚昧的，理应在“这块湮灭或者称之为历史的旷野上”为文明让路。文本让主人公自说自话，产生反讽效果，瓦解他的叙述。这位口口声声遵循契约伦理的雅各·库切，压根儿就无意信守自己的承诺，契约只不过是他的一种托词，在人单势孤的情况下借以维护自身利益的周全，之后他偷袭土著部落的牛群，焚烧他们的家园，大开杀戒。在对待土著女性的态度与手段上，同样显示了契约伦理在殖民霸权下的不堪一击。如果说白人女性的身体更多地与文明社会的经济、法律制度联系在一起，那么土著女性的身体恰恰由于不在体制之内而成为白人男性的欲望客体。在殖民者的眼中，一个未开化的布须曼女孩“一文不值”。“未开化的”身体与“未开化的”非洲地理空间之间的类比关系，映射了身体与权力的内在关联。白人男性俨然是权力的化身，高高在上俯视他者女性，这样一来，他者女性的身体生物性特征就被无限放大了。

雅各·库切的经历与观念在小说中不是作为孤立的个案，而是被赋予了普遍意义，这一点被传记的撰写者 S. J. 库切一再强调。雅各·库切被 S. J. 库切的文本塑造成民族的楷模：“库切赶着牛车往北，就似乎在用青蛙或癞蛤蟆的广角球形眼睛往前看：它（青蛙）四周的东西都在他的前面了。用诗学术语来说就是，他放弃了东印度公司的小麦蔬菜合同而转向放牧牛群，就已经创造了未来。”（147~148）通过所谓的诗学术语，编写者 S. J. 库切试图把一个农民的一次个人选择升华为具有重大历史意义的事件。强调雅各·库切从固守一方、埋头务农的农民蜕变为具有开拓精神的殖民英雄，意在隐喻布尔人北向大规模圈地的殖民时代的到来。在以掠夺土地为主要宗旨的殖民活动中，殖民者最大程度地榨取当地的资源（包括身体资源），以文明进步之名行资本原始积累之实。用这样一位所谓的“民族英雄”来解读女性的存在价值，在揭示秘而不宣的女性身体表征所蕴含的身份和权力符码之余，库切批判的目光指向资本主义社会敛财逐利的价值观[①]。在其作用下，白人女性的身体被简约为资本主义经济与社会关系的符码，他者女性沦为凝视的客体。

凝视是携带着权力运作或者欲望纠结的观看方法，观者被权力赋予“看”的特权，通过“看”确立自己的主体位置；被观看者在沦为“看”的对象的同时，通过内化观者的价值判断进行自我物化。凝视这一视觉行为蕴含性别、种族意识与权力机制。[②] 库切早中期的许多小说都沿用了凝视机制。在《幽暗之地》中，雅各·库切的第一人称叙述视角赋予他从白人男性这一种族、性别身份的权力交汇处审视女性的权利，开启了女性身体的二分叙事。《内陆深处》一方面通过白人女性玛格达的视域，折射她的父亲如何垂涎仆人安娜的美貌与躯体；另一方面，玛格达内化了主流社会的价值观进行自我物化，安娜作为凝视的客体存续于玛格达的意识中，青

---

① 对资本主义社会敛财逐利的价值观的分析，见黄梅：《〈理智与情感〉中的思想之战》，《外国文学评论》2010 年第 1 期。

② 陈榕：《凝视》，《西方文论关键词》，赵一凡等主编，外语教学与研究出版社 2006 年版，第 349 页。

春魅惑的身躯与玛格达的瘦小枯干形成对照。从这个角度解读,《内陆深处》是一部地道的关于女性身体的小说。它沿用《幽暗之地》的双重表征:混血儿安娜是白人男性欲望的化身;而玛格达的身体则被表征为欲望的零集,其存在价值主要在于它所表征的经济与社会关系,以及管家婆的工具价值。虽然这部作品对女性身体的二重书写与《幽暗之地》如出一辙,然而,由于叙述视角的不同而有了完全不同的风貌。《幽暗之地》的男性外部视角决定了叙述以一种居高临下的姿态审视女性;《内陆深处》中的玛格达内化了父权社会主流价值观的女性受害者的视角,使她的叙述无法避免某种悲怆的意味。《耻》把故事的背景挪到了后种族隔离时期的南非,尽管白人与黑人的命运不同往日,关于女性身体的叙事并没有发生显著的变化:无论是让卢里迷恋不已的妓女索拉雅还是女学生梅拉妮,都是混血儿;而白人女性继续作为欲望的零集,卢里与几个白人女性的性事都因为欲望的缺场而尴尬收场。卢里的女儿露西不幸沦为种族报复的牺牲品。小说通过露西之口,反复强调这一施暴行为并非出自生理欲望,而是源自仇恨,也就是说,暴力行为是对历史压迫的报复性姿态。虽然文本用轮奸隐喻暴力的历史循环,文本对此行为的动机的再三追溯吻合了库切小说女性身体叙事的二分模式。

## 三、规训与惩罚:男性身体叙事的两极表征

如上所述,在反映殖民生活和隔离时代的小说里,白人男性是凝视主体、欲望主体,他者女性是被动的欲望客体,如《幽暗之地》中的雅各·库切,《等待野蛮人》中的白人行政官,等等,都沿用了这类表征。而后殖民时代白人男性的身体叙事更多地呈现为两极化:白人男性或是自发规训身体,或是为欲望付出沉重代价,笔者称之为规训与惩罚的两极表征。

福柯将身体与权力话语联系在一起,认为身体受到权力的严密规训,

权力关系直接控制它、干预它。福柯把权力界定为一系列的体制化话语，通过生产性知识，将性作为对象进行治理。这种治理并非通过对性采取严酷的控制，而是要用公共话语的理性，让公民控制自己的性。[①] 库切的小说《慢人》把故事背景设置在澳大利亚，塑造了一个自觉进行自我规训的主人公退休摄影师保罗。保罗遭遇车祸截肢，请来护工玛丽亚娜照顾自己，后来爱上了她。小说几次从保罗的视角描写玛丽亚娜丰满健硕的身体。虽然保罗渴望与她在一起，然而，“他压根儿就不是一个激情澎湃的男人。他没有把握自己以往是否喜欢过那种激情，或是否赞成它。激情澎湃，那是个陌生领域；一种滑稽但无法避免的忧伤，就像郁郁不乐，……狗儿们才会被交配的激情主宰，它们龇牙咧嘴的，脸上露出不幸的表情，舌头耷拉出来。”（51）在保罗的意识里，受欲望驱使的身体是不体面的，把它与发情的动物相提并论，这种降格（disqualification）的联想暗示理性、智性如何行使权力的微观技术，让他自发地对身体进行管理。为加深这一主题，文本意味深长地让保罗回忆一本柏拉图著作的封面：“它展示一辆由两匹骏马拉着的战车。一匹黑马长着闪光的眼睛和扩张的鼻孔，代表着卑下的欲望；而另一匹比较平静样子的白马，代表着不太容易鉴别的更高尚的情感。站在这辆战车上，紧握着缰绳的，是一个有着半赤裸的躯干和希腊式鼻子的年轻男子，一条束发带围在他的眉际，可能代表着自身，也就是所谓的自我。”（59）柏拉图认为，绝对的实体，如美、善和灵魂，是先在的、不验自明的，而身体等有形的东西则注定有不在的一天。只有穿越多样性的现象界，进入纯粹、永久、不变的领域，灵魂才能驻足在绝对、永久、单一的“智慧”王国。因此，智者应当“藐视和回避身体，尽可能独立”[②]。柏拉图倡导灵魂与身体分离，以获取真知。他对身体、灵魂关系的论证，开启了西方身心二元论。保罗内化了身心对立的思维模式，弘扬理性、智性而贬低身体欲望。另一方面，后现代文化语境剥夺了人们对理性的绝对信仰。“不太容易鉴别的更高尚的情感”蕴含了一种怀疑甚至是讥讽的语调。

---

① 米歇尔·福柯:《规训与惩罚》(修订译本)，刘北成、杨远婴译，生活·读书·新知三联书店 2012 年版。
② 柏拉图:《柏拉图全集》斐多篇（第一卷），王晓朝译，人民出版社 2002 年版，第 27 页。

保罗对身体 / 理性关系的反思反映了他自发地运用体制话语对身体进行规训，同时又表现出对理性的根基不再深信不疑的后现代者的无所适从。身体的残疾更是增加了规训无意识，一个身心不健全的人、一个残缺的主体怎么能奢望欲望的满足？难怪保罗在与玛丽亚娜的关系上裹足不前："如果借助什么奇迹，他会马上拥抱玛丽亚娜，在这种心境中及时利用优势，他就能克服她所有的正派与矜持，他准备赌博一下。当然，这是不可能的。厚颜无耻呀，比厚颜无耻更坏，是疯狂。他甚至想都不应该这样想。"（102）虽然保罗的审慎不无道理，文本还是拿他做了白人男性自发规训欲望的典范。

有关身体与性的体制化话语敦促公民运用知识和理性对欲望进行自我管理，否则极有可能遭受惩罚。《耻》中卢里因为放纵欲望受到惩罚。小说开篇不久就谈到卢里的困境：离婚的卢里一直和一个名叫索拉雅的妓女往来，由于不明智地侵犯了对方的私人空间，索拉雅退出了他的生活。欲望的身体开始把卢里引向深渊。尽管明知这样做有违伦理，他还是骚扰了学生梅拉妮，被梅拉妮的男友告发后声名狼藉，丢了工作。卢里前往女儿露西的南部农场，经历了露西被轮奸、自己被黑人殴打、露西的农场即将被前黑人雇工侵占等一系列事件。卢里一心想要创作有关诗人拜伦的情事的音乐剧，然而创作遭遇瓶颈，音乐剧最终没能成形，创造力的枯竭加深了卢里的人生悲剧。虽然卢里的悲剧有其历史维度[①]，然而毋庸置疑，欲望的身体是卢里厄运的始作俑者。卢里的人生转折始于对欲望的不当管理，在小说的最后，主人公孤独地老去。对于小说的结尾，学界有不同的诠释，很多学者认为它突出了权力转型期白人的历史悲剧；或指出"欲望与责任的和解"，减缓了悲剧气息。[②] 如果把它与《慢人》并置，从身体表征与身份、权力的关系解读，不难发现库切运用身体隐喻这样一个事实：随着隔

① 详见本书第五章"库切的政治观与文学创作"。

② Rosemary Jolly, "Writing Desire Responsibly." *J. M. Coetzee in Context and Theory*. Eds. Elleke Boehmer & Robert Eaglestone. London, New York: Continuum International Publishing Group, 2009: p.93.

离制度的废除，白人男性对他者女性为所欲为的时代一去不返了；规训与惩罚构成男性身体叙事的两极。

## 四、结语

综上所述，库切小说的身体表征契合了父权社会男性作为观看者、女性被观看，种族社会白人作为观看者、他者被观看的大叙事传统。在此框架下，基于种族身份，在反映殖民时期生活的小说里，白人女性的身体往往呈现为父权社会经济与社会关系的符码、欲望的零集；他者女性则被投射为白人男性欲望的化身。在后隔离语境里，有关白人男性身体的叙事表现了规训与惩罚的两极化倾向。“我们的身体就是社会的肉身”，身体的地位是一种文化现实。库切小说身体叙事的变迁体现了身体话语、身份与权力关系在新的历史时期的重新洗牌。

# 第三章　库切与残疾书写

尽管近年来库切的作品已经越来越多地受到研究者的关注，然而关于其残疾书写的研究还较为少见，有些文章即使涉及了这一话题，也是把它置放于后殖民、后结构主义批评的视野下进行诠释。这样一来，库切的残疾叙事就被其他叙事所遮蔽，自身的意义无法完全彰显出来。如在《福》中星期五的舌头缺失问题上，大多数学者是从后殖民研究所关心的言说与失声的角度切入，对小说进行解读。著名学者斯匹瓦克没有把身体残疾的星期五当作一个普通意义上的受害者，而是认为他在小说中占据了“古怪的边缘位置”，“一个奇特的边缘守护者”（a curious guardian at the margin），即抵御他人为自己代言的功能。① 帕里认为库切小说中被压迫者的失声显示了殖民话语的排外性，即类似星期五的这些种族他者未被给予空间来反拨白人叙述者的关于他们的建构，也就无法对主导话语形成任何冲击。②

① Gayatri Chakravorty Spivak, “Theory in the Margin: Coetzee's *Foe* Reading Defoe's Crusoe/Roxana.” *English in Africa* 17. 2 (Oct. 1990): pp.1–23.

② Betina Parry, “Speech and Silence in the Fictions of J. M. Coetzee.” *Writing South Africa: Literature, Apartheid and Democracy, 1970–1995.* Eds. Derek Attridge & Rosemary Jolly. Cambridge: Cambridge University Press, 1998: pp.149–165.

加拉格尔从语境与伦理学的角度诠释了《等待野蛮人》的刑讯表征。[①]与上述学者的研究不同，奎易生聚焦于残疾问题，考察了几位作家的作品。但他对库切的残疾叙事的研究仅限于《迈克尔·K的生活与时代》一本小说，探讨主人公的自闭症与美学张力的关系问题。[②]鉴于残疾已经成为当今文化研究的一个重要现象与主题，无论是作为身体的、社会的、文化的现象，还是其在文学里的表征，都已引起学界的高度重视，本章尝试以残疾研究的“常态”范式，以及西方文学作品中残疾叙事的发展脉络，来观照库切的残疾书写。

## 一、“残疾”与“常态”：对立互生

西方人文学科的残疾研究往往将残疾放在“常态”（norm）的对立面进行考察，证实所谓的“常态”在其形成与传播方面是一个较为近期的概念，它是生理的，更是社会的、文化的和伦理建构的产物。伦纳德·戴维斯指出，现代意义上的“常态”观念形成于18世纪末、19世纪初的欧洲与北美文化中。“似乎存在一种普遍的看法，认为常态的概念一直存在，人们天性如此，要将自身与他人进行比较”，然而，“‘常态’与其说是人性的，毋宁说是某一类社会的特色”。戴维斯指的就是现代社会。“常态”作为范式，崛起于18世纪晚期至19世纪一系列有关民族、种族、性别、犯罪、性取向等的实践与话语中，“常态的观念进入英国人的意识大约发生在19世纪40~60年代”[③]。戴维斯与其他一些学者发现，“常态”的定义以及它在社会文化实践的普遍性，与统计学、优生学、犯罪学、性行为学话语的发展有

① Susan Vanzanten Gallagher, *A Story of South Africa: J. M. Coetzee's Fiction in Context*. Cambridge: Harvard University Press, 1991: pp.113–135.

② Ato Quayson, *Aesthetic Nervousness: Disability and the Crisis of Representation*. New York: Columbia University Press, 2007.

③ Lennard Davis, "Constructing Normalcy: The Bell Curve, the Novel and the Invention of the Disabled Body in the Nineteenth Century." *The Disability Studies Reader*. ed. Lennard J. Davis. London: Routledge, 2006: pp.9–28.

直接的联系。这些话语共同作用，控制了这一时期身体在英国、北美、西欧的生成方式。通过勾描19世纪以统计学为首的上述话语的诠释与运作机制，他们的研究厘清了一个以二元对立模式为基础的诠释框架，借此身体差异被审视与解读，与划归自身所固有的常态区分开来。戴维斯得出结论："至19世纪中期，……伤残的身体（impaired body）已变身为残疾，无法参入经济生产，囚禁于机构之内，由普遍的社会形塑。残疾的身体成为'反常'（abnormal）。"关于19世纪残疾叙事的后续研究，特别是英国文学中的爱尔兰形象研究，许多都是在上述"伤残 = 残疾 = 反常"的研究范式上展开的。

帕梅拉·吉尔伯特延续了戴维斯的研究思路。在分析了维多利亚时期有关洁净与公共卫生的话语的发展与功能之后，她指出，理论地、抽象地看，"伤残 = 残疾 = 反常"的模式在19世纪60年代的文化实践中已占据绝对的主导地位，并影响了大英帝国的身份感与目标建设；就具体的实际情况而言，早在20世纪30年代，这一模式就在帝国境内发挥功能，在快速执行过程中形成民族主义的、种族的、性的附属物。①

上述学者的研究把"残疾 = 反常"的思维模式追溯到18世纪晚期、19世纪现代性话语的生成之中，为探讨残疾在文学作品中的表征，特别是库切小说残疾表征的意义提供了一个重要视角。

## 二、西方文学作品中常见的残疾表征

作为"常态 / 反常"二元对立的负项，"异常的身体"在文学这一想象空间中曾长时间地被挤压、被放逐，沦为边缘的他者。它被剥夺了本体地位，在叙事的大舞台上一直担当着陪衬的角色，或是被凝视的客体。作为巴赫金所说的那抹在场的痕迹，它自身很少发出声音，其在场仅仅是通

---

① Mark Mossman, *Disability, Representation and the Body in Irish Writing 1800–1922*. New York: Palgrave Macmillan, 2009: pp.53–54.

过对话中的另一方（即健康的身体所表征的主体）的意识，作为话语的痕迹而被细心的听者 / 观者觉察。

安托·奎易生在考察了西方文学残疾叙事的基础上，将它的表述划分为九类。由于篇幅的限制，依据相关性的原则，仅对其中的几类进行梳理与归纳。较为重要的是第一类、第二类与第四类，即残疾作为零符（null）或道德考验，残疾作为他性的交界面，与残疾作为道德缺陷或邪恶的表征。残疾作为零符或道德考验，指的是残疾作为故事主人公或其他人物行为取向的道德背景或道德考验的方式而存在。此类表现手法多见于中世纪文学作品中，常以相貌丑陋的残疾女人的形象出现，主人公与她有某种约定，于是，遵守约定与否成为考验人物道德的标尺。所谓残疾作为他性的交界面，指用身体残疾隐喻阶级、种族、性别、民族的他性。在这一时期的文学作品中，在用他性表征阶级、社会身份之余，出现了把它与种族身份关联起来，用残疾隐喻种族他者的文学现象。较为著名的例子有莎士比亚的名剧《暴风雨》。剧中的卡利班不仅相貌丑陋、性情粗野，还是个驼背，残疾的卡利班是爱尔兰的他者形象的化身。此外，残疾还被用来隐喻道德败坏或邪恶。奎易生的研究显示，残疾往往作为一种修辞存在，被用来考验白人男性主人公的道德心，或是隐喻邪恶，或是与种族、民族、性别、阶级一起生成一个他性的身体符码，从而建构了一个“健康的躯体”宰制下的隐喻他者的异常的身体的诗学。[①] 笔者将这一诗学的主要特征概括为三点：第一，残疾的非本体性，即残疾自身并未成为书写的主要对象，而是作为某种中介，服务于其他目的。第二，残疾的隐喻性，即残疾负载了一些生理之外的隐喻功能，特别是作为道德批评的隐喻，和作为他性的隐喻。第三，残疾隐喻的遮蔽性，即残疾的隐喻作用于人的语言与思维，以一种秘而不宣的方式进行自身的复制生产，难以觉察。它支撑着主体与身体之间不言自明的、习以为常的逻辑（即自我的叙事通常是常态身体的叙事，而唯有健康的身体才是常态的身体），乃至于残疾与伤残的身体无论

---

① Ato Quayson，*Aesthetic Nervousness*：*Disability and the Crisis of Representation*. New York：Columbia University Press，2007：pp.32–53.

是在现实生活中，还是在文化建构与表征中被一再放逐、边缘化和负极化。

在文学作品中，残疾鲜少为自身存在，其价值在于成全他人（往往是中产阶级白人男性）的自我发现，引导他人走向新生，或是作为某种批判的对象或修辞手段等等。甚至在那些超越了时代精神、指向未来的小说里，也存在着身体的隐形逻辑与话语。如在劳伦斯的小说《查特莱夫人的情人》中，健康的体魄与身体残疾就对应了看林人米尔斯与资本家克利福特・查特莱，前者是小说讴歌的理想的男性形象，后者则是作者极力鞭挞的对象。虽然劳伦斯对本真的存在的追求使他突破了阶级、财富、身份等意识形态的束缚，让康妮与米尔斯走到一起，然而，小说有意识地把克利福特的双腿瘫痪与工业主义的冷漠、功利、泯灭人性等负面价值进行对接，而这一隐喻的手法长期以来受到好评，即使在小说受到女性主义者的炮轰后，在很长的时间内残疾身体的潜台词仍未得到关注，这一现象显示了普遍存在于人类社会的把残疾他者化的集体无意识是何等的根深蒂固。残疾他者化的叙事广泛地存在于包括文学作品在内的各种叙事中，大众文化无孔不入的传播更是深化了它作为他性的符码的无意识。直到 20 世纪后期，随着后现代消解霸权、倡导多元、重现边缘的努力的深入，特别是残疾人运动的发展，这一现象才开始改观，引发了广泛意义上的对伤残身体本身的关注。可以说，这种关注是强调尊重他者、平等对话的后时代精神在打破了阶级、性别、种族、民族等固有意识形态障碍后的又一重大突破。在文学作品里表现为伤残身体的本体化，反拨了唯健康的身体才是常态、残疾等于反常的二元认知传统。残疾叙事一改往日作为他者的叙事难以在主流文化里得到应有重视的局面，脱离了为他人作嫁衣裳的尴尬地位，开始登上叙事大舞台。

## 三、库切的残疾叙事：对传统表征模式的延续与背离

笔者对库切残疾叙事的讨论正是在上述西方残疾研究和西方文学中残

疾表征的发展与演变的框架内进行的。库切早中期小说里的残疾的身体，作为一种反殖民、反压迫的话语与表征，与残疾诗学传统形成某种程度的指涉关系。而后期的作品则显示了残疾本体化的某些写作倾向。下文就这两条线索对库切的残疾叙事做进一步的梳理与分析。

## （一）残疾作为身体符号的隐喻

维多利亚时期的小说往往把伤残的身体作为种族、阶级、性别他性的隐喻，白人主人公体魄健全，残疾是他者的身体属性，身体状况隐喻了不同人种、不同阶级之间道德、能力和文化方面的固有差异。白人主人公的身体是健康的，头脑是理性清明的，慷慨仁慈；与此相对，他者往往以野蛮人的面目出现，他们头脑愚笨，偷奸耍滑，身体的残疾往往隐喻了民族的卑劣本性。库切小说的反殖民言说注定与这一传统发生互文，在合与离的张力中进行反写。在他的作品里，身体残疾不再是他者的专利，白人自我也可能成为残疾的载体，从而打破了“残疾 = 他者”的殖民文学叙事传统；而无论是他者的残疾叙事还是自我的残疾叙事，都沿用了身体符号的隐喻功能，又在与传统身体诗学的遇合处发生碰撞、变形，产生新的含义。

库切的首部小说《幽暗之地》就一改把残疾与他性等同起来的殖民时期的文学叙事模式，与病态身体联系在一起的，不是种族、阶级或性别他者，而是白人男性自我。病态的身体在文本中放声高歌其主体性。虽然如此，它却不属于残疾本体化的书写浪潮，原因在于作为身体负项的残疾依然负载着外在于自身的隐喻功能，残疾叙事服务于反殖民的宏大诉求。《幽暗之地》分为两部分，上篇“越南计划”以越南战争为背景，通篇是美国人唐恩的自述。唐恩服务于政府机关，苦心草拟越南战争升级计划，一心沉浸于摧毁种族他者的“宏伟事业”中。然而，此人的身体却出现了严重异化的现象。他患有典型的焦虑症，身体不听大脑的指挥，顾自机械扭曲地活动：“我的脚趾养成了向脚掌心蜷拢的习惯”，“我同样也改不掉抚摩脸庞的习惯……不过说实在的，我紧张只是因为我的意志都集中到克制我身体各个部位的痉挛上了，如果痉挛这个词不算太夸张的话。”（7）文本还使用了一系列扭曲的、去人性化的身体意象，如“紧紧夹着我的身体的寄生的海星”，“极其丑陋的且不为人知的穴居人的脸”，“互相挤挤挨挨、还未出生的八爪鱼”（10~11）等，以鲜明的形象与呼之欲出的质感最大程度地唤起读者对小说人物身体变异的想象。作为隐喻出现的残疾的身体以它独有的语言告诫唐恩他的构想是多么子虚乌有、不堪一击。然而，唐恩已经陷入太深，无力自拔，最终精神分裂。在与警察的对峙中，机械的异化的身体脱离了意识的掌控，身体崩溃了，意识也错乱了。荒诞的身体讽喻了荒诞的殖民精神，库切以此抨击了其为达目的而无所不用其极。通过白人主体异化的身体叙事，小说表明殖民者也可能沦为殖民主义思想的受害者、战争意志的牺牲品。身体的隐喻在把批判的矛头对准个体之外更多地指向了普遍意义上的压迫性意识形态，小说因此具备了更为广阔的现实意义和批判力度。

在关于他者的身体叙事里，库切秉承了后殖民小说以残疾浓缩殖民罪恶的常规手法。作为殖民对象的他者，身体伤痕累累，文本以此表明殖民制度的残忍与血腥。残疾不是他者身体的固有属性，而是殖民制度强加于他们的恶果，残疾的符码凝聚了不对等的权力关系。如《等待野蛮人》的祖孙二人，由于被误认为是叛乱的野蛮人而惨遭刑讯的折磨，祖父惨死，孙子的身体携带了多处伤痕。异族女孩由于白人部队的迫害，而失明、跛脚。还有更多被擒获的“野蛮人”，为了防止他们逃跑，铁丝穿过他们的身体。他者的身体与他性地理空间形成类比，携带了太多暴力施虐的痕迹。《福》里的星期五空无一物的口腔与缺失的生殖器，虽然文本未曾明示，很有可能是殖民者所为。身体就是证据。《等待野蛮人》中的白人行政官面对老人伤痕累累的尸体和孩子肿胀变形的手指，食不知味，夜不能寐，仿佛魔怔一般不断回到审讯室这一原点，务求弄清事情真相。[①]《福》中的苏珊对星期五的身体残缺无法忘怀，她反复向克鲁索求证星期五伤残的

① 详见本书第一章“库切与创伤书写”。

原因。虽然克鲁索对此含糊其辞，文本始终保留了殖民者作恶的最大可能性。通过对残疾成因的追溯与拷问，小说消解了殖民文学里残疾与他者之间貌似自然的、稳固的对应关系。他者的残疾不再是维多利亚文学作品暗示的种族愚昧落后的表征，而是非人道的殖民暴力的投射。小说把残疾与殖民暴力联系起来，对传统残疾诗学他者身体所蕴含的人种先天低劣的逻辑合法性进行了某种程度的祛魅，把残疾的文化建构问题带入读者的视域中。

由于叙述视角的关系，库切小说里他者的残疾是通过白人主人公的视线得以展现的，无论是异族女孩的盲眼、跛脚，还是星期五缺失的舌头都被虚化，人物对于自身的残疾是如何感受和认识的，文本基本没有触及。后殖民学者多从言说与失声的角度阐释这一现象，认为这一手法显示了“殖民话语的排外性”，未能给受压迫者一定的话语空间来反拨白人关于他们的建构，又或是把它视为对白人阐释的一种抵抗策略，这些观点都很有见地。如果从残疾研究的角度，以西方文学中的残疾表征来观照库切的创作，就会发现这种叙述手法实际上是延续了殖民文学中他者的身体作为“异常物”被观看的叙事传统。在殖民文学里他者残疾的身体，作为有别于欧洲“常态”身体的异常之物而被锁定、被凝视，体现了一种控制与被控制的关系；他们的形态与气味常常被放大出来，欧洲主体往往表现出一种既被它吸引又深感厌恶的矛盾心理。[①] 在这一点上，库切的上述两部小说与残疾叙事传统多有契合之处。无论是异族女孩的盲眼、跛脚，还是星期五残缺的身体，都是文本中白人主体凝视和诠释的对象。《等待野蛮人》中白人行政官对女孩伤残的躯体表现出异乎寻常的兴趣，几乎成为一种痴迷。他把女孩带回自己的住所，观察她的残肢与盲眼，暗自揣摩这些身体符号的含义：“我越来越意识到，除非女孩身上的伤痕被解码、被释义了，我是不可能让她走的。”[②] 而另一方面，有时他又情不自禁憎恨“她那顽固的、迟钝冷漠的

---

① Mark Mossman，*Disability，Representation and the Body in Irish Writing 1800–1922*. New York：Palgrave Macmillan，2009：p. 54.

② J. M. Coetzee，*Waiting for the Barbarians*. London：Secker & Warburg，1980：p.31.

身体”（41），把她看作“仿佛没有内部而只有表面，我在那里来来回回无望地寻找进入的路径”（43）。对于其他野蛮人，他也是这种矛盾心态：一方面，他的视线无法从他们身上移开；另一方面，他又厌恶他们不洁净的气味、肮脏的身体，甚至暗自希望“这些丑陋的躯体从地球上彻底消失”，这样帝国的历史就干净了，可以一劳永逸地摆脱良心的责难。（24）《福》中的苏珊对于星期五也经历了类似的感情。她厌恶、回避星期五的伤残，却又忍不住被它吸引。然而，被观看的身体拒绝被解码。随着叙事的进展，白人主体更多地把目光从残疾转向残疾引发的历史、话语、权力的思考。可见，在残疾表征的问题上，库切的小说虽然沿用了“他者的身体/残疾=异常”的传统话语，然而它也以此为契机，在这一传统的身体话语与殖民暴力形成的张力中，在与主人公意识不断升级的碰撞中，逐渐消解了这一话语，实现了后殖民反写的旨意。

此外，由于残疾是作为凝视的客体而非能动的主体被描述，因而此类残疾叙事在隐喻殖民罪恶之余，也兼有考验白人主人公道德心的标尺的传统功能。如在《等待野蛮人》中，他者伤残的身体不断提醒着主人公帝国统治机器伪善凶残的本质，考验他的良知，并最终启发他走上与国家机器分道扬镳的道路，乃至于他自己也被他者化，被鞭打，被施与刑罚，身体携带了属于他者的烙印。《福》里的苏珊拒绝把星期五托付给形迹可疑之人，以免他再度落入奴隶贩子之手。星期五残缺的身体引发了她对殖民言论的疑惑，展开了对隐藏在历史背后的“沉默”话语的遐想。再一次地，库切关于他者的残疾叙事与残疾诗学表征传统之间虽然不乏表面相似之处，然而在叙事意图和走向上却呈现了后殖民、后结构主义的转折：他者的残疾固然导向了主人公的自我发现，却并非终结于传统意义上的白人自身品格的完善，而是抨击殖民机器的残暴与专制，颠覆殖民神话，消解线性历史观。一言以蔽之，深受后殖民、后现代思潮影响的库切在创作中挪用了“残疾作为他性的交界”的叙事传统，在他者的身体残疾的表述上借用残疾隐喻他者的常规手法，并对其做出一定的修正，进行反写，把它用于反殖民、反霸权的宏大意旨中。

## （二）残疾本体书写

在殖民、反殖民身体书写之外，库切的作品里存在着伤残身体的另一条叙事线索，即伤残作为本体的书写。所谓残疾本体化的书写，即在破除了身体的二元认知之后，残疾书写打破了原有的外部书写的局限，拥有了更多的向内转的特征。在20世纪晚期出现的多部残疾人士的自传中，残疾书写摆脱了长期的边缘化，残疾人生活的酸甜苦乐、七情六欲都被大写进故事里。残疾人的自传是残疾叙事本体化的一个典型例子，然而，大量的此类书写是由非残疾人士完成的。他们揭示了所谓的“常态”是一种话语建构而非自然的存在，谋求把残疾、残疾叙事从常态的宰制下、从“残疾 = 反常”的固有思维模式下解放出来。在这一意义上，《慢人》参与了残疾书写的再生产。

虽然采用了第三人称视角，然而，由于残疾人保罗的意识构成了小说的中心意识，这部小说的残疾表述兼具内部书写的特点。保罗生活在澳大利亚，退休前是摄影师，对老照片怀有深厚感情。因为一场交通事故，他的一条腿被截肢，从此开始了度日如年的“残缺”生活。这是小说的引子，也再次将库切的作品拉回到身体的母题。不同于之前的小说，在这部小说中伤残的身体成为叙事主角。保罗并非先天性残疾，事故前他体魄健全，因此，选他做主人公有利于结合内外视角感知残疾，揭示身体的潜在话语。小说通过个体的人对残疾的真实体验，以及主流人群对于残疾、残疾人的认识与态度，把残疾的身体与主体性之间的隐秘关系问题带入读者的视线中。

保罗把残疾看作一个既属于身体的、又超越身体的符号，这一符号把他与之前的“我”隔离开来。残肢使他行动不便，对内对外宣告着主体的“残缺”。残疾不仅是生理的，更是心理、意识的多领域的创伤，引发了主体危机。保罗难以接受残缺这个事实，自我厌恶。在他审视“包裹在白色纱布里连接在他髋部的怪物般的物体”的目光里，残肢被物化，被他者化，被妖魔化。它是“丑陋的东西”，“一截桩子”，“让人恶心”[①]，“像个没人要

① J. M. Coetzee，*Slow Man*. London：Secker & Warburg，2005：p.9.

的孩子，他不得不带来带去，难怪它会收缩，后退，自惭形秽”（58）。这令人厌弃的怪物映射了他那大大被压缩了的存在空间：“世界压缩成这个公寓和附近的一两条街，再也无法扩展了。”（25）“那场灾难缩小了他的世界，把他变成一个犯人……足以让他借酒浇愁。”（54）保罗对残疾的认识与感知内化了人类社会关于主体性的身体逻辑：常态的自我是建立在健全的体魄之上的，失去了健全身体的主体只能是萎缩的主体，难以称其为主体的主体，这被保罗的意识反映为：“健康的你是人，过着人的生活；从今往后你就是狗，过狗的生活。”（26）“他已经进入了羞辱区，这是他的新家。他再也不能离开，最好还是闭起嘴巴，接受现实。”（61）残疾仿佛一个隔离符号，把他与“常态”隔离开来，内化了身体潜台词的他下意识地把自己归入亚人的群体。文本通过保罗的意识表明残疾绝不是纯粹的生理现象，而是融生理意义、心理意义、伦理意义、社会意义于一体的符号，即“人的失格（human disqualification）的主要隐喻”[①]。

保罗不是小说里唯一的残疾人物，在该书第 13 章，作家伊丽莎白突然造访。原来，保罗是伊丽莎白笔下的人物，小说的后半部分上演了作家与人物之间的博弈。保罗违背了作家的初衷，爱上了已婚女护工玛丽亚娜，恋情久久没有进展，伊丽莎白的写作几乎陷于停顿，因此，她不得不亲自出面，劝说保罗改变心意。为帮助保罗忘却对女护工的单相思，伊丽莎白给他介绍了盲女玛丽安娜。玛丽安娜本来长得很美，大病之后一只眼睛被摘除，成为与保罗境况相仿的残疾人。玛丽亚娜与玛丽安娜两人的名字虽然只有一个字母之差，人生际遇却完全不同，文本中保罗多次意识到这一点。显然，库切意在用健康的玛丽亚娜对照玛丽安娜的残缺人生：若非残疾，玛丽安娜也可以像玛丽亚娜那样拥有完整的家庭和正常的生活。玛丽亚娜和玛丽安娜形成常态（健康）与反常（残疾）的一对对应符号，前者是逻各斯的正项，宰制了残疾的负项，难怪小说中的玛丽安娜像个飘忽的影子，她的叙事被遮蔽在玛丽亚娜的叙事之下。

---

① Sharon Snyder & David Mitchell, *Narrative Prosthesis: Disability & the Dependencies of Discourse*. Ann Arbor: University of Michigan Press, 2000: p.3.

相对于保罗对于残疾的排斥更多地出于他本人的自我感受，文本明确表明外部世界对于失明的玛丽安娜的反应，以及这些反应又如何反作用于她的自我认知："人们宁可不看她的脸。或者更准确地说，人们发现自己注视她，随后撤回自己的眼光，感到不快。这种嫌恶她当然看不见，然而她却感觉得到。她意识到别人的凝视好像手指在摸索她，摸索和退却。"（96）凝视是携带着权力运作的观看方法，观者通过"看"确立自己的主体位置，重申自己的特权；被观看者在沦为"看"的对象的同时，往往内化了观者的价值判断，进行自我物化。后殖民批评、女性主义批评深入挖掘了凝视这一视觉行为蕴含的性别、种族意识与权力机制，审视了身体如何被阅读，"提供了绝对的他性"，"提供了种族间不可更改的一段差异"，或变异为"凝望的性客体"[①]。在凝视被文化批评主义者用来反抗视觉中心主义、父权中心主义、种族主义之后，它也被普遍用于残疾研究中。"凝视把伤残作为异常物标示出来，确认了不同。凝视探寻残疾的能指，在观看者与被看者之间产生一种令二者疏离、难以忍受的尴尬关系。……凝视把残疾作为一种绝对的不同而非简单的有异于常态来区分对待。同时，它展现了健康的身体对残疾的权力关系，界定了残疾身份。"[②] 正是在"常态与反常"的二元思维的作用下，在凝聚了权力关系的凝视与退缩的普遍反应之下，玛丽安娜作为弱势群体的无助与痛苦才放大了。与保罗一样，玛丽安娜自我厌恶，恐惧人群，"不能忍受待在公开场合，待在她会被人们看到的地方。"（96）大大的墨镜遮盖了她的脸庞，甚至在没有光线的房间里她也拒绝摘下墨镜。墨镜成为"亚人"身份的符号，同时也指向这一身份。

小说让伊丽莎白费尽心思把两人撮合到一起。在伊丽莎白的安排下，玛丽安娜与保罗有了一次约会。文本通过保罗的意识把这场约会描摹成一场闹剧，"一个男人没有视力就是一个不完整的男人，正如一个只有一条

---

① 斯图尔特・霍尔：《表征》，徐亮等译，商务印书馆 2003 年版，第 268、270 页。

② Rosemarie Garland Thomson, "The Politics of Staring: Visual Rhetorics of Disability in Popular Photography." *Disability Studies: Enabling the Humanities*. Eds. Sharon L. Snyder, Brueggemann, and Rosemarie Garland Thomson. New York: MLA, 2002: pp.56–57.

腿的男人是一个不完整的男人，不是一个新的男人。她（指伊丽莎白）给他送来的这个可怜的女人也是一个不完整的女人，她的情况肯定是今非昔比。两个不完整的人，残疾人，缺胳膊少腿的人，她怎么能想象他们之间会擦出神圣的火花来呢，或能擦出任何火花来呢？”（113）身体残缺表征主体性的残缺，闹剧实则是一把辛酸泪。从残疾研究这一视角看，《慢人》的元小说叙事模式与残疾叙事相互作用，产生了彼此放大、互为延伸的戏剧效果。作家与人物的心理博弈、内外视角的勾描，揭示了普遍作用于社会的“残疾 = 反常”的认知误区如何影响并塑造了个体 / 群体的自我感知和对他人的认知。残疾不仅仅是生理上、心理上、解剖学结构上功能的缺失或畸形，“也指由生理伤残所导致的某个特定个体成为社会弱势群体的结果……这一群体面对来自文化与社会的多重障碍，从而限制他们与社会其他成员平等相处的机会与权利。”① 正是在这一意义上，《慢人》参入了始于 20 世纪晚期的残疾本体叙事的再生产，通过个体遭遇的写实与元小说叙事杂糅成的离奇故事，隐含了抵制歧视、倡导社会公平的诉求。②

## 四、结语

综上所述，库切早中期小说借用了残疾诗学的叙事传统，并对其做出某种程度的修正，扭转了残疾叙事关于种族、阶级的一向的线索，把它用于反殖民、反压迫的历史诉求中。后期小说《慢人》再次印证了身体不仅是生物性的身体，也是文化与社会共同建构的结果，探讨了残疾与主体的关系问题、残疾他者化引发的残疾人的生理、心理问题，隐含了抵制歧视、倡导社会公平的诉求。

---

① 陈彦旭:《隐喻、性别与种族——残疾文学研究的最新动向》,《外国文学动态》2010 年第 6 期，第 66 页。

② 关于这一点，学界存在争议。有研究者认为，在《慢人》中，残疾是一种隐喻。笔者并不排斥残疾的隐喻功能的可能性，然而不同于库切的前期小说，这种隐喻的重要性已大大缩减，表现出残疾本体化书写的主要特征。本章对此的讨论主要是以此为框架展开的。

# 第四章　库切的生态言说



与身体言说和创伤书写联系在一起的，是库切的生态言说。库切是一位具有高度忧患意识的作家。他的作品不仅显示了作家对于人之存在状态的敏感与关注，还把一颗担忧他类生命乃至地球生态环境的拳拳之心呈现于读者眼前，形成其独有的生态言说。库切的第一部小说《幽暗之地》让人物自说自话，通过潜文本对文本的颠覆，间接批评了殖民主义对原生态景观的破坏与对野生生命的杀戮。此后，这一线索或隐或显地存续于库切的创作中，直至《伊丽莎白·科斯特勒：八堂课》的第三、四课，以动物问题为代表的生态问题占据文本的中心。本章以施韦泽、彼得·辛格与利奥波德的生态伦理思想为参照，从两个层面探讨库切的生态言说：一是生态言说与殖民、反殖民主题的交织，批判绝对人类中心主义、绝对种族中心主义滥杀生命、毁坏地球生态体系的思想观念与行为。二是将生态问题的根源回溯到绵延西方哲学史数千年的主客二分和唯理论，反思造成人与自然关系紧张、冲突的深层社会文化根源。

## 一、三种生态伦理学说的简要回顾

生态伦理学以“生态伦理”或“生态道德”为研究对象，从伦理学的视角审视和研究人与自然的关系。它扩宽了伦理研究的范围，把伦理关怀从人与人的关系扩展到人与自然的关系；迫使人类思考自身与生态环境交往中的伦理道德问题，在生态危机日益严重的今天，具有重大的理论价值和现实指导意义。下文简要介绍与库切创作发生联系的三种生态思想，即施韦泽的“敬畏生命伦理”、利奥波德的“大地伦理”和彼得·辛格的“动物解放伦理”，以观照库切的生态言说。

### （一）施韦泽：敬畏生命伦理

1923年，法国思想家阿尔伯特·施韦泽提出“敬畏生命”的伦理思想，认可一切生命的尊严与可贵，为西方环境伦理学的发展奠定了理论根基。施韦泽把是否有益于生命的发展作为其伦理思想的出发点和首要的、也是最重要的价值判断标准：“善是保持生命、促进生命，使可发展的生命实现其最高的价值；恶则是毁灭生命、伤害生命，压制生命的发展。这是必然的、普遍的、绝对的伦理原理。”这与以人类社会的伦理关系为研究对象的传统伦理学不同。传统伦理学通常把人与自然、人与他类生命的关系排除在外不作考虑。正是由于意识到已有的伦理思想的不足，施韦泽尝试拓展伦理的边界。“伦理与人对所有存在于他的范围之内的生命的行为有关。只有当人认为所有生命，包括人的生命和一切生物的生命都是神圣的时候，他才是伦理的。”施韦泽企盼新的伦理学改写人与宇宙的关系，开启新的人类文化：“由于敬畏生命的伦理学，我们与宇宙建立了一种精神关系。我们由此而体验到的内心生活，给予我们创造一种精神的、伦理的、文化的意志和能力，这种文化将使我们以一种比过去更高的方式生存和活动于世。由于敬畏生命的伦理学，我们成了另一种人。”①

① 阿尔伯特·施韦泽：《敬畏生命》，陈泽环译，上海社会科学院出版社1992年版，第8、9页。

施韦泽“敬畏生命”的伦理思想对于现代生态伦理学有奠基意义。他强调生命的价值，把敬畏生命作为新伦理的核心，扭转了传统伦理视人类社会为唯一研究对象的普遍思考方式。此外，弗洛姆注意到，施韦泽对工业社会持激烈的批判态度，揭露了关于工业社会的进步和普遍幸福的虚伪神话，指出工业社会的实践使人的社会没落。① 弗洛姆把施韦泽和爱因斯坦并称为“现代最了解西方文化智力发展和道德传统的人”②，施韦泽的思想对后世的影响由此可见一斑。

在何谓德性的问题上，他指出，德性指人能够将敬畏生命内化为自己的伦理信念，主动保护和促进一切生命，并把这一切看作自己人格的完善和自我价值的实现。③ 虽然库切未著文探讨施韦泽对他的影响，然而在他的自传作品，特别是《男孩》与《夏日》中，其敬畏生命、悲天悯人的情怀跃然纸上;《伊丽莎白 · 科斯特勒：八堂课》塑造了一个内化了生命价值观的主人公伊丽莎白，展开关于“德性”“诗性”与“理性”的探讨。



### （二）利奥波德：大地伦理

美国环境保护主义者利奥波德曾长年从事野生动物管理的研究。1933年，他与自然学家罗伯特·马歇尔创建了“荒野学会”，形成了大地伦理学。1935年，利奥波德完成《沙乡年鉴》，这部著作于1949年出版。然而，利奥波德学说的指导意义与超时代的理论价值到60年代才凸显出来。《沙乡年鉴》被誉为美国历史上推动环境运动深入发展的界碑，享有“现代环境主义运动的新圣经”之称。

利奥波德赞同施韦泽敬畏生命的观点，但他不像施韦泽那样看重人类对待个体生命的态度或行为，而是吸纳了生态学的观点，开创了以生态系统（即利奥波德笔下的“大地”）的健康与完善为宗旨的思路。1923年，

---

① 埃里希 · 弗洛姆:《占有还是生存》，关山译，生活 · 读书 · 新知三联书店 1989 年版，第 171 页。

② 埃里希 · 弗洛姆:《健全的社会》，欧阳谦译，中国文联出版公司 1988 年版，第 230~231 页。

③ 吴景明:《生态文学的伦理文化诉求》，《当代文坛》2009 年第 4 期，第 22 页。

利奥波德确认大地有机体的观念，把土壤、高山、河流、大气圈等地球的各个组成部分比拟成地球的各个器官、器官的零部件，或动作协调的器官整体：“自然是一个高度组织起来的结构，它的功能的运转依赖于它的各种不同部分的相互配合和竞争。”① 在 1933 年发表在《林业杂志》上的《自然保护伦理》一文中，他表明伦理学革命的思想纲领：（1）在人类占有奴隶和无条件占有土地之间存在类比关系。奴隶制早已废除，可是伦理学还没有涉及人与自然 / 大地的关系，没有涉及人与地球上的他类生命的关系，因此，提出伦理学向大地扩展的趋势。（2）伦理学的这种扩展既是生态学的进化，也是哲学的进化，它引导人们顺应新的、更加复杂的并伴有时滞性效应的生态趋势。大地伦理也许是一种正在形成的社会本能。（3）大地伦理扩大了共同体的边界，把土壤、水域、动植物容纳其中，把它们看成一个整体。倡导实现人类的角色定位的转变，从大地的征服者转变成共同体中的普通一员和公民。人类应当尊重他的生物同伴，并以同样的态度尊重大地共同体。因为，（4）生态思想史已表明人类是生物行列中的一员，我们一旦把人类和大地视为一个共同体，历史的教训必将渗透到我们生活和时代的潮流中。（5）彻底改变以单一的经济私利为基础的自然保护系统。因为它往往忽视，进而排除那些在大地社会中没有商业价值的成员。但是，被排除的那些成员（如沼泽、泥塘、荒地）正是大地系统完善功能的基础。②

利奥波德明确了生态整体主义作为价值判断的核心价值：“当一个事物有助于保护生物共同体的和谐、稳定和美丽的时候，它就是正确的，当它走向反面时，就是错误的。”③ 他提出了大地共同体的概念，把“权利”概念扩大到自然界的实体和过程，既认可个体成员的生存竞争，又强调了伦理观念促使他去合作。杨通进把利奥波德大地伦理学对现代环境伦理学的主要贡献概括为三点，即把对自然的保护建立在伦理的基础上，扩大伦理

① 奥尔多 · 利奥波德：《沙乡年鉴》，侯文蕙译，吉林人民出版社 1997 年版，第 204 页。
② 叶平：《关于莱奥波尔德及其“大地伦理”研究》，《道德与文明》1992 年第 6 期，第 32 页。
③ 奥尔多 · 利奥波德：《沙乡年鉴》，侯文蕙译，吉林人民出版社 1997 年版，第 213 页。

共同体的范围，倡导整体主义的环境伦理原则。[1] 这种概括很精辟。

同利奥波德一样，库切在创作中表达了对大地的热爱，对滥杀生命、肆意毁坏地球生态的行为的愤慨；同时，他也看到了“哲学的进化”的时代诉求。不同的是，库切把这种诉求以一种艺术的、戏剧化的方式展现给大众。至于库切对生态整体主义观的态度，还有待商榷。毕竟在《伊丽莎白·科斯特勒：八堂课》里，库切借人物伊丽莎白提出“诗性创造”的概念，即一个更为诗意的、更具备人文精神的伦理立场，这与生态整体主义的理性科学取向区分开来。

### （三）彼得·辛格：动物解放伦理

澳大利亚学者彼得·辛格是世界动物保护运动的倡导者与践行者，著有《实践论理学》《生死的再思考》《一个世界：全球化的伦理学》等著作。1973 年，辛格在《纽约书评》的文章里首次使用了“动物解放”这一概念。1975 年，辛格出版了《动物解放》一书，迄今它的英文版已经印刷了二十多次，还被翻译成二十多种文字在世界范围内广为流传。“动物解放”成为动物权利运动最响亮的口号。

《动物解放》促使人们思考应当如何对待非人类生命的问题。辛格列举妇女解放和黑人解放的例子，指出“人的平等原则，并不是对于人类中所声称的事实的平等的一种说明，而是我们应该怎样对待人的一种规定”。《动物解放》继而把伦理关怀的对象扩大到有感知能力的动物身上，指出了动物解放的生态意义，即只有改变动物生而为人类盘中餐的看法，才能改变人对整个自然的态度。[2] 在辛格的感召下，大批读者成为素食主义者。库切是严格的素食主义者。1999 年，《动物的生命》出版，后来被收录至《伊丽莎白·科斯特勒：八堂课》中。通过替身人物作家伊丽莎白的演讲，小说把“动物解放”伦理放到一个众声喧哗的当下文化中审视，从而与辛格的理论形成互动。

综上所述，库切小说呼应了 20 世纪西方生态伦理思潮，对人与自然

---

① 杨通进：《环境伦理：全球话语，中国视野》，重庆出版社 2007 年版，第 61~62 页。

② 彼得·辛格：《动物解放》，祖述宪译，青岛出版社 2004 年版，第 5、143~166 页。

的关系进行了深度反思。自传作品《男孩》回顾了少年库切对大地（农庄）的眷恋和对他类生命的友爱,《夏日》中步入中年的作家依然不改初衷。《幽暗之地》《等待野蛮人》表达了对滥杀生命、肆意毁坏地球生态健康的殖民主义的愤慨,尽管这种愤慨没有被直书出来,而是需要读者细细品味。《迈克尔·K 的生活与时代》是一阕澎湃的大地赞歌，同时也传递了作家对人类与大地的关系的走向的忧思。在《凶年纪事》的“随札”中，库切用细腻的笔触勾勒出一个个活动在人类社会边缘的他类生命的形象。《耻》《伊丽莎白·科斯特勒：八堂课》与彼得·辛格的“动物解放”理论、利奥波德的整体主义环境伦理形成不同程度的对话。在库切的小说，特别是早中期的小说中，生态言说与殖民、反殖民主题交织，批判了以殖民主义为代表的绝对人类中心主义、绝对种族中心主义滥杀生命、毁坏地球生态系统的思想与行为。库切后期的创作更多的是反思造成人与自然关系紧张冲突的深层文化根源。下文主要以《幽暗之地》《伊丽莎白·科斯特勒：八堂课》为例，结合其他作品，就上述两条生态言说的线索展开具体分析。

## 二、生态言说与后殖民叙事在库切作品中的交织

《幽暗之地》由“越南计划”和“雅各·库切之讲述”两部分构成。虽然看似毫无关联，殖民主义精神在两个世纪后的重新上演把两个故事紧紧地串在了一起。无论是 18 世纪的雅各·库切深入南非腹地猎取象牙、大肆杀戮的经历，还是 20 世纪美国人唐恩精心打造的越南战争升级计划，都对地球的生态系统造成巨大的伤害。雅各·库切被“雅各·库切之讲述”的撰写人 S. J. 库切尊奉为“开拓者”“拓荒英雄”，然而，文本表明这种开拓是建立在漠视他类生命、不计生态代价的“进步”之上的，并非真正意义上的进步。栖息在这片土地上的非洲土著部落和各种野生物，乃至整个生态系统，都是殖民文明的受害者。雅各·库切从原住民手里掠夺土地的伎俩正是殖民者、殖民主义文学惯用的“去人化”的降格（disqualification）

处理：通过叙事突出土著布须曼人的凶残，将他们与狒狒、豺狼等大型野兽之间画上等号，使武力征服变得水到渠成、顺理成章。布须曼人被描述成“迥异的生番”，他们“潜入农场……把羊身上的肉一块块割下来，戳瞎它们的眼睛，挑断它们腿上的筋腱。他们一如狒狒般残酷无情，对付他们唯一的办法就是对他们像对待野兽一样”。把种族他者妖魔化、野兽化的叙事手法为大规模的猎杀做了充分的铺垫：“只有像猎杀豺狼一样捕杀布须曼人，才有可能把一片乡野扫荡干净，这需要耗费许多人力。”[①] 把种族他者与低等生命进行对接，使杀戮合法化的殖民叙事蕴含着一个不言自明的逻辑前提，即人对动物掌握着生杀予夺的天赋权力。而对生命缺乏一定的敬畏意识最后可能反作用于人自身，正如殖民者屠杀被视为野兽的他者而毫无愧疚，这在今天也是有启示意义的。

长期以来，理性、智性与人性是人类界定自身的尺度。前两者表明人认识世界和把握世界的能力和信心，后者指向个体的道德修养和社会的伦理关系。相应地，他类生命被定义为供人类奴役驱使的低等生命存在。有实用价值、能够被驯化的被蓄养，变成宠物，或用于各种劳作，或为人类提供肉食来源；而对人的生命和财产安全构成威胁的则被大量屠杀。关于它们“狡诈、凶残、兽性”的叙事被广泛传播并逐渐演化成一种集体无意识，使得对具有攻击性的野生动物的杀戮变得上承天理、下顺民意。殖民史更是一部对自然的掠夺开发史与对野生生命的血腥杀戮史，文明进步的背后是原生态环境的改变甚至毁灭。非洲草原上大片的自然景观消失了，雅各·库切不以为憾，反而得意洋洋地炫耀：“我们与荒野的交往是个伟业，不屈不挠地把荒野变为果园和农庄。当不能用篱栏围起可加以计数时，我们另用他法来使其变为数字。杀死一只野兽，它便跨越了荒野状态和数字之间的樊篱了。我已经捕杀了一万多只生灵，那些在我脚下灭亡的无数昆虫不计在内。我是猎手，是个使荒蛮归化者。在捕猎的数量上，我是个英雄。”死于雅各枪下的各类野生命被称为“奉献给生命的另类的金字塔”，“因

① J.M. 库切：《幽暗之地》，郑云译，浙江文艺出版社2007年版，第76页。

之其生命是异类”。即使面对枪支无力毁灭的对象，如灌木，雅各·库切也有办法“能十分有效地把灌木和树木的死亡变成生命的赞歌。比如采用丢一个火种的办法即可”（106，107）。文本通过第一人称叙述者的自说自话，充分暴露其漠视和肆意毁灭生命（包括种族他者与他类生命）的心态与行为，作者没有进行介入式的评判或抨击，让事实说话，却达到了此时无声胜有声的效果。在利益驱动与权力角逐的狂潮中，殖民地物种的丰富性、多样性和数量都受到了重创：在“奉献给生命的另类的金字塔”的歌声中，“大象和河马之类的大型动物由于受到狂热的捕猎，已向北隐遁到北方荒原中去了”。雅各·库切的旅行具陈书里描述的“草原茂盛、溪流遍布、盛产上乘牛羊”的大纳马夸地区在此后不到10年的光景里面目全非，昔日的原生态美景被殖民者的囤植彻底改观。

如果说在雅各·库切生活的18世纪，人们的活动还不足以动摇生态根基的话，那么，“越南计划”中唐恩的叙述则展现了几个世纪肆意滥杀累积后的灾难性后果。面对越南人尸体堆积如山的照片，唐恩不为所动，反而不无遗憾地感叹：“这些都是越南人的人头，是在他们死后或还有一口气的时候被割下来的。它们是胜利的纪念品：既然安南虎已经灭绝，那剩下的只有人和几种没死绝的低等哺乳动物了。”（23）随意猎杀大型动物的时代已经一去不返，不是由于人们自我反省对此进行了积极的干预，而是因为它们已经灭绝或濒临灭绝。凭借武器和智慧，人在与其他物种的较量中占据了绝对上风。安南虎不是唯一的受害者，伴随着人类社会高速发展的，是全球范围内野生物种多样性与数量的锐减和地球生态环境的持续恶化。正是这样的时代背景、生态背景决定了重新反思人与他类生命、人与自然关系的重要性与急迫性，正像《伊丽莎白·科斯特勒：八堂课》表述的：“只有在胜券在握之后，我们才有能力培养我们对动物的怜悯之情。可惜，我们的怜悯传播得很有限。在怜悯背后，是更加粗野的态度。战俘不是我们的同类。我们可以对他们为所欲为。”① 只有对绝对人类中心的思想进行

① J. M. 库切：《伊丽莎白·科斯特勒：八堂课》，北塔译，浙江文艺出版社2004年版，第127页。

适度的祛魅，把地球视为一个有机的生命体，把人视为自然共同体的一员而不是多元生态体系的征服者，才有从根本上改写人与自然关系的希望。

另一方面，库切小说突出了战争给地球的生态体系带来的难以磨灭的创伤。随着科技的发展，人造武器威力的释放，地球承载的伤痛越来越难以负荷。相对于200年前雅各·库切使用的枪支，新式武器对地球生态健康的危害无论是强度还是广度都是18世纪所望尘莫及的。唐恩“把未来寄托在攻击大地母亲身上”，竭力主张扩大生化武器的使用范围，并为之做了如下辩解：

> “我们不能对喷洒技术嗤之以鼻……PROP-12喷雾剂能在一周内改变越南的面貌。PROP-12是一种土壤毒剂，十分神奇（我再次道歉）。当它被冲刷入土壤后，会破坏硅酸盐的化学结构，并沉淀下一层灰白色的薄薄的沙砾。我们为什么中断使用PROP-12？为什么我们只在有定居点的地方使用它？我们会遭到愧疚与徒劳的双重折磨，除非我们了解自己，以及我们行动的真谛。”（42~43）

如果说在雅克·库切的时代，人们由于认知所限对于自身的行为给自然造成的负面影响没能预见或有清醒的认识，那么，唐恩的时代则是一个认知高度发达的时代，唐恩对问题的严重性心知肚明，小说通过这个人物的意识表明，正是PROP-12喷雾剂对土壤的杀伤力和高效性使它赢得青睐。生化武器的使用会从根本上动摇生态根基的健全，大规模破坏土壤相当于摧毁人类自身的家园。唐恩对此不予理睬，反而质问为什么不扩大它的使用区域。之所以如此，是种族中心、区域中心思想作怪，没有对地球的生态做一体化的考量。如果不抑制这种为达目的不择手段、置生态安全于不顾的狭隘的思维与行为模式，必将给人类带来灾难。就唐恩来说，蹂躏了大地却不感到内疚，反而大呼“让这套老掉牙的自责见鬼去吧”，最终精神分裂，其精心构思的越南新生活计划也沦为废纸一堆。这可以视为库切对绝对人类中心主义、绝对种族中心主义的极端表现的一种警示。

值得一提的是，生态叙事与后殖民叙事的融合不仅在《幽暗之地》，在库切早中期的其他作品里也表现得相当明显，如《等待野蛮人》《迈克尔·K 的生活与时代》等。而且由于这些作品采用寓言叙事框架，生态批评的对象就不仅限于殖民主义，而是指向一切有悖于“敬畏生命”、保护地球的意识形态与行为。

## 三、《伊丽莎白·科斯特勒：八堂课》：众声喧哗下的生态问题文化根源探究

库切不仅对自然、对野生生命的处境表示了相当的关注，他对与人类朝夕相处、有密切关系的驯养动物的境况也极为关心。如果说，在库切的创作里，野生生物只是作为一个远观的背景，那么，人类驯养的动物则实实在在地来到小说的近景，与主人公发生了各种交集。实际上，动物与动物权利作为一个主题，在库切的创作中经历了渐次明晰的过程。在《内陆深处》《等待野蛮人》中，它还只是个潜在的线索，时隐时现。小说《耻》则对这个问题进行了进一步的探究。由于种族隔离制度被废除，白人们自顾不暇，大量宠物被遗弃街头，它们悲惨的命运与主人公卢里的境遇形成类比。在《伊丽莎白·科斯特勒：八堂课》里，后工业社会动物生命的产业化、商品化作为一个重要的主题，引发了诸如动物是否应享有权益、享有何种权益、人类对他类生命的态度与行为的伦理内涵等当下西方社会热点话题的众声喧哗。小说借伊丽莎白之口，渲染了动物被剥夺生命权、生命被产业化、身体被商品化的悲惨境况，使动物问题与生态伦理、社会伦理关联起来，把问题的根源回溯到绵延西方思想史千年的主客体之分与唯理论，体现了一个作家对生活的诚挚思考和对生命的与生俱来的敬意。

库切在访谈中谈道：“作为一个人，一个还算小有名气的人，世间的苦难（不仅仅是人类的苦难）令我如此痛心以至于我的思想经常陷入混乱

和茫然的状态。我的小说是一些微不足道的、让我不至于精神崩溃的荒唐建构。对我而言，情况显然如此。”[①] 库切的言论有两点值得关注：其一，苦难对于他个人的和文学创作的意义。苦难不仅是库切作品的主题，由于写作是一种对苦难、伤痛的释放，帮助作家应对生命不可承受之重，或许还能藉此唤起他人共同面对。其二，库切所关注的苦难绝不仅仅局限于人类，而是对存在（being）的悲悯。在《伊丽莎白·科斯特勒：八堂课》的第三、四课里，这两点汇合起来，于是，动物的悲惨境遇前所未有地凸显出来。首先有个在动物问题上奔走呼号的伊丽莎白作为小说的主人公。与《耻》中的卢里相比，伊丽莎白不仅在动物问题上投入更多的精力与情感，还是具有一定话语权的知名作家。她为后工业社会动物的命运揪心不已，坚持素食，言辞激烈缺乏弹性，乃至与他人发生诸多不快。她的某些言论可能过了头，成为非议的靶子。然而，伊丽莎白是否矫枉过正不是问题的核心，关键在于，通过动物权益话题引发的争议，把动物问题与“人性”、人与自然的关系做了链接，这样讨论就有了深层的伦理意义。就像辛格指出的，只有改变动物生而为人类盘中餐的看法，才能改变人对整个自然的态度。小说拓展了后殖民研究中的“他者”与弱势群体的概念，使它超越了“人”的边界，容纳他类生命存在。这种“破除主客二分法，摧毁一方胜过另一方的权威地位，中断与主体范畴相联系的独断权力关系，并由此消除了其隐藏的层系（等级系统）”[②] 的尝试，孕育了改写绝对人类中心主义、重书人与自然的关系的希望。虽然伊丽莎白的话语没有被普遍接受，然而，争议引发读者深度思考。小说延续并拓宽了库切不懈探索的主题：能否把同情、怜悯、爱与关怀的施与对象由我、我的族人扩散开来撒播给他类生命，构建和谐的生态共存模式。在小说里，伊丽莎白的演讲与辩论产生的张力检验着这一可能性。

在第三、四课“动物的生命”中，伊丽莎白·科斯特勒应邀造访阿波

---

① J. M.Coetzee, *Doubling the Point: Essays and Interviews*. ed. by David Attwell. Cambridge, Harvard University Press. 1992: p.248.

② 波林·罗斯诺：《后现代主义与社会科学》，张国清译，上海译文出版社 1998 年版，第 71 页。

尔顿学院，作了题为“哲学家与动物”和“诗人与动物”的两段演讲，并与该学院的哲学教授托马斯·奥希恩就理性、意识、动物的权益等问题展开辩论。伊丽莎白寥寥数语描绘了当下社会动物的悲惨遭遇，把它与二战时期纳粹对犹太人的恶行相提并论，“‘他们像绵羊一样被屠杀。’‘他们像动物一样死去。’……第三帝国的罪恶是把人当动物对待”（77~78），以此隐喻对待动物处境习以为常、放任自流的态度背离了人性。伊丽莎白的话语引起某些听众的不满，认为这样的比喻侮辱了二战死难者，由此拉开了众声喧哗的序幕。库切的成功之处在于没有把伊丽莎白的言论作为主导性话语强加给听众，也没有以作者的身份进行干预或引导，而是让她的生命说在非议声中被反复地琢磨、敲打，从而真实地再现了“动物解放”伦理乃至非人类中心伦理在当下文化语境中所要面对的来自政治、经济、文化和社会习俗的诸多挑战。也就是说，重点不在于结论，而在于论战本身。

在对待动物的问题上，伊丽莎白把批判的矛头对准了西方逻各斯形而上学哲学话语，指出主客二分法以及对理性、智性、意识的过分推崇导致其对立面野性、感觉、生命的长期被压制，在动物问题上达到极致。伊丽莎白对笛卡尔的“我思故我在”提出质疑。因为依照这一逻辑，无法进行思考的动物无异于“一架活着的机器”,“动物的构成无非是一个机械系统”，为滥杀动物提供了理论根基。虽然尼采的出现曾短暂地打破了西方传统的哲学话语,然而总体上讲,它是一部理性主义强势主导的历史。在此背景下，伊丽莎白唯有对理性进行适度的祛魅，瓦解它的超验地位，才能进而宣扬生命伦理。在对理性的诠释上，伊丽莎白显示了一个后现代主义者的立场，她说：“理性既不是宇宙的存在，也不是上帝的存在。恰恰相反，……理性像是人类思想的存在；也许比这更糟糕，理性像是人类思想的某种倾向的存在。”（81）“理性体制都是极权体制。”（84）其实，伊丽莎白诟病的不是理性本身，而是以逻辑二分法和结构上的二项对应为基础的欧洲认知传统框架下的理性被无限地放大而形成的强大压迫性。更为可怕的是，这种理性过度甚至畸形发展的认知传统，到一定阶段就会造就大批“有知识而没有同情心的人”，乃至一个理性却冰冷的人类社会。伊丽莎白用动物的境遇比拟二战中被杀害的犹太人，意图表明人类如何对待他类生命的态度不仅关系人的德性，而且对他类生命的残忍最终可能回报到人类自身上。这是伊丽莎白（或许也是库切）在动物问题上看到的，也是当下社会不得不面对的一个严肃话题。因此，无论是从这一角度还是从生态本体论的角度考虑，动物问题都不仅仅是该不该食肉的问题，而是有更深层次的伦理意义。拒绝对强势理性传统妥协的伊丽莎白承继了尼采的路线，激发被理性压抑已久的感性生命体验，以诗人的立场与理性哲学展开对话。

伊丽莎白以生命、身体体验与西方哲学推崇的理性、思想至上相抗衡，相对于以冷静、思辨见长的哲学语言，散播具有生命质感的诗的语言。小说在对理性进行了适度的祛魅之后，把言说的重心放在了动物具体可感的生命这一与人类的共通性上，使问题的概观出现了新的转机。“要充满生机，就要身心健全。有一个词，可以用来指称这种对生机盎然的体验，这就是‘快乐’。”（93）把存在奠基于生机盎然的生命体验而非理性或思考之上，用它来关照动物问题，这样一来，伊丽莎白倡导的生命学说就冲破了理性的樊篱，规避了“动物低能，不理解死亡，没有恐惧意识”，“生命之于动物，不像之于我们人这样重要”等流行于西方社会的先验观念。而与生命体验紧密相连的，不是推理、逻辑判断等抽象思维运作，而是诗性的感知与诗意的存在。通过对泰德·休斯的《美洲虎》《再见美洲虎》的感性解读，文本指出诗歌启发了“诗性创造”：“如何把一个活生生的客体转变成我们自己体内的存在。当我们阅读这首关于美洲虎的诗时，当我们后来在平静中记起它时，有那么一小段时间，我们就是那美洲虎。它在我们体内扭动，它借用我们的肉体，它就是我们自己。”（119）伊丽莎白所说的诗性创造就是指在生动富有质感的文字的作用下，主体激活自身的想象体验客体的存在，实现主客体交融的过程。这一过程的第一体验者是诗人，他们具备强大的感同身受的移情能力，能够通过具体鲜明的意象把那种活生生的、带电的生命体验融入诗歌中，而受到点化的读者体验诗人经历过的“诗性遇合”，在想象中体验诗中的意象鲜明、血肉丰满的客体存在，甚至短暂地幻化成对方，从而认识对方、了解对方，达成你中有我、我中有你的和谐共存。在《自然与沉默》中，克里斯多夫·梅内斯指出：在人类的淫威下，自然已经从“万物有灵论”转换到象征性的符号在场，从“会说话的主体”转化成“沉默的客体”；生态文学和生态批评的重要使命之一就是唤醒我们周围那些被严重异化的“沉默的客体”，恢复其在场性主体身份。① 库切通过伊丽莎白所做的正是这样一种恢复性工作：相对于主客体对峙的哲学话语，力挺诗人与诗歌，认为诗歌强大的移情性能帮助读者重新发现和认识自我与他类生命，感悟生命价值，从而真正地、发自内心地把自己当作自然共同体的一员来保护地球家园。这样一来，小说就提出了利奥波德的生态整体主义观之外的生态保护的另外一条道路，即充分发挥文学作品（诗歌）的感性肌理，通过移情作用潜移默化地提升个体的同情心与同理心，在感性层面实现并完善生态保护的诉求，与理性主义的生态整体论形成路径不同却又互为补充的关系。

有学者提出，“诗意栖居”是生态批评的首要任务：“生态批评要善于从自然中，从人与自然的和谐关系中发现诗意、挖掘诗意、展示诗意、弘扬诗意，并将‘诗意栖居’的精神植根于人们的心灵之中，从而升华人们的生态伦理道德，促使人们更加自觉地维护生态的和谐。”② 其实，“诗意栖居”不仅是生态批评的，也应当是文学的根本追求。《伊丽莎白·科斯特勒：八堂课》通过众声喧哗，探讨了哲学的进化，也就是从理性向诗性生命学转向的可能性与必要性，撒播了“诗意栖居”的理念，促使人们自发地敬畏生命，自觉地维护生态和谐，这对于陷入生态危机的当代社会不失为一次有益的探索。然而，正像伊丽莎白所注意到的，无论是在哲学话语还是在现实生活中，无论是在过去还是现在，在工具目的理性主义的导向下，神秘莫测、生机盎然的大自然被简化为可以用数字计算、可以被操纵的物质对象。科学、知识的功能发生了不利于人文精神的变化：“现在，我们已经失去了不受核灾难威胁的未来，并且正在失去生物圈的生态支持系统。由于对现代合理性的执迷不悟，我们正在做着将导致人类自我毁灭的非常

① 刘文良：《生态批评的后现代特征》，《文学评论》2010 年第 4 期，第 83 页。

② 刘文良：《生态话语审美化：生态批评的诗意之维》，《北方论丛》2008 年第 2 期，第 23 页。

荒谬的蠢事。”[①] 在这样的文化背景下，库切把动物问题拉回读者的视域，把它的讨论上升到哲学高度，对理性主义的过度发展表示了忧虑。小说没有回避在理性的语境里尝试反拨理性的尴尬。这场有关生态伦理的讨论结束于伊丽莎白迷茫的心声：“我已经不知道自己身在何处”（139），可能这也是生态话语和生态伦理在现实语境中需要经历的一个阶段的征象吧。

## 四、结语

综上所述，库切的生态书写把生态问题与反殖民言说融合，把生态危机的深层社会文化根源带入读者的视野。它传递了作家强烈的家园意识，呼应了生态思潮对“人类中心主义”“唯科技发展论”的批评，启发人们重新思考自身在自然共同体中的角色和对地球、地球上的他类生命所负有的伦理责任，探索撒播生态意识的人文主义之路，谋求在潜移默化中从“我”在走向共在。库切的言说，无论是关于身体、创伤、残疾还是生态，都离不开他对权力问题的思考。下一章考察的内容是作家的政治观与其文学创作的关系。



① 大卫・格里芬：《后现代精神》，王成兵译，中央编译出版社 1998 年版，第 52 页。

# 第五章　库切的政治观与文学创作



在《凶年纪事》中，库切写道：

> 倘若非要给我的政治思想贴个标签，我想称之为悲观的无政府主义的无为主义，或是无政府主义的无为的悲观主义，抑或悲观的无为的无政府主义：无政府主义源于经验使我知晓政治的问题在于权力本身；无为，出于我对变革世界的意志的顾虑，这一意志携带着权力欲求；至于悲观主义，因为我是怀疑论者，对于世道能否从根本上改变持怀疑态度。①

《凶年纪事》是库切2007年出版的作品，它秉承了库切写作上惯有的实验精神，融批评文集、小说等不同文类于一体，对以美英两国为首的当下西方政治、经济、文化、社会生活等诸多领域的问题做出追本溯源的评点。《凶年纪事》又不乏自省精神，在针砭时弊的同时，作品主人公（即批评文集的撰写者）也在不断地反思拷问自我。这个虚构的人物J. C.，同库切年纪

① J. M. Coetzee，*Dairy of a Bad Year.* London：Harvill Secker，2007：p.203.

相仿，同样是来自南非的作家，现在澳大利亚定居。除了些许细微的差别，这个人物的经历和思想与库切本人基本吻合，书中的一节还以 J. C. 的小说《等待野蛮人》为引子引发 J. C. 为自身进行辩护。众所周知,《等待野蛮人》是库切的名作，这样的处理实则暗示 J. C. 是库切借古论今、抒发胸臆的替身。暮年的库切借用 J. C. 的名义回首漫漫人生之旅和文学之路，对当下西方文明中浅薄的道德感和理性主义给予毫不留情的批判。因此，本章一开始引用的无政府主义、无为与悲观主义的评述（出自批评文集部分）可以理解为库切本人的政治主张的梳理与归纳。尽管文学创作具有一定的自主性和自律色彩，作家在创作时通常会尽可能地隐匿自身，让作品说话，一些后结构主义者甚至宣称“作者已死”，试图抹杀作者个体的存在，但是，由于写作的主体是具有特定意识形态倾向、价值观念与情感体验的活生生的人，作家个人的思想意识还是会渗透在他的创作中。库切的政治观与作品之间呈现天然有机的联系。本章主要以《凶年纪事》为分析文本，联系他的另外几部作品，从权力与权力的解构，弱者形象与边缘书写，弱肉强食的自然生存法则与体现人性的新伦理的呼唤三个方面，剖析作家的政治观与文学创作的关系。库切的政治观影响了其作品的艺术形态，另一方面，文学创作又暴露了他思想的矛盾性，在一定程度上修正了他的政治观念。

## 一、权力与权力的解构

“无政府主义源于经验使我知晓政治的问题在于权力本身。”库切称自己是无政府主义者，并且毫不犹豫地将他无政府主义思想的矛头直指权力。库切高度关注权力问题，这与他生活的时代和个人背景有着密切的联系。在南非这个非洲种族隔离制度存续时间最长的国家，不公正的社会现状给库切憧憬自由平等的心灵带来无数的冲击，这一情感、精神与社会环境疏离的状态在他的自传体小说《男孩》《青春》中有生动细致的刻画。带着一颗崇尚欧洲文化、希冀在那里找到精神家园的心，年轻的库切游走欧洲，后来又到美国研习语言学，先后经历了席卷欧美学界的结构主义、后结构主义与后现代思潮的洗礼。在异国他乡生活期间，库切时常沉浸在欧美文学经典作品的世界，饱读卡夫卡、塞缪尔・贝内特和弗拉基米尔・纳博科夫等人的著作。新思想、新理念的不断吸收与沉淀，加上语言研究背景形成的对语言的敏感度，为库切 1971 年回到南非，开始长达 30 年的文学创作做了最好的积累和铺垫。南非种族隔离制度蛮横地依照肤色将人划分成不同的等级区别对待，这与库切的自由理念、作家的良知发生激烈的碰撞。在此历史背景和国情下写作的库切将殖民、后殖民主题与后现代思想嫁接，形成独特的权力言说。

权力是当代西方学界关注的重点议题。法国左派思想家福柯推翻了传统的权力观，将权力界定为关系中的权力，即只有在和另外的力发生关系时权力才存在。在他看来，权力总是变动的、复数的、再生的。福柯还指出权力与知识、话语之间存在共谋关系：貌似“自明的”“常识的”知识背后隐藏着权力，通过话语的系谱分析可以发现权力如何在话语中运作。福柯的权力观深深影响了库切，他的作品对权力的解读与解构是在福柯的权力观框架下进行的。在种族隔离时代的南非，库切把解构的目标首先锁定在殖民主义与殖民神话。神话作为“一个被讲述的故事，以使社会秩序或人类经验的某些方面合理化”（牛津词典释义），向来带有意识形态色彩。殖民主义通过武力占有殖民地的土地与财富，它的霸权也“通过无以数计的文化形式，通过文化象征层面上的炫耀和展示，才得到肯定、认可和合法化的”[①]。帝国神话以文本的方式将帝国中心意识灌输给读者，为殖民主义以及后来的隔离制度的存在做了意识形态的铺垫与固化。库切早中期作品《幽暗之地》《内陆深处》《等待野蛮人》《迈克尔·K 的生活与时代》《福》《铁器时代》几乎均致力于解构殖民主义和殖民神话。《内陆深处》是生活在南非的一个白人未婚女子的内心独白，批评矛头直指父权社会、种族社

① 博埃默：《殖民与后殖民文学》，盛宁译，辽宁教育出版社 1998 年版，第 14 页。

会的白人女性神话;《幽暗之地》《等待野蛮人》《迈克尔·K 的生活与时代》暴露了帝国伪善、色厉内荏的实质;《福》以女性的眼光解构了殖民英雄的神话、主奴神话;《铁器时代》更进一步，用中心意象铁器时代喻指内战时期伴随权力角逐产生的崇尚武力、缺乏融通的时代精神，把它与象征白人帝国的花岗岩时代做了时间与逻辑上的链接:“难道不是花岗岩时代造就了今天的铁器时代? 不是也有过一代代的白人孩子面容肃穆地高唱国歌大步向前，面对国旗庄严敬礼，宣誓为国效忠，甚至不惜牺牲生命? ”① 从而瓦解了帝国神话神圣庄严的外衣。颠覆殖民神话与殖民意识形态是库切早期和中期作品的价值核心之一。

权力从来不属于某个固定的群体，它在力的交互中动态地发生转变。随着后隔离时代的到来，南非的社会现状发生了翻天覆地的变化，权力体系实现了交接，黑人翻身成为名副其实的主人，白人失去往昔的特权，沦为政治上新的弱势群体。南非政府为帮助黑人尽早脱离苦境，在政策方面予以他们特殊的扶持，然而，这些基于人种差别的优惠政策的出台却令许多南非自由主义者难以接受。《凶年纪事》对此有明确的表述: 在自由主义者们看来，此举措背离了自由竞争的个人主义精神，是“政治上的倒退”。② 权力问题没有因时代的变迁退出库切的视野，而是以另一种面貌出现在他的创作中。后隔离时代库切的第一部小说《耻》以艺术的方式再现了权力更迭带给白人的家园不再的痛苦与彷徨。主人公卢里因为行为不端受到责难被学校辞退，他来到女儿露西南部的农庄，目睹了露西被黑人施暴，农庄即将被露西先前的黑人雇工侵占的事实。《耻》的叙事进程映照了白人男性卢里丧失权力的整个历程: 声望、地位、财产与尊严丧失殆尽，卢里的地位与露西的前雇工几乎发生逆转，他从原来的土地的“主人”降至照看动物，“过着狗一般的生活”。历史与当下，在主人公卢里的意识里互为映照，相互指涉。置于具体历史语境里的权力在文本中被放大审视，令读者唏嘘不已。

---

① J. M. Coetzee，*Age of Iron*，New York：Random House，1990：p.50–51.

② J. M. Coetzee，*Dairy of a Bad Year*，London：Harvill Secker，2007：p.117.

库切以往大都以小说的形式对权力进行迂回的剖析与解构，在新作《凶年纪事》里，库切已经不能满足于此，取而代之的是以批评文集与小说杂糅的方式从政治、经济、哲学、社会学的角度笔锋犀利、入木三分地批判时政以及其他社会热点问题。欧美国家在国际政治领域里滥用权力成为库切批判的靶子之一。一方面散播民主制度，积极对外进行意识形态传播；另一方面却又常常违背民主精神的实质，在国际事务中滥用权力。美英政府的首脑在没有确凿证据的前提下，制造萨达姆威胁论，进军伊拉克就是一个极端例子。事情曝露后，当事人又百般遮掩，极力为己辩护，妄图推卸责任。作为制度存在的民主已经失去了民主的真正含义，库切对这样的民主做了一针见血的解构："民主无法容忍民主系统之外的政治立场。从这个意义上讲，民主是极权主义的。"(15)库切无法忍受民主沦为权力的附庸，作品对美英政府的批判发人深省。

库切对权力问题的敏感可以溯源到他对自由的珍视。库切认为，如果滥用制度化了的权力，不仅危及个体的自由，也不利于不同群体和国家之间的和睦相处。和谐共存的前提离不开平等对话。如果无视这个前提唯我独尊，那么产生于力的差异中的权力往往导致极权、霸权现象的产生。由此可见，库切的无政府主义思想源自他对权力本质的清晰透彻的认识，源自他对自由的夸父逐日般的向往与追求。然而，人生活在现实的社会里，没有绝对的自由可言，现实与理想之间存在永恒的距离。幻想破灭的无政府主义者们无奈地选择远离政治，走"在唯唯诺诺的服从与奋起抗争之外的第三条路，每天都有成千上万的人选择了这条路。那就是遁世，归隐内心，自我放逐"(12)。无为构成库切政治观的另一个核心。

## 二、无为：弱者叙事与边缘书写

在诠释无为观时，库切再次将话题与权力问题联系起来："无为，出于我对变革世界的意志的顾虑，这一意志本身携带了权力欲求。"对现实失望不满，又因为对权力欲求的疑心，于是在行动上对政治采取规避的态度，这是西方许多民众现实生活里的行为取向，库切小说里的人物也大都如此。无为观在某种程度上促使库切在创作里融入了大量弱者叙事与边缘书写：《内陆深处》里孤独地生活在臆想与现实的边缘的白人女性玛格达，《等待野蛮人》中饱受帝国酷刑摧残的异族“野蛮人”，《福》中缺失舌头的黑人仆人星期五，《铁器时代》无家可归的流浪汉，《迈克尔·K 的生活与时代》里的残疾人迈克尔·K，《耻》中丧失名誉、财产，甚至连生命安全也没有保障的卢里父女，《慢人》里因车祸被截肢的摄影师保罗·雷蒙特等一连串令人过目难忘的弱者肖像。《伊丽莎白·科斯特勒：八堂课》里的虚构人物作家伊丽莎白在演说里动情地描绘了作为商品存在的动物的悲惨境遇，进一步延伸了弱者的概念。这些弱者处在力的对比中弱势的一方，他们或没有改变命运的意志，或没有能力这样做，像无根的草一样漂泊在不同历史时期社会的各个角落。在库切的弱者书写里，迈克尔·K 可谓一个独具匠心的弱者形象。他先天性的身体残疾，头脑简单不善言辞，为满足母亲返乡的心愿，不顾南非内战的硝烟，护送她踏上返乡之路。启程后不久，他的母亲就因病与世长辞，迈克尔不改初衷，带着她的骨灰寻找她生前提到的家园。正是这样一个头脑迟钝性情木讷的黑人，上演了一出逃离政治、逃离历史的大戏。在返乡的途中，迈克尔两次被军队当作无业游民遣送至劳改营劳教。迈克尔两次逃离出来，回到自己心爱的土地精心培育大地的馈赠——金灿灿的南瓜。为躲避军队，他甚至藏身于洞中，以南瓜和蚁类果腹，过着与世隔绝的生活。迈克尔曾经有过加入反抗队伍的念头，但是，对他而言，肥沃的土地和从土地里长出的食物才是滋养万物的生命的根本。“因为已经有足够多的人走向战争，说明种瓜种菜培植花草的时代是在战争结束之后，因此必须有人留在后方，使这些活动继续存在，或者至少使关于种瓜种菜培植花草的想法继续存在：因为一旦这根绳索断裂了，大地就会变得坚硬，就会忘掉她的孩子们。”[①] 迈克尔是个弱者，却有本能的智

① J. M. 库切:《迈克尔的生活和时代》，邹海伦译，浙江文艺出版社 2004 年版，第 135 页。

慧的体悟，并能主动做出选择，为此坚持不懈，可谓弱者群体中的另类。库切是书写弱者的高手，他的小说鲜有煽情的文字，一曲曲生命悲歌却总是能够打动读者的心弦。有研究者指出库切的作品缺少强者叙事，并把这一现象归因于南非种族隔离政治的制约与库切自由主义思想的残缺[①]，这一提法有一定的道理。笔者认为，库切热衷于弱者叙事而对强者叙事缺乏热情，有他本人个性方面的原因，在《凶年纪事》中库切的替身 J. C. 自称为“遭人厌弃的东西的守护者”（188），库切本人的作品就是此话最好的印证。同时，强者叙事被压抑的倾向也验证了库切的权力观对他艺术创作的深远影响：权力存在于关系之中，纵然在较量中产生新的权力机制，世道运行的法则也难以撼动。世界能否从根本上发生改变？库切的小说没有给出明确答案，也许其惯有的开放性结局就是他模糊心理的美学映照吧。

库切无为的政治观是与他对权力的理解与诠释捆绑在一起的，显示了一个深受后现代思潮影响的西方知识分子具有的对权力本质的洞察力与警惕心，然而，无为的政治观往往导致遁世、消极的政治态度，剥夺了主体改变世界的能动性。值得注意的是，尽管库切用无为表述自己的政治主张，在文学创作中却没有贯彻无为精神。库切的部分作品没有以南非为故事的背景，在种族隔离时代受到国内左派的批评，但是他致力于对殖民、权力等压迫性意识形态的解构，在近作《凶年纪事》中将批判的触角转向当代西方政治经济伦理等领域的热点话题，显示了一个作家通过作品的艺术力量警醒世人、入世干预的情怀。克勒然指出，纯粹的后现代主义理论思辨往往导致政治上、伦理上的麻木，库切的小说却通过对权威和真理的质疑，寻找到了自身话语的位置。[②] 显然，无为的哲学观指导文学创作对弱者叙事和边缘书写的选择，而观照生活真实的文学创作又修正了作家的政治观。可见，库切与某些一味沉迷于文字游戏营造迷宫式阅读模式的后现代主义小说家有着根本的不同。

---

① 王旭峰：《库切与自由主义》，《外国文学评论》2009 年第 2 期，第 105 页。

② Jeanne Colleran，“Position Papers：Reading J. M. Coetzee's Fiction and Criticism.” *Contemporary Literature* 35. 3（1994）：p.579.

## 三、悲观主义：弱肉强食的生存法则与体现人性的新伦理的呼唤

库切是个悲观主义者。在《凶年纪事》中，他简明扼要地回顾了此心态的形成，对此做了归因。库切在自由主义精神的普照下长大，又从父辈那里承袭了对市场的疑惧心："我从母亲那儿了解到，市场是台黑暗邪恶的机器，每一个它嘉奖的幸运儿的身后都有一百个不幸被它吞噬的倒霉鬼。"（117~118）库切认为这一观点与当时自然主义作品的流行大有关联。库切的看法不无道理：自然主义流派深受社会达尔文主义的影响，将自然界弱肉强食的生存法则移植于人类社会。自然主义作家笔下的人物受基因的驱使和命运的摆布，在人生的战场上摸爬滚打，常常以悲剧收场。库切的小说对弱肉强食的社会现状的一再呈现，显示了社会达尔文主义的观点滞留在他意识的深处，左右着他的世界观，与内在于小说的自由平等的精神诉求形成一对矛盾体。后期库切的创作在保留自由平等理念的同时，更多地转向对合作和对话精神的企盼，呼吁建立体现人性价值的新伦理来取代自然生存法则在人类社会的肆虐。

借助动物意象表现丛林法则是库切常用的创作手法。《铁器时代》呈现给读者一幅以南非内战为背景的社会图景，运用了大量动物意象。用动物喻指人性与人之境遇，文学作品中早有先例。值得关注的是，《铁器时代》的动物载体具有明显的捕食与被食的二分性，构成一个弱肉强食、适者生存的自然界。丛林法则在种族仇视加剧、暴力情绪蔓延的南非肆意挑战人性和人类社会的道德底线。小说主人公科伦太太自喻为"一只没有翅膀的无力的鸟，一只渡渡鸟"。外界的骚乱让她倍感不安，她找工人替自家的窗户安上防护栏。"'现在你安全了，'工人说。锁在笼子里，饿着肚子的捕食者潜伏在外面……是啊，安全了，在她的笼子里，外面的栅栏完好。她这样想。"（28）库切用笼子喻意南非当时的政治制度，受到隔离制度庇护的她无法体验广阔真实的人生；离开笼子，走近种族分裂的社会现实，她一筹莫展，极有可能沦为丛林法则的牺牲品。这一场景出现在小说

后面的章节中：警察开枪打死了躲藏在她家里的黑人男孩约翰，科伦太太抗议无效，在愤怒中走上街头，进入陌生的区域。她又冷又饿，癌症的折磨令她不堪忍受。她坐下来，觉得自己“像一只上了年纪的动物，死期将至，缓慢地躲进洞里静听心脏的跳动”（158）。此时，几个孩子在她周围聚拢过来，像“乌鸦一般，在一旁等待”。他们趁她昏迷用棍子撬开她的嘴巴，查看有无可以夺取的金牙。自然界的死亡主题与食腐动物伫立一旁静候时机的场景被挪用到人类社会，令人不寒而栗。

负载类似寓意的动物意象出现在库切的多部小说中。在《伊丽莎白·科斯特勒：八堂课》中，作家伊丽莎白的作品获奖，她在儿子约翰的陪同下前往领奖。伊丽莎白年事已高，精神不济。在约翰眼中，她像一只马戏团的海豹，尽管体力透支，为了生计不得不打起精神娱乐大众；聚拢在她周围、盘算利用名人为己谋利的人被伊丽莎白戏称为“金鱼”：“人们以为它们很小，不会害人；……因为它们所要的只是小得不能再小的一口肉，一点点就好。”然而，“在那垂死的鲸鱼周围，有一圈金光闪闪的斑点。它们伺机钻到鲸鱼的体内，迅速地、满满地咬上一口”[①]。《凶年纪事》直接采用“丛林”指代经济领域里的竞争：“世界就是丛林（这是一个发散性的隐喻），丛林里所有物种都在为自己的生存空间和生存资源与别的物种展开斗争。”（79）“我们都是市场经济的一员，如果不参入竞争，就无法生存。”“一旦放下武器，你就会被（对手）杀死。”（118~119）小说里为数不多的人物之一——利己主义的忠实信奉者艾伦持相同观点，并把竞争从经济领域扩展至社会生活的各个角落：“生活就是斗争，是场一切事物的斗争，每时每刻的斗争……我是个有谋略的人，因为我如果不这么做就会被丛林里别的猛兽活活吞掉。”（196）需要指出的是，库切批判的对象不是市场或市场经济本身，而是社会丛林论发展到极端引发的置道德底线于不顾的利己文化的膨胀。这与小说部分的情节设计契合：物质利益至上的艾伦无视道德廉耻，在 J. C. 的电脑里插入了木马程序，



---

① J. M.Coetzee，*Elizabeth Costello*. New York：Penguin Group，2003：p.6.

阴谋窃取他的财产，事情败露后艾伦毫无悔意，还理直气壮地为自己辩护。盲目渲染夸大丛林效应不仅容易造成社会道德的沦丧，而且在国际关系层面可能加剧国家间的对立与摩擦，导致国际关系的恶化。库切对利益驱动世界的流行观点和利己文化的辛辣批判可谓触动到了当下西方社会的痛点。

如上所述，深受社会达尔文主义观念影响的库切在他的作品里描绘了被丛林法则所左右的人类社会的图景。然而，库切毕竟不是自然主义派作家，他对人类社会丛林现象客观呈现的同时，更多地给予了犀利的批判。他的小说也不乏对自由美好生活的憧憬，对未来的企盼，对体现人性价值的新伦理的呼唤。《铁器时代》以白人知识女性科伦太太的视角记录了时代变迁，在描绘了丛林法则作用于人类社会的可怖情景的同时，又不吝笔墨细致入微地勾勒出人们渴求爱、渴求关怀的心灵图景。尽管科伦太太不久于世，她的影响力也相当有限，但是她在生命尽头尝试用爱与善意来化解仇恨的做法不失为一次有益的探索。虽然无法凭一己之力消除黑人群体的历史创伤与黑白两个群体之间的隔阂，但她与故事中的他者流浪汉克服了重重障碍，达成对彼此的信任与依恋，为社会安定、人民和乐的时代的到来留下想象空间。这一时代的到来必须建立在超越界限的樊篱、互助融会的基础之上，不同的民族与种族平等对话、共建家园。爱与善意的伦理关怀是小说人物，也是库切本人渴盼已久的。库切移居澳大利亚后的小说《慢人》《凶年纪事》，通过两个发生在老年男子身上的故事，表达了对人际间的伦理关怀的心灵需求。保罗·雷蒙特与女看护玛丽亚娜·乔希奇一家和解，尽释前嫌；而安雅对 J. C. 从排斥到理解，并主动承诺在他临终时做他的守护天使，使他可以安详地离开这个世界。正是因为 J. C. 的文集唤醒了安雅的道德直觉，激起她关爱他人的天性，《凶年纪事》的故事才能在尖锐的批评后面画上一个完美的句号。而批评文集的结束语传递的正是同样的道德转向。波兰社会学家鲍曼指出，我们需要一种在后现代语境中的伦理文化转向：只有通过“唤醒人的道德直觉”，“激起人与人之间相互关爱等道德天性”，并在全球范围内重建“个体与他人的关系”，人类才能从现有的后现代困境中摆脱出来。[①] 可见库切晚期的创作与西方社会的有识之士的思想产生了共鸣。

## 四、结语

库切倡导的伦理观的核心是人际间的互爱与道德关怀，纵观库切的创作生涯，这不失为一个美好的节点。库切的文学创作始于对权力的透析和对压迫性意识形态的解构，他采用边缘书写的策略，刻画了大量弱者形象，有其积极的意义；然而，解构的同时如果始终不能建构新的价值，作品难免会滑入悲观主义、虚无主义的深渊。库切在创作中呈现了弱肉强食的丛林法则所左右的人类社会的悲惨图景，又抒发了对自由美好生活的向往，对未来的企盼，对爱与关怀的新伦理的呼唤，最终实现了回归道德、回归生活。库切将自己的政治观提炼为无政府主义、无为、悲观主义，毋庸置疑，这些观念影响了他作品的形态。另一方面，文学创作又暴露了他思想深处的矛盾性，在一定程度上修正了他的政治观点。库切对历史议题的关注，即是一个明证。现在让我们回到库切创作的初始，看他如何把形式和内容融为一体，质疑并修正了传统的历史观。



① Dannis Smith，*Zygmunt Bauman: Prophet of Postmodernity*. Cambridge: Polity Press，1999: pp.163–165.

# 第六章 《幽暗之地》：历史与历史的再现

库切的第一部小说《幽暗之地》完成于20世纪70年代，出版后虽然没有为作者带来显赫的声誉，小说的叙事风格却引起了文坛的关注。《幽暗之地》融合了“越南计划”与“雅各·库切之讲述”两个看似完全不相干的故事。上编的主人公唐恩参与越南战争升级计划，受殖民意识的毒害，满脑子荒诞离奇的臆想，最终精神崩溃，在精神病院里喃喃自语；下编的叙事手法尤为独特，主体部分是“雅各·库切之讲述”，在它之前有简短的译者序（J. M. 库切宣称“雅各·库切之讲述”是其先父S. J. 库切用荷兰语为凡·普列登堡协会撰写，于1951年首次出版，自己是该书英译本的译者，其实S. J. 库切是作家库切杜撰的人物），后面附有后记与附录各一篇。后记取自1934~1948年间S. J. 库切在南非某大学开设的南非早期探险者的系列讲座，在1951年的版本中曾作为“讲述”的序言用南非荷兰语写成。译者将它调整为后记，与雅各·库切本人于1760年所做的证词一并放在了英译本的后面。《幽暗之地》结构新奇，被誉为形式实验的先锋之作。其“文本套文本、作者作为人物出现、高度自觉的叙事方式、对精神病人心理状态的兴趣、主谓短句的使用”[①]的叙述特色，引起学界的高度关注。虽然库切热衷于实验新的表现手法，形式创新几乎见于每一部作品，然而，库切的小说蕴含了对历史、社会与文化的深切的思索，也是毋庸置疑的。库切一贯重视小说的形式。在他看来，形式不单单是形式，在一定的层面，它决定了小说的内容。怎么说与说什么之间存在天然有机的联系，二者不可分割。因此，对待库切的作品，无论是重视形式分析忽略小说的内容，还是重视小说内容轻视形式分析，都是不可取的。理想的做法是将二者水乳交融地贯通起来，从形式观看内容，从内容反观形式。本章主要聚焦于《幽暗之地》叙述视角的复杂性与叙述层面的多样性，探讨作品与后结构主义历史观的有机关联。

## 一、新历史主义的历史观

福柯在《词与物——人文科学考古学》中指出，不同的时期存在以不同原则对知识进行分类的知识型：文艺复兴时期的知识型是“相似”，人们将自然看作一个巨大的符号系统，在不知不觉地寻找事物的相似性与神秘关联；古典时期的知识型是“再现”，人们忙于分类，建立可见实物的体系，于是出现了为表象命名的普通语法、自然史以及财富分析等；现代时期的知识型向纵深发展，展开了对事物本质、历史性、有限性等方面的研究。福柯的知识型研究揭示，知识型之间存在差异，但不存在孰优孰劣的等级，知识型的转变是突变性、断裂性的，所以，“在其每个关节点上都是光滑的、千篇一律的宏大的历史”实际上是一种建构，一种话语表述。在《知识考古学》中，福柯深化了对传统历史观的解构。之所以用“考古学”来命名其研究方法，福柯意在表明与传统历史学的决裂。他的目的不是发现所谓的“历史真相”，而是对当时的话语体系进行描述，将文献作为遗迹，考

① 陆建德:《幽暗之地》译本序，郑云译，浙江文艺出版社 2007 年版，第 2~3 页。

察它们的成因，揭示它们在叙述中隐藏的秘密。知识考古学揭示，有机体式的同质中心自我发展的历史压制了运动、变化、偶然与差异，是“人们区分、组合、寻找合理性、建立联系、构成整体”的结果，具有鲜明的文本性。

后结构主义历史学家海登·怀特认为，历史事件虽然真实存在，却属于过去，只能以“经过语言凝聚、置换、象征以及与文本生成有关的二度修改的历史描述”的面目显现。因此，读者所感受的历史，并不是真实的历史事件，而是对历史事件的描述性建构。传统的历史学家认为语言是透明的，历史话语中的叙述是中性的，不影响对历史事件的再现。然而，如怀特所言，由于历史学家在撰写历史的过程中不可避免地要对无序的原材料运用诸如包容、排除、强调、从属等手段进行加工，所以，“一个叙事性陈述可能将一组事件再现为具有史诗或悲剧的形式或意义，而另一个陈述则可能将同一组事件——以相同的合理性，也不违反任何史实记载地——再现为闹剧”。怀特进一步指出，虽然标榜“客观真实”的历史话语渴望与科学联姻，拒绝承认它与文学的亲缘关系，然而在进行叙述建构时，采用的却是以“虚构”为特征的“悲剧”“喜剧”“浪漫”“讽刺”等情节类型，在进行历史解释时，使用的是“隐喻”“换喻”“反讽”等语言表达模式。① 在怀特条分缕析的论证中，历史与文学的话语实践的共性、历史话语内在的文学性也就昭然于世了。

库切成长的年代是南非种族隔离制度全面深化的时期。库切对这种制度痛恨至极，1960 年大学一毕业他就开始了自我放逐的海外生活，前往伦敦寻找自己的精神家园。4 年后，他去美国德克萨斯州立大学学习，直至 70 年代初期重返南非，创作了第一部小说《幽暗之地》。20 世纪 60、70 年代正是西方社会与文化发生巨变的时期，民权运动、女权运动高涨，解构主义等比较先锋的思想为学界带来前所未有的理论视角与观点，极大地撼动了文化传统。库切是个典型的思辨型作家，与许多同类型的作家一样，



---

① 陈蓉：“新历史主义”，《西方文论关键词》，赵一凡等主编，外语教学与研究出版社 2006 年版，第 671~673 页。

他的创作折射了学者身份与学院背景。当然，这并不是说库切的小说是文学理论的翻版，库切本人也坚决反对把他的小说与某种文论对等的做法。虽然如此，他的小说无论内容还是美学形态与后时代经典思想之间的渊源都很明显。库切的首部小说受到新历史主义“历史的文本性”与“历史文本内在的文学性”的观点的影响，不仅在小说的主题上，而且在小说的叙述策略上也是如此。

## 二、多层次的叙事编排与历史反写

《幽暗之地》包含五个叙述层面：(1)“越南计划”唐恩的叙述，它以越南战争为大背景，大致发生在1972~1973年间；(2)S. J. 库切撰写的“雅各·库切之叙述”；(3)S. J. 库切撰写的“雅各·库切之叙述”的序言(即文本的后记)；(4)附录，即由官方出具的雅各·库切1760年的旅行具结书；(5)译者序，即英译本译者对雅各·库切之叙述的再编辑。

如果将这五个层面的叙述按照时间的先后顺序进行重新编排，那么，小说的叙事大致可以调整为：(1)附录(官方出具的雅各·库切的证词)；(2)“雅各·库切之叙述”与后记，二者均系S. J. 库切所作，并经过英译本译者的细微改动；(3)译者序与“越南计划”里唐恩的叙述，二者发生在大致相同的历史时期。

其中，雅各·库切的证词是荷裔南非人雅各·库切获准好望角总督的许可北向探险的旅行具结书，属于历史文献的范畴，文本运用脚注突出了这一点：“此份文件由好望角总督府行政秘书处整理，由E. C. 戈蒂莫尔斯伯根收录于*Reizen in Zuid Africa in de Hollandse Tijd*一书(海牙，1916)，卷一，第18~22页。——原注。”然而，从“雅各·库切之叙述”中我们得知，这份“迄今为止所获得的确凿的库切本人的叙述”是由“总督府的一个雇员记录下来的，以官僚的态度不耐烦地听取了库切的讲述，寥寥草草一挥而就写成纪要，递交到总督的办工桌上”。S. J. 库切对此极为不满，因为“里面只记录了总督府这位雇员认为可能对东印度公司有用的信息，也就是有关矿石储藏，以及内陆部落作为物资供应的来源的潜力等等信息”（146），缺乏对这位“非凡人物”的真实而有深度的描述。S. J. 库切认为，书写早期拓荒者的光辉事迹是弘扬民族精神的大好机会，于是执笔塑造了雅各·库切的开拓者的形象。正是从 S. J. 库切对具结书的批判中，从多种叙事层面的交互指涉中，读者得以瞥视历史文本的建构性与意识形态书写的本质。

“雅各·库切之叙述”虽然采用了第一人称“我”来讲述拓荒人雅各·库切的探险旅程，却并非雅各·库切本人的自传，而是 20 世纪中期荷裔南非人 S. J. 库切基于非常有限的历史文献对雅各·库切生平的再塑造，属于故事的范畴。在其所作的序言里，S. J. 库切开宗明义，将写作的宗旨归纳如下：

> 本书试图更加完整，因之也更客观公正地描述雅各·库切。这是一本虔诚的书，也是一本历史书；它怀着对先辈，对本民族的奠基人之一的崇敬，同时又以史实为依据，纠正了对英雄的歪曲。那种对先人的歪曲已渐次侵入到我们对那个伟大的探险时代的概念了，当时白人才刚刚开始与我们的内陆上的原有土著人有所接触。（146）

S. J. 库切一再强调“更加完整”、“更客观公正”、“以史实为依据”等字眼，以佐证“这是一本虔诚的书，也是一本历史书”的观点。明明是后人杜撰的故事，却硬要冒“史书”之头衔，个中缘由耐人寻味。序言提及，“那种对先人的歪曲已渐次侵入到我们对那个伟大的探险时代的概念了”，这不禁令人联想到，自 19 世纪末以来，关于殖民地真相的报道与批评之声日益增多，经过半个多世纪的日积月累，在 20 世纪中后期汇成席卷全球的如火如荼的后殖民浪潮。S. J. 库切的序言虽未言明，却隐隐指涉了这股重新解读殖民史的诉求在南非的抬头。作为一个有着激进的民族观念的荷裔南非白人，S. J. 库切对此不以为然，他试图重塑南非早期历史的英雄形象，达到弘扬民族本位意识的宏大目标。因此，S. J. 库切不厌其烦地强调“讲述”的真实性。故事是虚构的，史书则不然。传统的历史观认为历史是客观事实的产物，虽然它以记录的形式存在，但语言是透明的载体，是对“历史事件”的真实记载，无损于其所呈现事物的真实性。具有讽刺效果的是，S. J. 库切笔下的“史书”恰恰是他杜撰的故事，是他根据极其有限的原始材料发动想象一蹴而就的，带有强烈的主观意图：“只有向着未来的奋进才可称为历史，所有别的，比如路边的游荡，故地重游等等都不过是奇闻趣事，是晚间在壁炉边的谈资而已。”（164）历史是由一系列经过精心甄选和编排的向心事件构成的宏大的连贯陈述，历史的文本性与历史文本的内在文学性通过 S. J. 库切的叙述得到了充分的反映。以故事冒充历史，S. J. 库切的用意不言自明。“雅各・库切之叙述”是南非白人民族主义分子立足于 20 世纪 40、50 年代的国情与世界局势对南非殖民史的粉饰，目的在于为殖民统治的合法性提供历史的、文本的依据。它反映了强烈的阿非利肯民族主义情结，同时也是这股情结的产物。

S. J. 库切所作的“雅各・库切之叙述”是用荷兰语写成的，后被译成英文。在译者序中，译者言明对它做了小小的改动：首先，将 S. J. 库切的序言变成后记，把它放到了“叙述”的后面；其次，恢复了序言版本中删去的两三段文字；第三，将纳马语改成标准文字。这篇轻描淡写的译者序暗藏玄机。英译本译者序与 S. J. 库切所作初版的序言（即“雅各・库切之叙述”的后记）在内容、篇幅、风格、主旨方面都存在巨大的差异。后记（即初版的序言）长达 20 页，详细勾画了雅各・库切探险经历的路线，对雅各・库切沿途所见的野生生物与矿藏、与土著部落的交往与冲突等事无巨细地娓娓道来，与“叙述”在内容上与精神上交相呼应，一脉相承。同时，后记也洋溢着浓厚的撰写者的主观意图：它对荷裔殖民者极尽溢美之辞，对其行为不当之处则避重就轻，或是推脱得一干二净；对殖民竞争对手英国人则极尽讽刺挖苦之能事；至于深受二者压迫的土著部落的生存状况的恶化要么归咎于他们的怠惰（在文本的某处，S. J. 库切按捺不住鄙视脱口而出：“真是个没有出息的民族”），要么打着上帝的旗号美化殖民行为，总之，土著人的“堕落”被贴上人类进步史上不可逆转的小插曲的标签，被轻易打发掉了。有上帝做掩护，佩戴着宝剑的天使们对他者的掠夺变得自然合法起来。不可靠叙述产生反讽效果，揭示了后记的诡辩逻辑。

反观英译本的译者序，简短明了，文字洗练，寥寥几笔介绍了译本的来龙去脉。与 S. J. 库切迫切干涉的意图相反，译者似乎有意隐身于这段历史之外，不以个人的观点影响读者的判断。这恰恰是对历史的认识迈向新高度之后在叙述策略上的选择。去繁就简，作者（或译者）隐身，把几个文本并置让文本自己说话，相互指涉，互为映射，共同印证、揭示了历史的文本性与历史文本内在的文学性。正是在这一意义上，译者序引用了福楼拜的名言“重要之处在于历史之哲学”，历史不是客观存在物，是话语建构，显然，深受后结构主义思潮影响的 J. M. 库切对此是赞同的。

此外，译者序看似不经意地提到“将纳马语改成标准文字”，仔细对照后记部分，就会发现：“7 月 18 日，库切在南纬 31 度 51 分跨过了奥利芬茨河……库切渡河之后不到十年的光阴里，河的两岸便已是农场遍布，遍植水稻了。”“霍屯督语现在已经消亡了。”（156）语言是历史与文化传承的载体，当一个民族的语言消失时，其文化与民族身份终将变得无所托依而消失。文本用自然景观的变化、土著语言的消失影射了拓殖带给原生态环境和原生部落文化的灾难。译者没有对“雅各 · 库切之讲述”做直接评述，而是以不介入的姿态用简洁的文字对发生的一切进行了事实性的陈述与补充，却巧妙地形成了对 S. J. 库切所作文本的对抗与批评，如高文惠表述的那样：“作为作者与翻译者的 J. M. 库切的叙述在文本中是以潜文本的形式存在着的。但却是‘雅各 · 库切之叙述’整个文本的意义生产者。他并非是传统意义上忠实于原著、站在中立立场上的翻译者，而是雅各·库切之叙述、S. J. 库切的历史修撰和其结书的对抗者。”①

《幽暗之地》的另一重要叙事层面，“越南计划”中唐恩的叙述，被放到了雅各 · 库切叙事的前面。这样的编排不仅显示了形式上的独具匠心，



① 高文惠：《后殖民文化语境中的库切》，中国社会科学出版社 2008 年版，第 158 页。

更传递了作家J. M. 库切立足当下、以古喻今、以史为鉴的缜密思考。唐恩生活在20世纪70年代的美国，参与了越南新生计划，满脑子臆想，这一部分的文本是他在精神病院里的喃喃自语。虽然他与雅各·库切生活的时代相距两个世纪，两者的叙述都有一个浮夸自大的叙述声音，表征了畸形的殖民精神与殖民自我。在雅各·库切的眼里，“我是行空的观察之目，掠过荒蛮之地，万物尽收眼底。我是荒蛮的摧毁之神，越过大地开辟出通衢大道。我的视线无所不及，我是万物之主。多么孤寂啊！每块岩石，每丛灌木，每只可悲的勤劳的蚂蚁，无不一一辨识，它们都不是我，是些什么呢？而我是个透明的囊体，内具一颗充满想象力的隐秘的心，拿着枪。”（106）他称自己为“荒蛮的驯服者”，“万物之主”，以“土人的父辈”自居——“没有我他们就不可能活下来”。在这片西方文明尚未宰制的土地上，雅各·库切一再神化自我，贬低土著人与非洲原生态环境，权力欲与物质欲无限膨胀，仿佛上帝般无所不能、无处不在。自我被虚化、抽象化，生命的生物性特征被隐匿起来，被定格为“透明的囊体，内具一颗充满想象力的隐秘的心，拿着枪”。“隐秘的心”隐喻殖民者的权力意志，“枪”是践行权力意志的暴力工具，这一意象形象地再现了殖民征服的本质。上段引文涵盖了“雅各·库切之叙述”的特色，文本随处可见象征、隐喻、排比、夸张、神秘主义等修辞，行文的浮夸难以抑制。同样，唐恩也是目中无人的战争狂想者：“假如我生活在200年前，我肯定会去探索一块大陆，去勘测、去开发、去殖民。在那令人头晕目眩的自在状态中，我可能会发挥我真正的潜能。”（46）唐恩的告白把他与200年前雅各·库切的魂魄紧紧捆绑在一起。与雅各·库切一样，唐恩也有着神化自我的鬼魅想象：“我是个抵抗英雄。如果被恰当地理解，我和那个隐喻中的形象没有差别。虽然穿着流血的铠甲，步履蹒跚，但我依然一个人在原野上，被围攻却还是岿然不动。”（40）同样，唐恩的叙述也带有浓厚的天马行空、虚浮夸张的色彩：“我属于体面的读书人，端坐在图书馆中，却有十分清晰的视野。我不指名道姓。你们必须倾听。我用未来之声说话。我在一个麻烦不断的时代讲话，告诉你们如何回到过去。我对我们的双重自我谈话，让它们相互拥抱，爱至善，也爱极恶。”（44）诺贝尔奖评委会2003年的授奖词如是评价这部小说：

> 小说描写越南战争期间一个为美国政府服务的人物，挖空心思要发明一套攻无不克的心理战系统，与此同时他的个人生活却糟糕透顶。此人的奇思异想与一份18世纪布尔人在非洲腹地的探险报告并列而述，展示了两种不同的遁世方式。一者是智力的夸张和心理上的妄自尊大。另者充满活力，是富于荒蛮气息的生命进程，两者互为映照。①

库切将相距200年、在个性与思想意识方面有着天然血缘联系的两个人物的故事并置，用意在于彰显越南战争与历史上的殖民活动同根同源，这一点已为多位学者强调。用“思想者”形容唐恩，用“活蹦乱跳、停也停不下来的行动者”概括雅各·库切，可谓精辟。而唐恩之所以只能停滞在一个思想者的角色，语言夸张、心理妄自尊大，却无法蜕变为真正的行动者，像雅各·库切那样拥有充满张力、富于荒蛮气息的生命进程，很大原因在于大环境的改变。两段叙事分别对应了殖民神话的开始与终结。镶嵌在18世纪欧洲拓殖浪潮高涨的历史氛围中，雅各·库切傲慢的言辞、目空一切的行为方式，具象地表征了似乎战无不胜、攻无不克的殖民能量与精神，尽管文本对此一再进行反讽；而生活在20世纪70年代的唐恩自诩为“生气勃勃的勤奋的天才”、“对战争科学做出显著贡献的军事专家”，在后殖民语境里则像痴人说梦。所以，尽管两种言语都透露出不可一世的霸气，前者的叙述由于殖民主义大背景的衬托显得底气十足；而在越南战争的走向已渐明朗，全球范围的反殖民活动一浪高过一浪的历史框架下，后者依旧沉溺于病态的想象不能自拔，最终难免精神分裂。唐恩的自白昭告了殖民主义的覆灭，像是一首殖民主义的挽歌。文本字里行间流露出对这个人物的讽刺。



① 见《幽暗之地》中译本序，郑云译，浙江文艺出版社2013年版，第6~7页。

综上所述，《幽暗之地》的多个叙述层面显示了作家库切深厚的艺术功力与独具匠心的叙事编排。借助于貌似客观中立的历史文献（雅各·库切的旅行具结书）、S. J. 库切满怀激情谱写的“英雄”赞歌（雅各·库切之叙述）与导读（即后记）、英译本译者序以及唐恩的叙述，并通过作者有限的介入对文本材料进行重新整理与编排，传统的历史观被解构了。可以说，库切的小说创作，与后结构主义历史观形成了某种程度的互文关系。

## 三、叙述视角、隐形对话与历史反写

叙述视角指叙述时观察故事的角度。视角的选择对于叙事有着举足轻重的影响。同一事件，叙述视角不同，叙述内容与叙述方式就会产生差异，最后的阅读效果很可能不同，这已是学界共识。库切是个热衷形式实验的作家，在叙述视角上多出奇招。如，自传作品《男孩》《青春》写的是他本人的经历，却采用了有别于传统自传的第三人称“他”来叙事，仿佛在讲他人的故事，刻意与作为传记对象的自己拉开距离。《幽暗之地》的两个主人公与库切本人没有丝毫的关联，甚至是作者思想意识的对立面，库切却背道而驰，采用第一人称视角“我”来讲述。该如何理解这一叙述视角的选择呢？

库切不仅是个优秀的作家，还是一个颇有见地的评论家，著有多部评论集。其小说创作与文学评论之间不乏相互指涉之处。在题为《布雷滕·布雷滕巴赫与镜子里的读者》（“Breyten Breytenbach and the Reader in the Mirror”）一文中，库切探讨了叙述人称的问题。布雷滕巴赫是早库切一代的南非诗人、小说家，20 世纪 60 年代有作品发表，70 年代因参加政治活动被当局以叛国罪的罪名囚禁，作品也被禁。库切特别关注布雷滕巴赫这一时期的诗歌，尤其是诗歌的叙述人称的变化。他注意到，在这一时期的诗作里，布雷滕巴赫选用第一人称“我”来叙事，但是，这个“我”不是诗人，而是怀有强烈报复心的凶残的狱卒或杀人魔王；而叙述者口里的“你”则是被“我”讥讽的犯人（即诗人）。也就是说，布雷滕巴赫跳出自己固有的身份，潜入对方的意识与思维，用对方的口吻讲话。这一手法并非布雷滕巴赫的独创，英国著名诗人布朗宁就曾用戏剧独白（dramatic monologue）的形式写下《我的前公爵夫人》（*My Last Duchess*）等名篇。引起库切关注的，是布雷滕巴赫诗歌中叙述人称体现的巴赫金的隐形对话（hidden dialogue）：

> 设想两个人的对话，其中一个人的陈述被省略了，然而是以这样的一种方式，以至于对话的感觉没有受到丝毫的影响。第二个说话者存在，可是我们看不见他，他的话语不在那里，但是这些话语留下了深深的痕迹，对于第一个说话者的言语起决定性的作用……每一个说出来的存在的词语都是对那个隐形的说话者……对他未出口的话语做出的回应与反应。他者的话语……是隐含的，但是，如果没有对他者隐含话语的回应整个话语的结构将会完全不同。①

其实，巴赫金的隐形对话理论也同样适用于布朗宁的“戏剧独白”。不同的是，布雷滕巴赫的“我”与“你”不是有固定立场（fixed positions）的意识主体，即不是界限分明的意识形态的对立方，而是意识的相互渗透，我中有你，你中有我，这点为库切所强调。“我”不仅是嗜血的魔王，也是渴望得到解脱的自我，尽管“我”看不到死亡之外还能有什么方式可以解脱；“你”也是具有多重含义的能指，具有多重身份。“你”被“我”奴役，同时也是受压迫的奴隶的迫害者，还是渴求死亡的人，或是镜子里永远保持观望姿态的他者。（需要指出的是，“镜子里永远保持观望姿态的他者”本身就是具有多重含义的意象，可以理解为写作者的自我反思，或是

---

① J. M. Coetzee, *Giving Offense: Essays on Censorship*, Chicago: The University of Chicago Press, 1996: p.223.

写作者移情进入他者的意识用他者的目光反观自我，在文章的后半部分库切将其直接诠释为读者）“我”的各类化身（审查官、秘密警察、带翅膀的监护人、迫害他人的人）都被“你”分享。库切称之为真正的“镜像诗歌”（mirror poem）。这类诗歌往往具有身份含混、界限模糊的特点，自我与他者/影像的区分无法清晰地固化下来：“这是一首对话加速狂乱的诗歌，自我的位置无法明确：自我与他者的交流在持续进行中。”（227）库切对布雷滕巴赫诗歌的诠释不仅涵盖了巴赫金的隐形对话，也深受交互主体性这一概念的影响。

为深化对这一话题的认识，有必要简要地回顾一下西方哲学背景下“主体”是如何从主观主义的主体性向关系中的主体性的哲学转变的。主观主义的主体性哲学的奠基者是笛卡尔。笛卡尔的“我思故我在”夸大了自我的意识活动，把世界看成是主体作用的对象，形成以主体为中心的主客二分的主体性哲学。笛卡尔以降的西方哲学家们延续了笛卡尔的观念，至康德主体性哲学发展到顶峰。开启从主观主义的主体性哲学向关系哲学转变的哲学家主要有胡塞尔和马丁·布伯。胡塞尔认为：“现象学研究的既不是客体，也不是主体，而是主体与客体的关系，或主客体（在意识中）的交界处。”胡塞尔从研究自我与其他自我的相互关系入手，提出关于主体间联系的“交互主体性”的概念：只有自我对别的主体的经验和联系，以及自我的经验预设了他者的经验，才能称得上交互主体性。然而，如研究者指出的那样，由于他的理论立足点依然是先验自我的构成性，这一理论也就没有从根本上克服唯我论。虽然如此，胡塞尔提出的交互主体性问题意义重大，后人得以围绕“我/他”关系，在哲学与毗邻领域开拓出一系列相关理论。①

使关系哲学最终得以完善和确立的是德国哲学家马丁·布伯，在《我与你》中布伯提出了他的关系哲学。在他看来，“渊初词是双字而非单字。其一是‘我—你’，其二是‘我—它’。”世界相应表现为主体与其他主体、

---

① 黄汉平：《主体》，《西方文论关键词》，赵一凡等主编，外语教学与研究出版社2006年版，第873~874页。

主体与客体的二重世界。“人必以其纯真性来倾述渊初词‘我—你’。欲使人生融会于此真性，决不能依靠我但又不可脱离我。我实现‘我’而接近‘你’;在实现我的过程中我讲出了‘你’。”因此,“凡真实的人生皆是相遇”。布伯提出并弘扬了“我—你”关系，使西方现代哲学中互为主体的关系哲学得以确立，布伯本人也认为,《我与你》导致了“不再奠基于主体性领域而是奠基于之间（between）领域的一种关系的发现”。西方现代哲学思潮经历的上述范式转变颠覆了固定静止的启蒙主义理性主体的权威，为后现代解构理性主体提供了哲学基础。福柯提出，主体是一个分裂的概念。它将相互排斥的因素连结到一起，主体由此成为权力实践和自我塑造的图式。拉康提出“镜像说”，指出自我不是一个理性化的主体，自我的形成实际上还意味着身体与镜像、身体与环境、自我与他人的分界之形成。后现代学者们深受这一学说的影响，认为自我不是一个自我生成的封闭而孤立的系统，而是处于与他人和事物的相互联系中。自我是在与他人的关系中形成的，他人也是一种主体，他人的沉默与边缘化是历史与社会意识的产物。①后结构主义将批判目标锁定在以启蒙理性主体为基础的西方主体性哲学，揭示它是如何将自己建构为“中心”，把他者边缘化的。以解构种族隔离制度为己任的库切受到这一学说的启发，其作品在质疑和瓦解了理性、同质化的传统主体形象的同时，以主体间性来诠释主体。

在叙述人称的使用、隐形对话精神与交互主体性的作用方面，库切对布雷滕巴赫诗歌的点评与《幽暗之地》的叙述方式之间存在许多相通之处。首先,《幽暗之地》的两个故事都采用了此我非彼我的第一人称叙述视角(即叙述人“我”并不是库切或与库切持相同观念的人)，深入叙述人的内心世界，曝露其叙述的荒诞不经。其次，“我”的叙述貌似独白却不是简单的单向叙述，而是隐含了一个对话的“你”，“你”的话语虽然没有在文本中具体显现,却在“我”的意识中留下难以磨灭的痕迹,影响甚至决定了“我”的叙述的形态与走向。“你”拥有多重身份,可能是某个特定的个体或群体，

① 高文惠:《后殖民文化语境中的库切》，中国社会科学出版社 2008 年版，第 84~88 页。

可能是“我”的自我反思，或者干脆指向文本之外的读者。此外，“我”和“你”的思想意识与立场或许不同，却并非铁板一块、彼此隔绝的对立体。叙述者“我”与被叙述者“你”的隐形对话不停地向前推进，甚至延伸到文本之外。

诺贝尔文学奖授奖词对库切这种深入批判对象的内心世界的叙述手法给予了高度评价：“《幽暗之地》初次展露了善于移情的艺术才能，这种才能使他一再深入到异质文化中间，一再进入那些令人憎恶的人物的内心深处。”在阅读了大量文史资料的基础上，凭借出色的想象与艺术造诣，库切以《幽暗之地》为读者呈现了唐恩与雅各·库切两个人物丰富却不为人知的内心世界。在某种意义上，“幽暗之地”既隐喻了殖民进程的残忍野蛮，也隐喻了人心的阴暗不堪。虽然唐恩从未参与过血腥的屠杀，但在心理意识层面一再诛杀他者，拒绝任何形式的自责或愧疚，是个典型的战争臆想狂。雅各·库切则在两个世纪前把唐恩的臆想落到了实处，在非洲荒原上以造物主的名义肆无忌惮地大开杀戒。采用第一人称“我”来讲述发生的一切，让两个人物的意识、心理活动尽情涌动，这种叙述手法最大程度地把二人的内在世界置于读者的审视之下。文本虽然采用了内心独白的方式，“我”与“你”的隐形对话还是通过多种方式传递给读者：或是表现为“我”的自辩，“我”的叙述的形态之所以如此，正是由于充分意识到一个可能秉持不同观念的“你”的存在，在此基础之上，展开与“你”的隐形对话；或是通过主人公的反思，如雅各·库切自问：“我如何得知扬·普拉杰，抑或阿多尼斯，抑或那些死去的霍屯督人的世界就不是极其美好的世界，而我却对此感知壅塞？难道不可能是我毁掉了价值难以估量的东西？”对此，他自我辩解：

> 我是个探险者。我的本质就是去开拓那闭塞之处，给黑暗带来光明。若说霍屯督人的世界是个极其美好的世界，那也是一个外人无法进入的世界。……我们或是绕过它，而这有悖我们的使命，或者我们就必须扫除障碍。……

> 遭他们驱逐之后，我在荒漠上游走，犹如幽灵。他们的死验证了我的存在。我并不比别人更性嗜杀戮，只是担当起一个扣动扳机的人，为自己也为我的同胞做出牺牲而扮演了这个角色，实施了我们大家全都渴望的事：杀死那些黑人。我们都负有罪孽，无人例外，霍屯督人也包括在内。他们死于我的手，可天晓得他们是死于什么他们自己犯下的令人难以想象的罪！上帝的判决就是正义，高深莫测，无可指责。上帝的仁慈并不关乎美德。我只是历史手中的工具。（143~144）

虽然是以雅各·库切自辩的方式出现，引文的几个诘问在思想上与旨趣上却是后殖民的、后结构主义的。小说看似把叙述的主动权交由人物，让雅各·库切自己说话，实则独白隐含了与读者或是上帝的对话（包括当时的读者和后世的读者，文本内的读者和文本外的读者），由此形成对表层文本的反讽与批评，揭示殖民者的霸权思想和逻辑，实现了后殖民反写。

隐形对话的精神也贯穿在唐恩的叙述中。看似唐恩的自言自语，在第二部分的结尾处，出现了“把这个撕了吧，库切，它只是附言。报告给你看了，听我的吧”（44），明确了潜在的叙述对象。其实，唐恩的叙述对象不仅包括上司库切，精神病院的医生、文本外的读者等等都是对话对象。唐恩虽然拒不承认对战争受害者负有责任，却无时不在、无处不在地感受到良心的折磨。备受折磨却又拒绝认清事实的唐恩像布雷滕巴赫诗歌里的“我”一样，渴望得到解脱，却看不到死亡之外的任何解脱方式。从乖张无度地赞美战争、神化战争到对它深恶痛绝，唐恩苦苦纠缠于进与退的不可调和中，终于做出蠢事。他带儿子离家出走，在一家汽车旅馆住下来。妻子的报警、警察的到来刺激了唐恩，他在神志不清中误伤了儿子，被关进精神病院。刺伤儿子是摆脱战争臆想的无意识能指，这一令人哀叹的举动把自负的狂人唐恩还原成一个深受战争毒害的普通人，产生“我”中有“你”的效果。

需要注意的是，“雅各·库切之叙述”虽是第一人称叙述，实则与后记一样都是民族主义者、种族主义者 S. J. 库切的杜撰。后记也采用了第一人称的叙述视角，让种族主义分子的意识充分地自我曝露：

> 我们可稍作停留，以惋惜之情看看东印度公司的与白人殖民有关的政策的怯懦，带着迷茫和遗憾关注一下 18 世纪尼德兰人口数量的恒定（是出于怠惰，出于自鸣得意？），并且带着反思的敬佩看看美国人口的增长。在这同一时期，美国白人的人口呈几何级数增长，并有效地阻止了当地土著人口的增长，这个成果如此有效，以至于到 1870 年印第安人的人口陡降至最低点。在早期的好望角殖民地，却不可轻易损失一个白人。（151~152）

叙述者 S. J. 库切对人口增长，特别是殖民者与被殖民者的人口增长比例显示了相当的兴趣。他对南非白人人口数量增长的缓慢表达了惋惜之情，对美国白人与土著人人口增长的比例变化羡慕不已，对印第安人的血泪史避而不谈的“得体的”抽离方式（“有效地阻止了当地土著人口的增长”），这些都显示了其种族主义思想是何等的根深蒂固。

同时，后记也不乏隐形对话。S. J. 库切著书宗旨明确，本着重构早期民族英雄的“光辉”事迹以弘扬民族本位意识的宏大目标，文本与它同时代文本外的读者以及后世的文本外的读者展开层次鲜明、耐人寻味的对话。“叙述”与后记均出自 S. J. 库切一人，却分别用荷兰语与南非荷兰语写成，可见，“叙述”的潜在读者群不仅包括荷裔南非人，还有荷兰人乃至欧洲人，而后记的阅读群体则更多地锁定为南非荷裔人。语言策略的选择与叙述内容很好地结合起来，后记从 S. J. 库切的视角，以一个激进民族主义分子的声音批驳了英国传教活动的伪善本质，揭示了所谓的文明、文化背后的隐秘的政治与经济动机。S. J. 库切口中的劳动者是打上特定种族、民族身份的白人，黑人与混血人是不在此列的，英国传教士、英国出口商也不包括在内，只有像雅各·库切这样的荷裔南非人才有资格担当得起这个称号。南非荷兰语的使用方便在对话中与南非的白人读者之间建立一根牢固不破的民族身份纽带，同仇敌忾，把矛头指向南非殖民史上的早期竞争对手英国人。S. J. 库切虽然在与读者的交流中成功地达成了目的，也暴露出与对方一丘之貉的殖民本性却浑然不觉，他指向英国的反讽口吻在空中划了个圈最终落在自己身上，具有很强的讽刺效果。

下段文字更为明显：

> 他们（历史学家们）会问：谁发现了这个？更直接一些则会问：是哪个欧洲人发现了它？尽管在这块次大陆上土著人口向来很少，可是就这里本土的情况来看，我们不能说本土的土著人就不是第一个见到这些本土事物的人……我现在要推举的，是库切宣称发现了吉尔维吉（一种多肉植物）……
>
> 欧洲来的先生们用以判定新发现的标准无疑是褊狭的，每样标本都必须不折不扣地与欧洲的分类学相吻合。可是当布须曼人第一次见到这种我们称之为芒草的草的时候，他们发现并不认识这种草，就把它取名为图瓦。那么当时在他们心中就没有一种不言自明的植物分类吗？如若我们接受这种看法，把它称为布须曼分类法和布须曼发现，那么我们就不能将其称为开拓者分类法和开拓者的发现么？……库切以自己的方式骑着马，像上帝般穿越还不为人尽知的世界，辨别事物并使它们闻于世人。（157~158）

文本使用“我们”“他们”两个人称代词进行身份界定。“我们”是同根同源的荷裔南非人，也可以扩展至生活在这片土地上拥有同一民族身份的南非白人；“他们”则是异质的概念和群体，指涉了欧洲历史学家，也用来指代非洲土著。依照种族身份划分，土著距离“我们”最远；欧洲人与“我们”共享白人的身份，然而，民族身份的差异与政治经济文化因素的介入，特别是殖民权的争夺使二者处于矛盾对立方的位置，因而引文的目的在于讽刺欧洲文化习以为常的本位主义和洋洋自得的文化优越感。在这段试图与读者达成共谋的隐形对话中，S. J. 库切用土著的发现对抗欧洲人的知识体系，其用意绝不是替土著抱屈，而是通过反驳欧洲文化的第一位，重建荷裔南非人的历史建树，来弘扬荷裔民族的本位意识。数个反问句的叠加强化了对话的修辞效果。S. J. 库切以充足的论据、完美的逻辑瓦解了欧洲本位意识，然而，从“布须曼分类法和布须曼发现”跃至“开拓者分类法和开拓者的发现”，继而彻底抹去布须曼人，最终将视线定格到如上帝创世纪般在非洲大陆行进的早期荷裔殖民者，其霸权的逻辑与诡辩的手法令人咂舌。正是在隐形对话中，人物的自述成为潜文本反讽的对象，解构了自身。

“雅各・库切之叙述”的附录也采用了第一人称叙述，但是，此第一人称非个性张扬的“我”，而是中规中矩的“本具陈人”。称谓不同，叙述内容、叙述风格迥异。原来，雅各・库切的证词不是他本人所写，而是总督府办事员代笔的。因此，证词记录的都是一些诸如资源矿藏的分布、土著部落的行迹等对东印度公司有价值的信息，而关于雅各・库切本人的记载却少得可怜。在文体方面，官方记录的非个人化陈述的特点凸现出来，文字严谨行文规矩，远非一个农人所作。在签名处，是“××”，暗示历史上的雅各・库切并不识字。雅各・库切之证词虽然被标榜为史料，却非真正意义上的第一手史料，也印证了历史和小说都是话语，是“人为建构和表意系统”[①]的后时代历史观。

## 四、结语

《幽暗之地》作为库切的第一部小说，在其创作中占据着不可忽视的一席之地，对于库切研究有重要意义。库切后续小说的主题乃至叙事风格

① Linda Hutcheon，*A Poetics of Postmodernism*. London：Routledge，1988：p. 112.

都在这部小说中有所显现。深受后结构主义历史观的影响，在创作伊始，库切就把目光锁定在历史的文本性与历史文本内在的文学性上，通过多层次的叙事编排（行文简短措辞节制的译者序、行文浮夸的唐恩自述、雅各·库切的叙述与后记，以及貌似客观真实却并非如此的附录），结合深入人物内心的叙述视角和隐形对话精神，《幽暗之地》成功地实现了反写，解构了宏大统一的线性历史叙事。历史以含混和不确定的面目出现，传统意义上历史再现的客观性、中立性、非个人性和语言文字表意的透明性被解构了。《幽暗之地》之后的作品虽然叙事形式各异，但历史和历史认识的问题化贯穿了库切创作的始终。库切第二部小说《内陆深处》的叙事形式与内容的关系，同样值得我们深入关注。

# 第七章 《内陆深处》的极端化不可靠叙述

库切的第二部小说《内陆深处》于1977年出版。学界普遍认为，这是库切最令人费解的作品之一，正如这部小说的译者文敏形容的，这部相当诗意化的小说，“行文带有玄思臆想的美感，通篇的阴暗色调好像粘连着无限思绪，从黑暗深处向无边之域弥散”。的确，这种重心理描述的风格，与真真假假的叙述交错混杂，生成一个能指狂舞、意义延异的后现代小说文本。或许由于《内陆深处》的晦涩难懂，国内外学者对于这部小说的评论明显少于库切的其他作品。现有的评论大都注意到小说颠三倒四、难辨真假的叙述特征，早期的评论倾向于把它解读为现实世界南非境况的寓言[①]；也有学者从心理分析的角度把它阐释为恋父情结的极端表现[②]，或是

① 见 Hena Maes-Jelinek，“Ambivalent Clio: J. M. Coetzee's *In the Heart of the Country* and Wilson Harris's *Carnival.*” *Journal of Commonwealth Literature* 22. 1 (1987): pp. 87–98; Cherry Wilhelm，“South African Writing in English，1977.” *Standpunte* 32. 3 (1979): pp. 37–49; Peter Strauss，“Coetzee's Idylls: The Ending of *In the Heart of the Country.*” *Momentum*: pp. 121–128; Dick Penner，*Countries of the Mind: The Fiction of J. M. Coetzee.* Westport: Greenwood，1989 等。

② Chiara Briganti，“A Bored Spinster with a Locked Diary: The Politics of Hysteria in *In the Heart of the Country.*” *Research in African Literature* 25，4 (1994): pp. 33–49.

父权社会里白人女性的身份建构，探讨它与女性文学的关系[①]；著名的库切作品研究者戴维·阿特维尔则从越界的角度解读文本的意识行为与语言行为[②]。本章聚焦玛格达的极端化不可靠叙述：库切借玛格达的极端化叙述，建构了一个德里达式的延异的文本隐喻，融入了对福柯的话语权力与后结构主义历史观的思考，同时，又隐含了对后现代语言游戏虚无性的批评。极端化不可靠叙述不仅关系着小说形式，而且也是基于小说内容与旨趣的叙事策略。

## 一、不可靠叙述研究的传统与发展

不可靠叙述是西方叙事学界谈论最多的话题之一，“已经由一个边缘话题变成了叙事学界热议的中心话题”[③]。1961 年，学者韦恩·布思提出不可靠叙述的概念。布思认为，当叙述者的言行与作品的范式（即隐含作者的范式）保持一致时，叙述就是可靠的，否则就是不可靠的。不可靠叙述与“隐含作者”联系紧密。所谓隐含作者，是隐含在作品中的作者形象，需要读者以文本为依托推导出来。布思认为，在所有类型的叙述距离中，最重要的就是不可靠叙述者与隐含作者之间的距离。产生这一距离的主要原因是叙述者与作品的范式之间的不一致，这种不一致常见于两条轴线：事实轴与价值轴。当读者发现叙述者的报道或判断不可靠时，就会产生反讽效果。隐含作者是反讽效果的发出者，读者是反讽效果的接受者，叙述者成为反讽的对象。[④] 值得注意的是，虽然布思提到了读者，然而，这个读者并非真实读者，而是与隐含作者相对、脱离了特定社会历史语境的读

---

① Susan Vanzanten Gallagher，*A Story of South Africa：J. M. Coetzee's Fiction in Context*. Cambridge：Harvard University Press，1991：pp .82–111.

② David Attwell，*J. M. Coetzee South Africa and the Politics of Writing*. Berkeley：University of California Press，1993：pp.60–69.

③ Tom Kindt and Tilmann Koppe，ed. “Unreliable Narration.” *Journal of Literary Theory* 5. 1 ( 2011 ):p.1.

④ Wayne C Booth，*The Rhetoric of Fiction*. Chicago：University of Chicago Press，1961：pp. 158–159.

者。在《小说修辞学》第一版的序言中，布思称自己通常不考虑不同时代的不同读者的具体要求，唯有如此，才能充分探讨修辞是否与艺术协调这一狭窄的问题。这也是后来布思的学说受到批评的主要原因之一。

布思的学生詹姆斯·费伦继承和发展了布思的不可靠叙述理论。在“事实 / 事件轴”与“价值 / 判断轴”之外，费伦添加了“知识 / 感知轴”，把不可靠叙述从两条轴线拓展至三条，从而把不可靠叙述投射为叙述者在三条轴线上对隐含作者的观点的偏离：“事实 / 事件轴”上的不可靠报道，“知识 / 感知轴”上的不可靠解读，“价值 / 判断轴”上的不可靠判断。费伦延续了布思从隐含作者、叙述者与读者之间的关系来诠释不可靠叙述的思路，借鉴并发展了拉比诺维兹的四维度读者观，特别是“作者的读者”（authorial audience）的概念。作者的读者，即作者心中的理想读者，处于与作者相对应的接受位置，对作品人物的虚构性有清醒的认识。弄清“作者的读者”与叙述读者（即叙述者为之叙述的想象中的读者，认为人物与事件是真实的）的差异对于不可靠叙述尤为重要。费伦认为，当叙述者的叙述缺乏可靠性时，“作者的读者”会依靠文本线索排斥那些不可靠因素，从而生成一个相对合理的诠释与判断；而叙述读者则会盲目信任叙述者。费伦根据不可靠叙述对叙述者和“作者的读者”之间的叙述距离的影响，把不可靠叙述分为“疏远型不可靠性”（estranging unreliability）与“契约型不可靠性”（bonding unreliability）。前者指不可靠叙述拉大了叙述者与“作者的读者”之间的距离，采用叙述者的视角就意味着远离隐含作者的视角；后者指不可靠叙述缩短了叙述者与“作者的读者”的距离，差异产生了某种悖论效果，拉近了二者在阐释、感情或伦理上的距离。[①] 费伦对于“疏远型不可靠叙述”和“契约型不可靠叙述”的划分，从叙述者与作者的读者之间的距离出发，进一步厘清了不同类型的不可靠叙述产生的阅读效果。

相对于布思、费伦的方法，20 世纪后期出现的认知方法扭转了以隐含作者观照不可靠叙述的研究范式。以色列学者雅克比指出：“在包括阅读语

① James Phelan, “Estranging Unreliability, Bonding Unreliability, and the Ethics of Lolita.” *Narrative* 15. 2 ( 2007 ) : pp.223–225.

境以及作者和文类框架在内的语境里视为‘可靠’的东西，在另一个语境里有可能是不可靠的，甚至可以在叙述者的缺陷的范畴之外得到解释。”[①] 德国叙事学家纽宁也认为，不可靠性产生于文本的接受，而非文本内在现象。后来，纽宁反思了自己的激进立场，试图综合认知和修辞两种方法：“一个叙述者是否可靠不仅取决于叙述者的范式价值与整个文本（或隐含作者）之间的差距，而且取决于叙述者的世界观与读者或批评家的世界模式和范式标准之间的差距，当然，这些范式标准本身又是不断变化的。”[②] 在针对小说的个案分析时，纽宁强调了作者代理、文本现象与读者反应的三种结构对于不可靠叙述整体概念的意义。无独有偶，费伦也宣称，自己的注意力转向“在作者代理、文本现象和读者反应之间循环往复的关系，转向了我们对其中任何一个因素的关注是如何影响其他两个因素，同时又被这两个因素所影响”[③]。应该说，正是由于认识到作者、读者与文本三者之间的循环互动，在不可靠叙述这个问题上，才出现了以费伦为代表的后经典修辞方法和以纽宁为代表的认知方法在研究思路上的靠拢。

然而，正像理查森在《非自然的声音：现当代小说的极端化叙述》一书中指出的，“作为 20 世纪后半叶最重要的、最成功的文学运动，后现代主义拒斥传统叙事理论对其的解读”[④]。后现代小说热衷于形式实验，内容驳杂，文本往往晦涩难懂；在作者隐退甚至作者已死的观念的影响下，小说家们在创作中有意识地放弃了传统的叙述者，倾向于分散的、去中心的叙述声音，若非受到后现代思想与知识结构熏陶的、灵敏的阅读者，普通读者（即缺乏或不熟悉后现代的世界模式或范式标准的读者）很难对其做

---

① Tamar Yacobi，“Authorial Rhetoric，Narratorial ( Un ) reliability and Divergent Readings：Tolstoy's Kreutzer Sonata.” *A Companion to Narrative Theory.* Eds. James Phelan and Peter J. Rabinowitz. Oxford：Blackwell，2005：p.110.

② Ansgar Nunning，“Reconceptualizing Unreliable Narration：Synthesizing Cognitive and Rhetorical Approaches.” *A Companion to Narrative Theory.* Eds. James Phelan and Peter J. Rabinowitz. Oxford：Blackwell，2005：p. 95.

③ James Phelan，*Narrative as Rhetoric.* Columbus：Ohio State University Press，1996：p.19.

④ Brian Richardson，*Unnatural Voices：Extreme Narration in Modern and Contemporary Fiction* Columbus：Ohio State University Press，2006：ix.

出有效反应。以往的研究在应对后现代主义小说的不可靠叙述方面难免缺乏针对性。在《建构整合性的认知方法与修辞方法》一文中，纽宁把当代小说家和过去小说家对不可靠叙述者的不同使用，以及他们对文化话语的折射和反映列为不可靠叙述的进一步研究方向之一。[1]《非自然》一书对现当代小说的极端化叙述进行了详细探讨。理查森归纳了三种极端化叙述形式：（1）问话者（interlocutor），即一种无实体的叙述声音，它提出问题，然后由文本做出回答。问话者的叙述一般有三种形式：自由间接引语式的声音；部分的反问；没有身份、无标记的声音。（2）解叙述（denarration），即一种自我否定式叙述，叙述者否定了他之前的叙述。这种叙述既可以在一个大的文本框架中扮演一个相对较小的角色，也可以从根本上改变故事的本质。解叙述对再现世界的稳定和读者对文本的处理，带来极大的挑战。（3）渗透性叙述者（permeable narrator），即存在于叙述者意识内部的一个隐秘的叙述声音。理查森勾勒的上述三种极端化叙述模式在库切的《内陆深处》中均有不同程度的体现，下文将结合理查森的发现，对库切小说的极端化不可靠叙述进行具体分析。

## 二、叙述的迷宫：《内陆深处》的不可靠叙述

《内陆深处》采用了第一人称叙述者。玛格达自幼丧母，与父亲常年居住在干旱台地。家里还有几个混血仆人：亨德里克与他的年轻妻子安娜，还有老安娜一家。女性狭窄的生活空间，无所事事的寂寥，在玛格达焦灼不安的叙咏里留下痕迹。玛格达不是传统意义上的可靠的叙述者。她的思绪飘忽不定，切实发生过的事件与臆想交错混杂，想象丰富，建构逼真，

[1] Ansgar Nunning, "Reconceptualizing the Theory, History and Generic Scope of Unreliable Narration: Towards a Synthesis of Cognitive and Rhetorical Approaches." *Narrative Unreliability in the 20th Century First Person Novel*. Eds. Elke D'hoker and Gunther Martens. Berlin: Walter de Gruyter, 2008: pp.68–69.

以至于给人留下真假莫辨的印象。消解事实与臆想的边界是她的专长，她一再审慎而又乐此不疲地穿梭于其中。于是，各种真的、假的事件就形成了一个庞大的符号链，读者仿佛置身于一个后现代自我指涉的文本迷宫，需要仔细斟酌。这里涉及叙述可靠与否的几个主要问题包括：

玛格达母亲的死因是什么？

玛格达有无兄弟姐妹？

女仆安娜与父亲是否存在不正当关系？

玛格达有没有弑父？

玛格达与亨德里克的纠缠是否属实？

文本中刻毒的玛格达是否真实存在？抑或只是她的想象？

最后，上述问题归结为：如何看待《内陆深处》的不可靠叙述？

在上述几个问题上，玛格达的叙述或模棱两可，或前后自相矛盾。文本这样描述玛格达的母亲的死亡情景：

> 医生来晚了。送信人骑自行车去喊他，他坐着驴车摇摇晃晃地穿过四十英里田间小路来到这儿。当他赶到时，我母亲已经平静地停放在灵床上了，面无血色，心怀歉疚。
>
> （可他为什么不骑马去呢？那时候有自行车吗？）①

玛格达的母亲死于难产，玛格达对于母亲没有记忆。母亲死亡的具体情景，她本人自然无从见证。因而，就出现了上述情况：在文本以较为确切的口吻描述了母亲的死因之后，括号里的两个问句（玛格达的意识或潜意识）对此进行质疑，从而瓦解了前文叙述的确定性。这样的解叙述的例子在文本中不胜枚举。又如，玛格达描述儿时自己对昆虫的痴迷：“当我还是个小女孩时（编造，编造！），戴着饰有花边的遮阳帽，时常一整天趴在尘土中，于是就有故事发生了。我的甲虫朋友们跟我一起玩耍，灰色和棕色的虫子，

---

① J. M. 库切：《内陆深处》，文敏译，浙江文艺出版社 2007 年版，第 2 页。

还有个头大大的黑家伙……”（8）括号里的“编造，编造！”像警钟一样敲打着读者的神经，警示读者面对的绝非一部传统的条理清晰、意义明确的现实主义小说，叙述在多大程度上是可靠的，就成了一个显在的问题。由于“编造，编造！”指涉的对象不够明确，言下之意究竟是玛格达小小年纪心态就已经苍老，所以“小女孩”的说法不能成立（文本有几处表达了类似的意思），还是这部分的整体叙述属于编造的范畴，抑或是其他的用意，很难确定。解叙述的手法与指涉的含混性，造成阐释的困境，又为多重意义的生产敞开了大门。

再看玛格达有无兄弟姐妹的问题。故事里的玛格达一直与父亲相依为命。在文本的某处，她提到一张家族照片，在他们身旁站着一个“愁眉苦脸的男孩”，是她没有什么印象的“死于流行病的哥哥”，似乎确实存在过这样一个哥哥。随后她又开始了关于一大群同父异母的兄弟的讲述：“他们不断发起针对那第二位妻子（她繁衍了老鼠似的不招人喜欢的后代）的战争，那女人（实际上指她的母亲）后来死于分娩。”“再后来他们全体都被一个狡诈的舅舅给骗走了，从那以后过上了快乐自在的生活，只留下我守护着我父亲的余生。”（57）玛格达甚至侃侃而谈她对兄弟亚瑟的炙热的情谊，似乎一切都有迹可循。然而尾随的一句“故事讲完了。其中有许多前后抵牾之处，但我没有时间去细究了，也来不及删除它们”（71~72），表明前面的描述只是玛格达一时兴起的臆想与杜撰。与之前的“解叙述”的案例一样，玛格达的自我否定式叙述，是在一个相对小的层面上运作的；后文的解叙述则从根本上改变了故事的本质，影响其接受。这些贯穿文本的、运行在大小层面的解叙述话语相互指涉，给再现世界的稳定性与读者对文本的阐释，带来极大的挑战。

叙述的高潮在玛格达的父亲与雇佣亨德里克的老婆安娜发生了不正当关系之后到来。玛格达称，为便于与安娜厮混，父亲把老安娜一家打发走了，农庄的既有秩序被颠覆了，玛格达感到自己的生活被彻底毁了。愤怒中她开枪击中父亲，后来他死于枪伤。玛格达让亨德里克与安娜住进大宅。因为惧怕邻人发现老主人已死而获罪，亨德里克与安娜连夜逃离了农庄。

这样充满戏剧张力的题材也是传统现实主义小说常常涉及的。《内陆深处》套用了这一情节，但是不同于传统小说，《内陆深处》无意表现外在的戏剧化冲突，也就是说，所有的戏剧张力不在弑父的故事层面，而在玛格达独特的建构—解构—再建构的话语层面。安娜与父亲是否真的存在不正当关系？玛格达是否真的杀死了父亲？她与亨德里克之间的纠缠是客观存在还是她的主观臆想？所有的问题缠绕在一起，等待读者细细辨析。

《内陆深处》有关玛格达弑父的描写分别出现在小说前后两部分。在小说开始，玛格达描述了再婚的父亲带着新娘回家的情景："今天我父亲带着她的新娘回家了。他们乘坐一辆双轮轻便马车，拉车的马匹前额舞动着一枝鸵鸟羽毛，咯噔咯噔地穿过狂野而来，身后拖拽着一长溜的尘雾。"（1）接下来的叙述表明玛格达对新娘、对父亲再婚后的家庭生活充满排斥与敌意，最终酿成用斧头砍死父亲和继母的惨剧。文本对包括尸体是如何被处理的所有细节一一道来，焦灼不安的叙咏风格与向无边之域弥散的阴暗思绪笼罩着行文，一切栩栩如生。然而，

> "毕竟他不会那么轻易死去。落日时分，他从外边骑马归来，瞧那一脸痛苦样儿，准是鞍疮又犯了。见我迎上去，他只是点了点头，高视阔步地走进屋里，一屁股坐到手扶椅里，等着我去给他脱靴子。过去的日子毕竟没有过去。他没有带一个新妻子回家，我仍是他的女儿，如果我能收回那些恶言恶语也许仍是他的好女儿，虽说可能会不错，但我可以看得出，在他思忖着失败时离他远着点，把我的生活置于隐秘的算计之中，终将无法猜详。当机会再度来临之际，我的心又跳动起来，但我假装正经地欠了欠身子，低下头。"（24）

轻描淡写的一个段落一笔就消解了第一次弑父的叙述，把文本从虚构拉回现实。然而，引文的最后一句像个伏笔，预留了未来弑父的可能。

在父亲与安娜厮混后出现了第二次弑父的叙述。玛格达手持枪支，“一个似真非实的身影，一个荷枪女子，融入星光灿烂的夜幕”。这种夸张的、戏剧化的语言与场景难免使读者对玛格达叙述的可靠性产生怀疑。弑父的三节具体描写犹如电影使用的长镜头与分镜头，由远推近，视觉、听觉、触觉等感官体验融合，羽化为律动鲜明的文字。再一次的，叙述的张力不在父亲死亡的故事层面，而在建构死亡情景的话语层面。随后关于逃亡的描述，一如既往地融奇异想象与咏叹风格于一体，张弛有度，令人震撼。是现实，还是玛格达的想象？带着这个问题的读者恐怕要多费一些周折了。玛格达的叙述如江水般滔滔不绝地向前行进：与安娜的相处，与亨德里克的纠结，如何费劲地掩埋父亲的尸体，安娜与亨德里克的逃亡，二人可能面临的命运，以及庄园的破落，与空中不明声音的对话，等等。最后，在玛格达的独白中小说走向尾声：“可是除了跟我自己的声音争执，我还有别的事情要照应。有时候，恰逢天气不错，就像今天这样，太阳出来了却不是很热，我会把我父亲搬出房间让他坐在游廊上，倚在旧扶手椅的靠垫上，这样他又能再度面对旧日的天地……”（202~203）接下来关于往昔生活的一连串的问句——“你（指玛格达的父亲）还记得吗，……你还记得……你还记得……？你还记得……吗？你都还记得那些事吗？”——几乎颠覆了之前所有的叙述。哪些事件是真实存在过的？哪些又是玛格达杜撰出来的？整个文本就像是一个大迷宫，令读者沉溺其中，考验着读者的耐心与甄别力。这一次，解叙述从根本上撼动了故事的可信性。

再看玛格达的形象问题。相对于刻毒的玛格达，在文本的断裂处依稀可见另外一个玛格达，虽然她的形象不够清晰，其中的蛛丝马迹还是表明：尽管相貌不佳，身材瘦削，她却是“一个出色的女主人，头脑清楚，行事公正，友善亲切，完全不是那种邪门的女人”（37）。总之，一个出色的管家婆，与仆人“保持一贯的距离”，从而瓦解了之前玛格达与亨德里克不伦关系的描述。在小说的结尾处，玛格达尽心尽力照顾垂垂老矣的父亲，完全是一副循规蹈矩的好女儿的做派。哪一个才是真实的玛格达？如果是后者，那就消解了之前所有的叙述，也就是理查森所说的，“在自我否定的文本里，话语抹去了故事”①。

应该指出的是，尽管解叙述在《内陆深处》中是主导性的极端叙述方式，“问话者”与“渗透性叙述者”也在这部小说中时常出现。如，靠近小说结尾处，玛格达与来自空中的不明声音进行对话的那部分，采用了“问话者”这一无实体的叙述声音：

> 他们（这里指来自空中的声音）指责我——倘若我能理解他们的意思——出于无聊而把自己的生活变成一部虚构小说。……
>
> 他们说，这并非针对我经历中真实压抑的反抗，而是对于服侍父亲的乏味人生的反应，因为几乎就是管家女仆，辛苦操劳家务，多年来一直置身事外；当我没法找到外部的敌人时（那些棕色人种的游牧部落骑手并没有挥舞着弓箭呜呜号叫着从山坡上一涌而下），我便从自己身上制造出了敌人，从平静的驯服的对她父亲惟命是从浑浑噩噩消磨时日的自我中制造出了敌人。（191~192）

这一没有身份的、无标记的声音提出问题，玛格达继而做出回答，由于篇幅原因，这里不对玛格达的回答进行归纳。而“我在这野蛮的边陲都做了些什么？我毫不怀疑，因为这些不是毫无价值的问题，所以在某个地方会存有全套的文献资料等着为我解答这些问题。遗憾的是，我无缘得见；而且，我总是感觉到还是从自己肚子里编造出那些答案更容易些”（206），则可被视为结合了“问话者”与“渗透性叙述者”二者特征的一种表述，可以把它看作一种无实体的叙述声音进行提问，或是“渗透性叙述者”，即玛格达意识内部的一个神秘的叙述声音。

① Brian Richardson, “Narrative Poetics and Postmodern Transgression: Theorizing the Collapse of Time, Voice, and Frame”, *Narrative* 8, 1 (Jan., 2000): p. 28.

理查森把对相同事件前后矛盾的叙述者称为“矛盾型的叙述者”。笔者对此很赞同。需要指出的是，不可靠叙述是库切有意识使用的叙述手法，虽然造成文本晦涩难懂，使得许多读者对它或敬而远之或嗤之以鼻，然而，对于坚信形式与内容不可分离的库切来说，这种故意为之的矛盾型叙述自有它的存在逻辑和功能。

## 三、不可靠叙述：内容与形式兼顾的叙事策略

“在探讨叙事性与叙事化时，作者的创作、文本特征、文类规约和读者的诠释框架都应加以考虑。这几个因素往往交互作用，密切关联。文本特征源于作者特定的创作方式，而创作是以文类规约为基础，以读者的诠释框架为对象的。至于文类规约，其形成不仅在于某一文类（或某一文类的形成过程中）作者们的创作方式，也在于该文类读者采用的（为作者所期待的）阐释策略。阐释策略的基础在于文类特定的文本特征和文类规约。”① 虽然上述原则是申丹在探讨叙事性与叙事化时提出的，它也同样适用于不可靠叙述的研究。这也与当前叙事学界对于不可靠叙述的研究思路相吻合。（参看前文费伦、纽宁的引文）值得关注的是，强调作者的创作，不仅仅是强调作者意图，而且也是强调社会历史语境，强调社会历史语境对于文学生产与接受的形塑作用。后现代小说的阐释更是如此。在不可靠叙述这一问题上，“后现代的世界模式与范式标准”既影响了作者的创作（作者代理），也关系到文本特征和“作者的读者”的阐释框架。库切借玛格达的不可靠叙述，建构了一个德里达式的延异的文本隐喻，融入了对福柯的话语权力与后结构主义历史观的思考，同时，又隐含了对后现代语言游戏虚无性的批评。换言之，极端化不可靠叙述既是形式上的，也是出于内容考虑而采用的叙事策略。

① 申丹、韩加明、王丽亚：《英美小说叙事理论研究》，北京大学出版社 2005 年版，第 265 页。

### （一）不可靠叙述：作为延异的文本隐喻

后结构主义的中心议题是消解中心，德里达“延异”概念的提出对此具有历史性的意义。德里达从索绪尔的“语言中只存在无确定项的差异”命题出发，推导出：如果语言中只有差异，那么，符号的任何一面的确定过程都依赖于其他符号，对符号意义进行阐释的结果就不是呈现一个确定不移的意义，而是引向一连串新的符号，就像词典对词义的解释，要说明任何一个词的词义，就要借助于更多的其他的词。这样一来，语言符号是一系列不断推延的差异游戏：能指链不断地交织延伸，所指则是一种永远漂浮、不断滑落的东西。“延异”的“异”是空间性的间隔、分离、区分、辨别，似乎承诺了符号的某种同一性与确定性；“延”是时间性的延伸、推宕、压抑，倾向于将所有关于意义同一性和确定性的兑现永远往后推延。意义成为语言之内符号延异活动的结果。符号活动是由一个能指链滑向另一个能指链的延异运动：移置，增补，擦抹，播撒……根本上是一种无穷尽的自由游戏过程。[①] 不可否认，“延异”观影响了多本充满后现代旨趣与风格的小说的生成。

《内陆深处》的文本，在某种程度上，类似一个“延异”的隐喻。玛格达的建构、消解、再建构的叙述冲动构成了一个不断交织延伸的能指链，空间性的间隔、分离、区分、辨别，似乎承诺了符号的某种同一性与确定性；而时间性的延伸、推宕、压抑，倾向于将所有关于意义同一性和确定性的兑现永远往后推延。玛格达执着于建构，对于德里达所使用的词汇相当熟谙，“词典”“无限延展的词条”“编码”等词语频频出现在文本中，如，“我拿起词典，用心搜索那上面描述的情状，从一个词条查到下一个词条，耐心地用我自己的编码给这档子事情分类归档，可是在这困境中他用什么招数能降服情欲的撒旦呢？”（40）又如，“我发现，没有一个假设不是充满着令人目眩的可能性，它标志着某种真实的双重生活的起始。对于罗列词

① 马海良：《后结构主义》，《西方文论关键词》，赵一凡等主编，外语教学与研究出版社 2006 年版，第 170 页。

汇的渴念会让我摇身一变而进入这个神祇的国度……”（5）上述引文指涉了后现代对于文本、对于文字游戏的上扬。借助想象与文字，现实世界被颠覆，演变成一种可期待的流动不居的待续故事，在“然后呢？”的能指链条里鬼魅般地延伸。由于解叙述，之前的叙述又被消解，意义同一性与确定性的兑现永远往后推延。文本用玛格达的叙述—解叙述—再叙述隐喻了意义搁浅、符号自由游戏的延异精神。小说的后现代文本特征，只有那些熟悉“后现代的世界模式与范式标准”的读者（即作者的读者）才能领悟，而不会把它当作一个疯子的胡言乱语随意打发掉。

## （二）不可靠叙述：话语与权力

在《知识考古学》中，福柯提出一套知识概念是通过分离、净化、排除等权力程序来占据文化支配地位的，它们将符合自身规范的话语类型说成符合自然规律的存在，把规范之外的一切差异贬为异类。学校、教会、监狱等权力机构参入了对异类的压制，形成话语与权力的结盟。福柯认为，决定话语形态的真正因素不是话语是否表达了对象本身的某种客观本质，而是话语的出现是否符合话语惯例，是否用规范的语言合法地表达自己的思想或真理。因而，重要的不是说出真理，而是依照话语契约的某些规则，从而占据真理，进驻真理。[①] 福柯将话语与权力联系在一起，揭示了话语背后的权力架构，话语权力深深地影响了库切本人的观念与文学创作[②]，《内陆深处》以一种扭曲的叙述方式揭示了占据主导地位的话语 / 知识的权力内涵。

玛格达的讲述信马由缰，毫无理性、逻辑性可言，时常前后矛盾；从内容上看，更是背离了理性的契约：弑父，与黑人男仆发生不伦关系，与来自空中的不明声音进行对话，等等。怎么看，都像是痴人说梦。文本中玛格达也多次把自己投射为丧失理性的疯子、女巫。显然，这一极端的不

---

① Michel Foucault. *The Archaeology of Knowledge*. Trans. A. M. Sheridan Smith，New York：Pantheon，1972：p.224.

② 详见本书第五章“库切的政治观与文学创作”。

可靠的疯癫叙述，是被纳入主导话语（理性话语）的对立面——“异端”那一类的。这一叙述的极端形式是基于福柯的话语权力的叙事策略，对白人男性建构的宏大叙事做出回应。正像玛格达所意识到的，在白人男性建构的历史记录里女性的存在状况没有得到真实的反映，殖民地般的“屋子里的天使”被通约为白人女性唯一的合法存在。在理性话语的宰制下，像玛格达这样生活在南非干旱内地的女性处于文化失语状态，只有借助“疯子”身份以及“疯癫话语”，才能把被理性话语遮蔽与压抑，几乎被历史湮没的多样化的女性生存状态抢救出来。由此，玛格达发出质疑：“哪一个更不合乎情理？是被我生活着的生活的故事，还是那个在沙石荒漠死寂深处的荷兰式厨房里星期天烤面包涂油时嘴里还哼唱着赞美诗的好女儿的故事？”（191~192）可见，疯癫叙述在两个层面上发挥着作用：其一，揭示官方记录中女性存在的建构性，以及这一携带着权力属性的话语的普遍性与压制性；其二，通过拆解的方式对理性话语建构的女性存在进行反诉说。小说借用第一人称的视角与意识，粗俗和优雅的笔致互为穿插、并行，从这一世界的内部发起经久的批判。女性不再令男性如沐春风，相反，“原本应该给这个家带来温情的我，一直以来就是一个零，一个无，一个内心崩塌无余的真空，一团絮流，被遮蔽着，模糊不清，像是穿过走廊的一道凉风，不为人注意，却暗藏报复之心”（3）。虽然文本塑造的玛格达毫无女性魅力可言，看似失去理智、无可救药，然而，如前文所述，在文本的缝隙，疯癫的玛格达与理性的好女儿玛格达相互指涉，而且两种文笔的运用——玛格达时而矜夸温文尔雅，时而口吐粗言秽语毫无节制——更是强化了疯子与理想女性之间对立而又相互依存的矛盾关系。从《内陆深处》的叙事特点上看，建构即解构，玛格达一边建构，一边又忙于解构先前的叙述，也就是说，建构之初就孕育了解构。这种叙事特点也模糊了疯子与理性乖女儿之间任何绝对的、固化的界限。极端化不可靠叙述产生了某种悖论效果：熟悉后现代世界阐释范式的作者的读者往往不会厌恶玛格达，反而对其生存状态产生怜悯，对其幻想着推翻父权、超越种族和阶级差异与混血仆人友好相处的“大逆不道”的想法深感同情，这正是费伦所说的“契约型不可靠性”叙述的效果。虽然叙述者的叙述包含了大量的不可靠信息，然而由于该不可靠性包含了作者代理和作者的读者所认同的交际信息（即疯癫叙述与话语权力的内在关联），因而它非但没有拉大，反而减少了叙述者与作者的读者在阐释、感情或伦理上的距离，产生了一定的悖论结果。

### （三）不可靠叙述：对后现代语言游戏虚无性的批评

理查森认为，解叙述在突出了虚构世界话语的施为本质之外，还带有一定的“熵”的特征，即，所有的创造、区别与差异都融入虚空之中，这在第一人称的解叙述中最为普遍。《内陆深处》的极端化不可靠叙述带有典型的“熵”的特征。玛格达之所以如此执迷于话语、讲述，主要是希望依靠词语这个“神祇的国度”来超越现实存在。因而，建构、消解、再建构，叙述一刻不停地涌动，涌向四面八方，弥盖了天地万物。然而，所有的创造、区别、差异最终融入虚空中，就如她所意识到的：“我依然是干燥的夏日里一个慵懒而卑微的女人，这本身无法超越。”（5）“熵”的特征隐喻了蕴含在文本内的库切对后现代语言游戏虚无性的批评。叙述是玛格达的唯一武器，同时也是她的主要问题所在：“也许我难以决断的事情……是如何面对某种冗繁的陈述过程——这种陈述也许正是一种沉默的过程。我缺乏停止絮絮叨叨的勇气，停下来返回我阒无声息的原处。”（5）沉默是一种文化失语状态，应该打破；然而，当理想女性的话语成为女性存在的唯一合法性话语，范式之外的其他话语注定不被聆听，在这种意义上，言相当于未言，甚至被归为“异端”的行列。陈述 / 沉默的悖论也映射了后现代搁浅意义、片面张扬语言游戏的困境：它固然可被视为一种反抗姿态，然而，话语再奇特、再引人入胜，如果未能与现实世界、与实践联系起来，也只能是“言辞的缎带，最终在虚妄的乱象中永远飘逝”（96）。一味沉迷于文字游戏，试图以此改变自身或世界，只能产生这样的结果：“这出自我的独角戏是一个词语的迷宫，直到某个人来给我引路之前，我在其中找不到路径。”（23）或者，“我所编织的这故事……只是某种疯狂的自欺欺人的胡言乱语”（89）。能指链鬼魅般漂浮在虚空中，无法产生任何现实指导意义。极端化不可靠叙述的形式意义与内容很好地贴合起来。

## 四、结语

熟悉后现代的世界模式与范式标准，对于诠释《内陆深处》的不可靠叙述，意义重大。在《内陆深处》中，极端化不可靠叙述不仅关系着叙事形式，而且也是基于小说内容与旨趣的叙事策略。库切通过第一人称的扭曲的叙述，呼应了后现代主义关于文本、权力、历史、话语的主要观点，同时也隐含了对脱离活生生的外部世界，一味沉迷于语言嬉戏的价值取向的批评。这也是库切的小说不同于许多后现代主义小说的地方。他的作品有很多后现代元素，然而即使在他最具有后现代主义风格的小说里，库切也没有脱离现实世界的指涉而醉心于文本的游戏。尽管形式让人眼花缭乱，但库切的小说总是以现实世界为指向。与《内陆深处》并称为库切女性视角三部曲的另外两部小说《福》《铁器时代》，情况也是如此。虽然叙事背离了现实主义的拟真诉求，但小说始终是以现实世界为指向。下一章考察的对象是女性视角三部曲。

# 第八章　言说与聆听：库切女性视角三部曲

在 2010 年武汉举办的“库切研究与后殖民文学”国际学术研讨会上，陆建德做了题为“受压迫者也需要聆听”的演讲，受到与会者的好评。受压迫者需要聆听，而聆听的前提是言说。《内陆深处》《福》与《铁器时代》分别出版于 1977 年、1986 年和 1990 年。这三部小说都以女性为主人公，把女主人公作为小说的意识中心，被称为库切女性视角三部曲。20 世纪 90 年代，著名的库切研究者戴维·爱特维尔曾指出，学界对库切小说的女性叙述声音的探讨还不够充分，需要加大库切作品的女性主义批评的进度与力度。[①] 国外的研究在之后的 10 年间明显地增多，主要分为两派：一派认为库切模拟了白人女性的叙述声音，有挪用他者之嫌；另一派则把它视为库切用来质疑权力与权威的文本策略。[②] 国内研究的状况也大致如此。本章从女性言说与聆听的角度切入，关注三部曲内在的有机联系，从以下三个层面——从女性的视角反拨宏大历史叙事实现历史反写，呈现被

---

① David Attwell, “Afterword” *Critical Perspectives on J. M. Coetzee*. Eds. Graham Huggan and Stephen Watson. London: Macmillan Press, 1996: p. 215.

② Fiona Probyn, “J. M. Coetzee: Writing with/out Authority.” *Jouvert: A Journal of Postcolonial Studies* 7, 1 (2002): p.2.

遮蔽的真实，母性传统在南非的失落——探讨女性视角对于库切作品的意义。笔者认为，三部小说质疑并颠覆了男性建构的宏大叙事的真实性，在观照女性自身存在的境况之余，把关切的目光投向历史中沉默的种族他者，形成内在有机连贯的女性言说系列文本。

## 一、女性视角与叙述声音：历史反写

三部小说的一个共同点是从白人女性视角，以言说 / 书写的方式对白人男性构建的宏大叙事形成了反拨，都属于“女性需要言说与被聆听”的范畴。它们从不同的历史时期，以女性视角对基于性别身份和种族身份的社会不公和生存状态进行不懈的诉说。然而，由于白人女性的性别身份、种族身份与历史形成的特殊关系，其言说 / 书写又不乏矛盾性，库切正是利用女性身份的独特视角与声音对历史、话语、权力等西方热点话题进行深入探讨。三部曲以极具个人特色的见证式言说提出了“何谓真实”的问题，提供了被遮蔽、被湮没的多样态真实的可能性。为便于观看历史不同阶段的女性言说，下文先从《福》谈起。

《福》与笛福的名作《鲁滨逊漂流记》呈互文关系，已为学界共识。《鲁滨逊漂流记》以第一人称叙述者记录了小说主人公如何在荒岛上存活下来，从食人族手里救下一个土著，这个被他命名为星期五的土著心甘情愿地做了他的奴隶。鲁滨逊把流行于英国的那一套经营理念用在荒岛的垦殖上，积累了一大笔财富，带着星期五返回英国。小说出版后深受读者的喜爱，极大地刺激了英国人的殖民想象。笛福因为这部小说被尊崇为现实主义小说的鼻祖，是 18 世纪英国最重要的小说家之一。库切所做的是在这样一个白人男性作家创作的关于资本积累的神话和主奴神话里加入一个核心人物，一个全新的叙述视角和声音，即笛福小说中并不存在的白人女性苏珊，通过她的意识对鲁滨逊建构的这段历史进行反写。

《福》的第一、二部分采用第一人称叙述的方式讲述这段历史。库切让苏珊漂流到一个孤岛上，被黑人星期五发现并带到克鲁索面前，由此展开了苏珊关于岛上见闻的叙述。苏珊眼中的克鲁索与《鲁滨逊漂流记》中的鲁滨逊虽然名字相仿却时运不济：像鲁滨逊一样，他不乏实干精神，却未见成效——耗费了大量精力与体力开辟的梯田，由于没有农作物的种子荒废在那里，梯田成为荒芜的能指。他也有个奴隶叫星期五，却不像鲁滨逊那样热衷于教化野蛮人，他教给星期五的几个字只够对方依照他的命令行事。他没有记日记的习惯，身体状况堪忧，时常发病，也不奢望回归英国。甚至连他是不是英国人都要打个问号。[①] 总之，《福》里的克鲁索仿佛是鲁滨逊的影子，相似却不相同。病中的克鲁索被强行抬上开往英国的轮船，途中病死，有关他的故事到此为止。所以，《福》讲述的是身体健壮、精力充沛的苏珊的故事，借用这样一个女性人物与《鲁滨逊漂流记》及其作者笛福展开对话。正如库切研究者所注意到的，后殖民理论的视域促成了这段历史反写，而其中的关键，是苏珊的女性意识中心。

荒岛的故事只是《福》的引子，离开克鲁索的苏珊找到大名鼎鼎的作家福先生，希望后者能用生花妙笔把自己在荒岛上的离奇经历呈现给读者。苏珊作为事件的目击者、经历者，对故事表现出强烈的主权意识：

> 当我回想起自己的故事时，我似乎只是一个从那里来的人、一个见证者、一个时刻想要消失的人：一个没有实质存在的人，一个在克鲁索真实身体旁边的幽灵。这是所有说故事者的命运吗？然而，我与克鲁索一样也是血肉之躯。……我也住在那里，我不是候鸟，也不是塘鹅或信天翁，仅仅绕着这个岛屿飞翔一番，蜻蜓点水地带一下就飞向了广阔无垠的大海。请将我所失去的实体还给我，福先生，这就是我的恳求。虽然我说的故事都是真相，但是却没有传达出真正的实质感。[②]

① 昏迷中的克鲁索说的是葡萄牙语而非英语。

② J. M. 库切:《福》，王敬慧译，浙江文艺出版社 2007 年版，第 45 页。

引文再现了女性主义文学与后殖民文学的共同诉求：对于经典中不在场的、被抹杀的声音的复位诉求。她仿佛一个后结构主义者般先知先觉地洞悉了文字 / 叙事的重要性：既然历史存在于语言中，那么，未被记载的就不构成历史，未入叙事的人或事件缺乏实体存在。苏珊的意识突出了叙事“在场”的重要性，只有把自己的经历记录下来、作为叙事撒播开来，它的意义才能发挥出来。在文本的权力场中，这种在场尤为重要。后殖民主义理论揭示，在殖民时期的欧洲文学中，由于被殖民者视角的不在场，他们往往被建构成愚昧低下、蛮横粗野的他者，这种叙事的广泛传播形成的意识形态，使对其的政治、经济、文化宰制合理合法化；女性主义批评者们发现，文学场中女性作家的长期缺场或被忽视，致使女性生存状况无法被客观呈现，男性作家建构的女性形象或是被天使化或是被魔鬼化，与其说这是女性的真实形象，毋宁说是男性（作家）对女性的想象的投射。因而，女性主义批评者们致力于重新发现女性作家的作品，建构女性创作史和女性主义批评的话语。库切的书写应和了这种诉求，通过人物苏珊的意识，《福》把两种不在场的声音、两种类型的批评话语联系起来。

库切让苏珊住到福先生家里，这样一来，苏珊不仅是克鲁索事件的见证人，也是作家福（隐喻笛福）生活的目击者，甚至是体验者，在解构了《鲁滨逊漂流记》的主人公鲁滨逊的基础上，对现实主义小说的“真实性”提出质疑。熟知图书市场运作规律与读者需求的福先生构思的故事与苏珊预期的大相径庭：他把苏珊在荒岛上的故事置换成一个由五部分组成的典型的女性叙事：女儿失踪，巴西寻女，放弃寻找以及小岛探险，女儿寻母，母女重逢。用他的话说，“我们这本小说包含了迷失、追寻、失而复得。有开始，有中间，还有结尾。从小说技巧来看，这是借用荒岛事件的插曲——这正好是故事中间的第二部分——最后故事逆转，变成了女儿寻找母亲”。现实主义小说的结构原则在这里浮出水面，现实主义小说所谓的真实不过是作家精心营造的一种虚幻。福先生认为：“小岛上发生的故事不足以成为一个故事。”“我们要将它放入更大的格局中，才会显现其生命力。”（105）福先生所谓的“更大的格局”，要放在这一时期英国小说的性别叙事体系里，来理解它的文化意蕴。18、19 世纪的英国小说中存在一种普遍现象，即探险类的作品通常是围绕白人男性主人公展开的，他通常具备诸如智慧、坚毅、果敢等优秀的男性品质，其遭遇必引入一些足以吸引读者眼球、唤起读者关于异域的想象的特殊事件，这些事件构成考验主人公道德心的背景，通过良知考验的主人公人格趋于完美。食人族就是这类叙事的典型性构成事件，福先生就曾再三询问苏珊岛上有无食人族，推敲加入他们的可能性；而关于女性的故事则多半围绕婚姻、家庭这些“女性”主题展开，虽然也有少数例外，但这几乎成为一种固化的模式。在这种背景下，福先生提议把荒岛的故事放在一个寻女、寻母的大的情节构架下，把它浓缩为这一过程的一小部分。福先生所谓的荒岛事件只能作为苏珊故事的一个插曲，而不能自成一个完整的故事，隐含了 18 世纪英国小说情节设置的内在的性别话语潜台词：关于男性人物的叙事和女性人物的叙事有不同的叙事常规，只有遵循这些常规悉心营造真实性，才能被读者接受，被奉为真实。这也是福柯所说的重要之处不在于呈现事物的本来面貌与客观特性，而在于占有真理，进驻真理。苏珊对此无法认同，她反问：“现在我想问的是：在大海中有谁能让火药保持干燥？更何况一个连性命都不能自保的人，那他为何会去救一把毛瑟枪？……而我想说的是：我写的都是真正见到的内容。我没看到过食人族，如果他们是在夜里出现，天一亮就消失得无影无踪，那我得说他们没有留下脚印。”（47）“你说，如果克鲁索不仅拿回毛瑟枪、火药和弹药，还有木匠的工具，他也许能为自己造一艘船。不是我爱吹毛求疵，岛上的风太过强劲，没有一棵树不是长得弯弯曲曲的。我们也许可以造一艘木筏，由弯曲树干所组成的木筏，但绝不会是一艘船。”（48）苏珊与福先生的通信形成一种隔时空的历史对话，福先生代表现实主义文学的创作观，苏珊的观点隐含后结构主义的立场，双方就何谓真实展开言说与反言说，库切作为作者没有进行介入式评点或干预，而是把诠释的空间留给了读者。

《福》没有止步于对现实主义小说“现实性”的质疑与瓦解，苏珊的目光投向了星期五，一个被遮蔽、被忽略的他者的故事。“另外还有星期五

的故事，也许它不是一个故事，而只是叙述中的一个谜或是洞。（我将其看作像是一个纽扣孔，边沿处锁得很结实，但是扣眼还空着，等待着纽扣穿过去。）放到一起，这个叙述有开始、有结束，还有一些有趣的插曲，缺乏的只是实质、多样的中间部分，因为在这部分中，大部分的时间克鲁索在垦地，而我则将时间花在海边的散步上。”（109）阿尔都塞认为，文本的清晰话语之后隐藏着一层“沉默话语”，正如意识之下潜藏着潜意识。因此，通过刻意找出文本中存在的失误、歪曲、空白与沉默，将它们与明晰文字比对，就能进行深入发掘式的症候阅读。马舍雷将症候阅读的目的解释为从深层发现“作品与意识形态和历史之间的关系”[①]。《福》是对《鲁宾逊漂流记》的症候阅读：通过人物的意识，揭示了《鲁滨逊漂流记》故事的不切实性与中空性，暗示问题的关键在于发现与诠释仿佛“谜”“洞”或“纽扣孔”一般的种族他者的故事。通过挖掘《鲁滨逊漂流记》文本中存在的失误、歪曲、空白与沉默，《福》质疑了《鲁滨逊漂流记》叙述的真实性与可靠性，在瓦解了现实主义小说宣扬的对现实生活的真实呈现的同时，把叙事的中心议题投向被遮蔽的他者的身体。[②]

如果按照写作时间排序，《内陆深处》是库切从女性视角反拨宏大历史叙事的最早的一部作品。小说出版于1977年，以南非干旱台地为故事背景，从白人女性玛格达的视角观看这一时期的内陆生活。如果说《福》把解构的目光对准了殖民时期的主奴神话与早期资本家的发家神话，《内陆深处》则把阿非利肯女性神话作为质疑对象，从女性的内部视角，融想象和现实于一体，把它的虚构性展现得淋漓尽致。由于《鲁滨逊漂流记》是英国最早，也是最有影响力的一部殖民题材的小说，《福》与《鲁滨逊漂流记》的互文关系常常被视为库切解构普遍意义上的宏大殖民叙事的尝试；相较而言，《内陆深处》聚焦南非的本土历史，显示出更多的本土性。阿非利肯女性的神话起源并逐步完善于南非外殖民的历史土壤中。这一理想女性的形象是欧洲文学“屋子里的天使”的殖民地改良版：她们不仅容

① 约翰·斯道雷：《文化理论与通俗文化导论》，杨竹山等译，南京大学出版社2001年版，第165页。

② 详见本书第三章“库切与残疾书写”。

貌美丽、温文尔雅，而且在日常生活与殖民争斗中坚定地支持本民族男性全力以赴，开创美好新生活。《内陆深处》颠覆了这一形象，以疯癫叙述的方式言说了女性存在的他种境况。

同苏珊一样，玛格达的言说隐含了后现代思辨精神和历史意识。她意识到自己的生活代表了大多数与她境况相同的白人女性的生活，她们的故事很可能被历史湮没，消失在“机械已经驯服了荒蛮”的宏大叙事里。文本有意突出了历史叙事与乡野见闻的区别：“那些言辞（有关殖民地的见闻）背后没有历史，透着乡俗的气息。”（171）“这些传言来自不存在的地方又流向不存在的地方，它们没有过去也没有未来，它们在一种永远的现在时态中孤寂地穿过一片片平原，没人去理会。”（172）由于缺乏所谓的历史意义，这些事件不被人关注，不被书写，不被历史接纳。文本再现了后结构主义的历史的文本性与历史文本的文学性要义。女性的生活同样不属于历史叙事的范畴，不被历史记忆，对此玛格达心有不甘，质问：“可是，他（未来的某个学者）会知道那些在高高的绿色天花板下清凉的屋子里午睡时分的荒凉吗？他会知道聚居地的女孩们闭眼躺在那儿默数数字的情形吗？这片土地上全是像我这样的精神忧郁的老处女，湮没在历史之中，就像祖传老屋里的蟑螂一样无精打采，总是把铜器擦得锃亮，总是在做果酱。”（4）为了“竭力避免成为被遗忘的人”，玛格达开始建构自己的叙事，一本带锁的日记簿见证了殖民地白人女性的凄凉人生与内心的荒凉。可见，《内陆深处》是库切尝试用女性视角提供他种类型的历史（即非白人男性建构的线性宏大历史叙事）的又一部力作。

玛格达用“乌有之乡”来形容干旱台地生活的虚无和缺乏质感：“这个戴睡帽的女人从镜子里回望我，这女人确切意义上说就是我，将在这内陆深处退化和衰亡，除非她生命中能出现一个哪怕是小小的变局。我不想成为像他们一样的人——照着镜子却什么也看不见；走在太阳底下却没有身影。这取决于我。”（34~35）有限的空间与无垠的时间交错成一个吞噬女性存在的世界。言为心声，只有发声，才有可能打破虚无。玛格达也具有强烈的故事主权意识和倾诉愿望，不同的是，玛格达没有像《福》中的苏珊那样把自己的故事假手于人，也不奢望现实主义的真实再现效果，而是主动地充当起建构者。她有意颠覆了真实与幻想的边界，其书写重在建构，而非呈现真实。在聆听方面，玛格达没有苏珊那么幸运：苏珊有一个固定的讲述对象福先生；玛格达上了锁的日记是其话语的向内性的反映，在南非极端的种族社会、父权社会里，男性不会是、也不可能是女性的倾诉对象，这种向内性与几近疯狂映衬了女性存在的孤寂与女性话语的不被聆听。弃用现实主义小说的理性而转向不可靠叙述，这一叙事形式的选择凸显了听众的缺失。这种缺失有多重原因：《福》以人口相对密集的大都市英国为背景，《内陆深处》的故事空间则设置在南非干旱内陆，人烟稀少；从叙述对象上看，苏珊有固定的被叙述者，虽然福先生的声音铿锵有力，苏珊还是有一定的理性空间进行质疑，而在《内陆深处》中，理性对话的空间被剥夺，唯有极端化不可靠叙述才能对抗男性建构的宏大历史叙事和阿非利肯女性神话。[①] 德里克认为：“解构不是一种简单的理论姿态，它是一种介入伦理及政治转型的姿态。因此也是去转变一种存在霸权的情境，自然这也等于去转移霸权、去叛逆霸权并质疑权威。从这个角度讲，解构一直都是对非正当的教条、权威与霸权的对抗。”[②] 确实如此，《内陆深处》的疯癫叙述是对种族社会、父权社会非正当的教条、权威与霸权的对抗。

同前两部小说一样，《铁器时代》秉承了言说真相的诉求，以女性的视角和声音对宏大历史叙事进行解构。作为一个接受了高等教育的白人知识分子，科伦太太坚信女性言说的在场对于传递真相的历史意义。作为一位多起种族迫害事件的见证人，她无法容忍粉饰太平的官方虚假报道，决心用自己的文字记录下他们滥杀无辜、扭曲是非的真相。科伦太太直言，书写是“通过我的眼睛你看到……只有通过我你才能感觉自己身处这些破破烂烂的公寓里，闻到空气里的烟味，看到死人的尸体，听到哭泣声，在雨中颤抖”（103）。科伦太太的倾诉对象虽然是她的女儿，然而，由于女儿长期生活在美国，她通过文字传递的真相就不仅仅指向女儿，而是包括

---

① 详见本书第七章“《内陆深处》的极端化不可靠叙述”。

② 雅克・德里克：《书写与差异》，张宁译，生活・读书・新知三联书店 2001 年版，第 15 页。

女儿在内的整个外部世界。向外部世界传递南非真相是科伦太太，也是这部小说的主要意旨。《铁器时代》是库切女性三部曲里现实主义意味最浓的一部，也是时代感最强的一部。借助于一个受过良好教育、承载了自由主义人文精神的女主人公，把她的故事安置在20世纪80年代种族隔离制度摇摇欲坠的南非，三部曲的最后一部延续了前两部小说对宏大历史叙事的反拨，再续了女性视角、女性书写的历史意义。

## 二、女性书写：建构多样态真实

有评论者称，库切作品的一大特色是在解构中建构，在建构中质疑，如此循环往复，从而达到反思真实、呈现真实的效果。《福》《内陆深处》《铁器时代》也不例外。三部小说从女性视角瓦解了宏大历史叙事宣扬的终极真实，确证了多角度、多样化的书写对于呈现被遮蔽的真相的重大意义。库切借助三个不同历史时期的白人女性，从历史叙事的空白或断裂处剖析出被主流叙事压制的他者的故事，展现了女性言说的连贯性与历史维度。

苏珊具有强烈的主体意识和“忠实于我的故事”“我的故事我做主”的诉求。她是故事的最佳书写者，不仅因为她是事件的见证人与经历者，更重要的是她对于真实的执着，这份执着为瞥见沉默的真相提供了契机。然而，苏珊却不情愿自己动手而是找到作家福先生帮忙。对此，她给出的解释是她写的故事缺乏质感，她将原因归结为女性缺乏“想象”的维度，以及要实现这一维度必不可少的物质前提：“一个安静的不受任何干扰的地方，一把坐着舒服的椅子，一扇能眺望的窗户。”（45）英国女作家弗吉尼亚·伍尔芙在《自己的一间屋子》里阐述了女性的生存状态问题，强调妇女必须享有自己的时间、隐私权、经济独立，才能出色地写作。“自己的屋子”不只是物质环境，更是女性自主精神和自由意志的隐喻。怎么能奢望缺乏稳定创作条件的女性中间产生像莎士比亚那样的大文豪呢？苏珊的顾虑呼应了伍尔芙的观点，她连基本生活都成问题，哪里能够安下心来创作呢？

库切很好地利用了这一点，让她通过书信，以对话的方式尝试性地展开自己的言说。

书写真相是苏珊完成故事的初衷，也是构成《福》与《鲁滨逊漂流记》互文的重大前提。苏珊对于现实主义小说的质疑显示了深受后结构主义思想影响的库切对于真相的认识。人类社会的历史借由文字传承下来，在苏珊看来，客观真实的记录意义重大，马虎不得，这也是苏珊拒绝接受福先生提议的故事的原因。另一方面，历史存在于文字之中，历史叙事中难免存在一些令人疑窦丛生的空白或断裂处。这些地方正是后结构主义者所注重挖掘的，库切把它总结为："我们的课题是阅读他者：空白，反面，底面；被遮蔽的，黑暗中的，被隐藏的，女性的，他性。"① 这在苏珊的意识里表现为："一年以后，十年以后，也许所有事物不复存在，除了地上的枝条说明棚屋曾经存在，梯田里只剩下断壁残垣。人们见到这些断壁，会说这是食人族的断壁，是食人族城市的残骸，记录着食人族的辉煌时代。又有谁会相信这是出自一个男人和一名奴隶之手？他们期望着有一天，会有漂流者带来一袋玉米给他们播种？"（48）正是在"何谓真相？如何表现真相？"的探询中，苏珊把目光投向了星期五的舌头残根处蕴藏的他者的沉默故事。在对待种族他者的问题上，苏珊可谓是库切小说系列中年代最早的女性反思者。她不满足于克鲁索给出的关于星期五致残原因的模棱两可的解释，尝试了多种方法试图与星期五交流，虽然未能如愿，文本却始终保留了白人殖民者是残疾始作俑者的可能性。苏珊同情星期五的遭遇，在克鲁索死后签署了恢复星期五自由人身份的文件，为避免他再度沦为奴隶，她不计辛苦试图找到一个可靠的船主带他返乡。途中她两次被误认为是吉普赛人：酒馆的老板以"我们这儿是干净的地方，不招待流浪汉或是吉普赛人"为由拒绝招待他们；一个老者唐突地问她："你们是吉普赛人吗？你和他（星期五）是吉普赛人吧？""我们通常将那些满脸污垢，乱七八糟走在一起胡闹的男女称为吉普赛人。"（96）苏珊用"有一些震撼"来形容这个插曲：

---

① 转引自 Richard Begam, "An Interview with J. M. Coetzee." *Contemporary Literature* 33, 3 (Autumn, 1992): p.421。

“什么是吉普赛人？什么是公路响马？在西方国家，这些词似乎被赋予了新的意义。我是不是连自己都不知道，就成了吉普赛人呢？”（97）在“身份与文本身份，自我与符号自我”中，赵毅衡从符号学的角度出发诠释身份与自我，强调身份的社会属性，指出人的各种社会活动都需要身份，身份是表达或接受任何符号意义所必需的，是接受和表达的基本条件。社会把符号身份分作很多类别范畴：性别身份、社群身份、民族身份、种族身份、语言身份、宗教身份，等等。意义的实现是交流双方身份对应（应和或对抗）的结果，没有身份就没有意义。[①] 身份的社会属性是个体在与他人和环境的互动中实现的，苏珊明明是个英国人，却被视为异族人、边缘人，身份的误认印证了苏珊在他者之路上行走的足迹，苏珊对于这一事件的反思将这个插曲的意义指向身份的文化属性的思考层面，具有文化批评的意味。

虽然苏珊对他者持有善意，却无法摆脱固有的历史局限性，库切所做的是让她对此进行反思，以实现批评的意旨。“我告诉自己，我和星期五交谈是为了教育他走出黑暗和静寂。但事实是如此吗？很多时候，如果撇开善意不说，我使用文字是为了找到一条捷径，好让他听从我的命令。”（53）苏珊毫不掩饰对星期五的矛盾态度，坦言自己对星期五残疾的身体的厌恶。厌恶既始于残疾本身，也与对方的种族身份有关，残疾本身就是殖民文学用来隐喻种族他性的一种修辞手段。[②] 库切让苏珊贴合她的位置反思，在父权社会里，性别的差异使女性从属于男性；在种族社会里，白人的身份使白人女性高于黑人男性。白人女性的历史位置决定了她与白人男性主导的主流社会意识形态之间存在共谋与抗争的双重关系。苏珊是这种女性的代表，所以她无法解开星期五的秘密是历史的必然。小说的第三部分摆脱了苏珊的视角，采用第三人称叙述的方式把秘密留给未来，也暗示了历史与叙事的共谋关系：叙事的历史维度只有在绵延不断的历史长廊中才能真切地显示出来，深谙此道的库切以开放的故事结局把解密交还给历史，留与后人评说。

---

① 赵毅衡：《身份与文本身份，自我与符号自我》，《外国文学评论》2010 年第 2 期，第 6 页。

② 详见本书第三章“库切与残疾书写”部分。

生活在20世纪初南非干旱内陆的玛格达对于真实有着同样的敏锐度，她书写真实的意图也与苏珊一脉相承。不同的是，玛格达已经无法像苏珊那样理性地质疑与书写，因为理性的文字无法把女性多样化的存在真相从被埋没的命运中抢救出来。福柯把文学作品中的非理性书写视为时代的症候："在萨德和戈雅之后，而且从他们开始，非理性就一直属于现代世界任何艺术作品中的决定性因素。"[①]《内陆深处》的疯癫叙述是南非种族隔离时代处于隶属地位、被动、没有话语权的女性病态生活的症候。玛格达把质问的矛头指向理性与理性构建的女性神话："哪一个更不合乎情理？是被我生活着的生活的故事，还是那个在沙石荒漠死寂深处的荷兰式厨房里星期天烤面包涂油时嘴里还哼唱着赞美诗的好女儿的故事？"（192）甩开理性羁绊玛格达化身为积极主动的故事建构者。建构赋予存在意义，在建构的呓语中玛格达呐喊出对种族隔离的父权社会的愤懑。[②]

作为一个生活在暴君父亲统治下的女儿和同情他者遭遇的白人女性，玛格达的发声是双向的，这两种发声最终汇集成对种族主义社会父权的抵制与反抗，即对父亲这个能指的反抗。玛格达试图与黑人、混血人的奴仆成为朋友，然而，

> 我和这些人之间的语言被我父亲给颠覆了，不可能再恢复了。现在我们之间交流的语言是一种拙劣的模仿。我生来就对语言有一种等级的认识，有着距离上的把握和敏锐的洞察力。这是我父亲的说话方式。我说话不能用自己心里想要说的语言，我为这疏离而感到悲悯，但这就是我们所有的现状。……我没有用言辞来兑现我所信奉的价值观。（144~145）

语言交际过程不仅涉及语言，而且依赖于语言赖以存身的文化系统。在种

① 米歇尔·福柯：《疯癫与文明》，刘北成等译，生活·读书·新知三联书店1999年版，第266页。萨德是18、19世纪之交的法国侯爵，著有《朱斯蒂娜》《朱莉艾特》等小说，因露骨的欲望描写而多次被监禁。

② 详见本书第七章"《内陆深处》的极端化不可靠叙述"。

族社会里，语言交际过程必然受到种族身份的影响。玛格达敏锐地意识到权力、种族、阶层身份的三位一体。小说塑造了一个自觉把父权与族权紧密联系起来的主人公，通过她的意识或潜意识，突出了两者彼此强化的关系，这样一来，反抗父权与跨越种族界限的诉求在根本上达成一致。玛格达把白人统治的日子称作“腐朽的日子”，把土著在草场上自由迁徙的时期称作“黄金岁月”，得出“黄金岁月是在腐朽的日子之前到来的”（26）的结论。这无异于公开与父权殖民意识唱反调。有理性却不被认同，相当于没有理性。不被认同的玛格达索性在非理性的狂想里建构起弑父的情景，这种念头与阿非利肯理想女性的形象背离得无以复加。文本用“黑”隐喻玛格达意识的颠覆性：“由于黑衣服穿久了，我都成一个黑人了。”（143~144）黑不仅是皮肤的黑，更是意识形态与想象的认同。在充满后现代旨趣的叙述中，一个德里达式的延异的世界成形了。玛格达在文字嬉戏中纵横驰骋，试图以此解构现实。小说借她的叙述视角与声音反思了白人女性与父权社会的共谋关系，为女性、为种族他者鸣不平。同《福》中苏珊的叙述相比，玛格达书写的震撼力要远远大于前者。然而，日记的内向性、女性言说的历史不在场以及建构的荒诞和匪夷所思又把它推向沉寂。在三部曲中，《内陆深处》是最静默的，也是最疯狂的，在急欲倾诉与不被聆听的张力间凸显女性存在境况的多样态与复杂性。

把《铁器时代》与《福》《内陆深处》放在一起观看，就会发现库切小说女性书写的连贯性与递进性。同苏珊、玛格达一样，科伦太太坚持真相，坚信文字的力量；但在为他者言说方面，科伦太太走得更远。她把书写的主旨明确为：记录种族迫害的真相，揭露白人种族隔离政府的虚假宣传，更重要的是，让那些从未发声的女性话语与他者话语“不至于被扼杀……我为那些至今没有表白的沉默的话语抗争”（145），这就延续了前两部小说受压迫者需要倾诉与聆听的思路。科伦太太强调女性视角的唯一性与重要性：“我告诉你发生在这里的一切，不是为了让你设身处地地感觉我的处境而是让你了解事情的真相。……事实是，没有别人，我是唯一（能这样做）的人。是我在写作，我，我。所以我要求你：把注意力放在这些文字上，而不是我这个人身上。”（104）她坚持用语言与真情实感记录真相，显示了前两位女性无法企及的女性言说的自信和参与社会事务的能动性。历史的进程使科伦太太能够逾越设置在苏珊和玛格达面前的身份障碍，与他者流浪汉友好相处，并把南非社会变好的希望寄托在与他者关系的普遍改善与和谐共存之上。库切三部曲的最后一部延续了前两部小说对宏大历史叙事的反拨和预设的历史话题，肯定了女性视角和声音的不可替代。回首《福》中苏珊的忐忑和《内陆深处》中玛格达不得不为之的极端化不可靠叙述，《铁器时代》中科伦太太的强势话语与政治干预姿态实在是来之不易。而女性话语以及女性叙述方式在三部小说中的演变，对何谓真实的议题的持续探索，衬托了库切本人深厚的历史意识与高超的艺术功力。

## 三、母亲的缺场与母性传统的遗失

库切女性视角三部曲的另一个值得关注的主题是，母亲的不在场或母性传统的缺失在南非主题小说中的凸显。《福》不在此列，虽然涉及母女情节，叙事重心并不在此；苏珊虽然是一个母亲，她的母亲身份在小说中被抑制，只是与福先生对话的一个隐形线索。与此相对，涉及南非历史的《内陆深处》《铁器时代》则凸显了母亲的不在场，并从历史的角度探讨了母性传统的遗失带给南非社会的伤害。小说似乎暗示，适度地回归母性传统、撒播女性话语有助于南非走出冷漠仇恨的社会现实。

《内陆深处》中的玛格达自幼丧母，关于母亲的记忆几乎是零，母亲只是幻象般存在着，甚至难觅踪迹：“她的肖像挂在餐室墙上，挂在我默不出声的父亲和默不出声的我的上方，虽然这就是为什么当我用魔咒召唤她时，却见墙上画像下面只有一道灰影的原因，一道狭长的灰影，那可真是不可思议啊，我抬眼沿着墙壁搜寻开去……”（31）玛格达毫不迟疑地把这种现象归结于父亲的强势在位：

> 我父亲一手造成这种缺位状态，无论他走在哪里，都会留下这种空缺。首先，他自己就不在场——他所到之处都是如此冷寂，如此黑暗，如此旷远，在也像是不在，只是一道移动的阴影，大煞风景地投射在人们心间。还有我母亲的缺位。我父亲的在场就是我母亲的缺位，他是她的负面，是她的死亡。她是温柔淑女，白肤金发；他是铁石心肠的壮汉，模样黝黑。他把我心里所有的母性都给毁了，给我留下这毛茸茸的躯壳，死亡的言词像豌豆似的在里面咯咯作响。我站在空空的厨房里，恨着他。（55~56）

父亲的在场导致了母亲的不在场，隐喻柔和圆通的女性特质受制于父权的冷漠无情、独断专行；有关母亲记忆的缺失隐喻了母性传统（即爱的传统）在南非社会文化中的遗失。父亲与母亲作为两极，不仅是“模样黝黑”与“白肤金发”的体貌特征的差异，还有“铁石心肠的壮汉”与“温柔淑女”的对立。然而，以肤色的“白”与“黑”来界定性别与性格差异，贬黑扬白，是种族社会身体特征被种族模式化，以差异隐喻道德水准的文化无意识的症候。“母亲，芬芳柔懦的慈母，这时她苦役般的哺乳使我在溺爱中麻木。在夜晚的钟声中，又突然消失了，把我孤零零地扔在粗暴的手掌和僵硬的躯体之中——你到哪里去了？”（9）玛格达只能凭借想象建构母亲慈爱的形象，在冷漠粗暴的现实里无所适从。在很大程度上，玛格达的扭曲是母爱的遗失造就的扭曲。

《铁器时代》延续了《内陆深处》有关母亲的缺位、母性传统缺失的主题，并把母亲的历史性不在场与南非种族对立的社会现状联系起来。罹患癌症的科伦太太念念不忘自己的母亲，在她看来，临终时分人们迫切想要的是“有个人在那儿陪伴着你，一个晚上你可以呼唤的人。母亲，或是任何一个愿意守候母亲位置的人”（85）。母亲象征着爱与守护，然而，科伦太太的母亲离世多年，她对母亲的呼唤得不到回应；更重要的是，比起实实在在生活着的女性，科伦太太记忆中的母亲更像是一个阿非利肯女神，“在永远年轻的美好中微笑着，全神贯注却又健忘，在天堂的边缘”（55），缺乏质感与生命特征。科伦太太本人也是一位母亲，她的女儿憎恶南非，定居美国。逃离南非成为受到良知困扰的南非年轻一代白人的一种普遍选择，这样一来，母亲的在场相当于不在场，母性传统的传承面临严峻的考验。小说凸显了“母亲历史性的缺场”给南非社会带来的后遗症，文本里的南非缺乏弹性，崇尚武力，主张以暴制暴，是名副其实的硬邦邦的国度。小说的中心意象铁器时代隐喻拒绝通融合作的强权精神当道，小说情节、人物意识都突出了这一点，在语言选择上也有所体现。文本使用“fatherland”来指代祖国，而不是通用的“motherland”，一个男性意识主导的强权国家的形象跃然纸上。科伦太太把铁器时代和母性的爱与守护所征象的黏土/泥土时代做了对比，对它的到来无比向往。小说表明，对立、对峙无助于改善南非种族矛盾重重的社会现状，也无法拯救深陷其中的个体。正是由于看到了这一点，科伦太太才不顾身体的疲弱，像母亲般守护在受伤的黑人孩子的病床前。她对流浪汉的照顾也不无母性情感的色彩。只有回归母性传统，在不同族群中间撒播爱与关怀的种子，南非才有真正走出暴力循环的希望。然而，在种族矛盾难以调和的现实语境里，要实现上述设想可谓难于上青天。科伦太太不畏艰难，以女性视角见证了历史真实，弘扬女性话语，把它和爱和关怀联系起来。从这一层面解读，在解构官方虚假宣传、传递真相之外，科伦太太的文字与行动不失为她尝试恢复失落的母性传统的努力。小说似乎暗示，当种族对立的情绪被母爱所融化，当种族仇恨被人际间的彼此关怀所取代时，南非才会步入一个真正美好的新时代。库切对实现这一梦想所要克服的困难有清醒的认识，尽管如此，在《铁器时代》中，他还是为这一愿景保留了空间，这也是小说开放性结局的要义所在。

## 四、结语

追问真实是库切女性视角三部曲书写的一大要义，三部曲的主人公苏珊、玛格达和科伦太太在求真的道路上留下了珍贵的足迹。《福》与现实主义小说《鲁滨逊漂流记》互文，对宏大历史叙事，特别是现实主义小说宣称的真实性提出质疑;《内陆深处》借助女性内部视角反拨了阿非利肯女性神话，对世纪交替南非内陆白人女性的存在状况惊鸿一瞥;《铁器时代》中科伦太太的文字控诉了白人种族主义政权的伪善与凶恶，把种族和解的希望寄托在爱与关怀的女性话语和母性传统的回归上。三部曲在言说真实的同时，把关切的目光投向了历史中沉默的种族他者，用女性视角关照自身与他者存在，形成诉求相仿但叙事风格各异的女性视角系列文本。真实的问题最后还是要回归自我，库切又是如何在自传中书写真实的呢？下一章,《男孩》《青春》《夏日》的自我言说。

# 第九章　建构自我真实的三部曲

自传为研究作家的思想与作品提供了很好的素材。库切共著有三部言述自我的作品:《男孩》(1997 年)记录了作家 8~13 岁的少年生活;《青春》(2002 年)描绘了库切 19~24 岁的生活经历;《夏日》(2009 年)为读者展现了作家三十多岁时的人生画像。库切的自传文本与传统的自传作品在何谓“真实”、如何呈现真实方面存在显著的差异。正像许多研究者所注意到的，他的言述自我的作品读起来不像在讲自己的故事，而像在讲述他人的故事。此外，前两部与第三部在叙事手法上也存在明显的不同。本章就以上几点对库切言说“自我”的文本展开深入分析。

## 一、何谓真实: 20 世纪下半叶对自传真实性问题的再认识

一般认为，自传属于非虚构性的纪实文类，真实性是自传文学的核心价值。如，法国菲利普・勒热纳依据叙述内容是否属实这一点，认为作者与读者之间存在两种阅读契约: 小说契约与自传契约。前者赋予作者全权对文本内容进行虚构的权利，后者则要求作者讲述个人生活的真实经历。

勒热纳给自传下了一个明确的定义："一个真实的人在强调他的个人生活，尤其是他的个人历史时将其自身存在用散文体写成的回顾性叙事。"他认为自传与其他文体的区别在于作者、叙事者和人物的三位一体，即三者之间存在着完全等同的关系。他还强调自传作者的目的不是寻求"简单的相似"或"真实的效果"，而是对"真实本身的写照"。伊丽莎白·布鲁斯也持相同的观点，认为自传讲述的所有有关自传者的事件或信息都应被看作是"真实的"，能够经受得住读者通过各种渠道进行验证。从叙述的层次上讲，叙述人是作者的"语法代表"，是一个"个人化的、稳定的尤其是具有同质性的"主体。因此，线性叙事成为自传最基本、最专门的特征。①以勒热纳为代表的对自传较为传统的认知可归纳为以下四点：（1）关于个人生活的真实表述；（2）作者、叙事者和人物的三位一体；（3）"个人化的、稳定的尤其是具有同质性的"主体；（4）线性叙事。

然而，在后现代文化思潮的冲击下，作为自传文类最高叙事伦理准则的"真实性"被打上一个大大的问号。新历史主义理论家海登·怀特认为，历史像文学一样，是一种叙事。"叙述始终是、而且仍然是历史书写的主导模式。"②由于语言的不透明性、历史书写的叙述性质与意识形态性质，自传类文字再现历史真实的诉求很难实现。传记（包括自传）与历史书写在"说史"这一点上有异曲同工之处，前者是对个人经历的描绘，后者注重于对那些关系或影响人类社会发展进程的重大历史事件或人物的梳理、建构。虽然二者的书写对象有所不同，在"说史"的本质上却是一致的：史书书写的是宏大历史叙事，自传是微观的个人史录。传统视域下的二者都竭力强调其叙事的真实性、可信性与客观性，并且以线性叙事的方式对事件进行系统的编排、整理、加工和书写。鉴于自传与历史书写都具有以文字再现历史、以真实性为核心价值追求的共同性，后结构主义"难以再现的历史观"必然波及自传的"真实本身的写照"的传统观念。另一方面，20世纪心理学与神经科学的研究发现记忆是不可靠的，记忆的虚构

---

① 王晓侠：《从新小说到新自传》，《国外文学》2010年第1期，第43页。

② 海登·怀特：《后现代历史叙事学》，陈永国、张万娟译，中国社会科学出版社2003年版，第294页。

性已经成为一些理论家的共识，正像美国学者托德所表述的：“记忆并不是文本形成过程中必须修饰、组织和描述的原材料，它们本身就已经是文本，是经过组织、选择和意义化的结果……记忆已经是虚构的作品……进行虚构的不止是文学家，虚构是人类的一种基本活动，必然存在于自我或身份的形成之中。”[①] 更有甚者，解构主义从对逻各斯中心主义的批判，到提出“互文性”和“作者死亡”的理论，最终消解了自传这一文类。如，保罗·德·曼认为，既然自我不过是一种语言结构，那么自传就不应被当作一种特别的文类来对待。[②] 后现代思想文化思潮对于真实与自我的认知，影响着传记文学的轨迹，使之呈现出多样化的面貌。

库切深受后结构主义历史观的影响，对于自传 / 传记的建构性有充分的认识。在早中期的小说创作中致力于剖析宏大历史叙事的建构性，有这样的实践作为背景，他的“传记是一种故事讲述”的言论也就不足为奇了。库切认为：“传记是一种故事讲述，你从留存在记忆中的过去选取材料，然后将它编排在一个叙述里，这个叙述以一种或多或少没有缝隙的方式领先于活生生的现实。”[③] 也就是说，传记虽然以营造“真实”为己任，然而，它必须依靠记忆构建，以语言作为媒介，并且具有故事性的内在特点，这些决定了它所谋划的真实只不过是相对的真实，不可能达到绝对的真实。同理，自传也不存在绝对的真实，所谓的真相其实是作者的“自我重估”，一个重要的原因是身份建构等现实的考虑可能影响叙述内容的完整与可信性。因而，库切说：“你从记忆库中选择材料来诉说关于你生活的故事，在选择的过程中你删除掉某些东西，比如说省略不提你在孩提时代曾经折磨过苍蝇，从逻辑上讲，就像你说你折磨过苍蝇，而实际上你并没有那样做一样，都是对事实真相的违背。因此，那种认为自传只要没有撒谎就是真实的观点，唤起了一种十分空洞的真相的观念。”“自传中唯一确定的真相

---

① Jane Marie Todd, *Autobiography in Freud and Derrida*. New York: Garland Pub, 1990: p. 50.

② 关于英美学术界“自传死亡”的争论详见杨正润:《自传死亡了吗？——关于英美学术界的异常争论》,《当代外国文学》2001 年第 4 期，第 124~132 页。

③ J. M. Coetzee, *Doubling the Point: Essays and Interviews*. Cambridge: Harvard University Press, 1992: p.391.

是个人的自我兴趣被锁定在个人的盲区。”[①]“所有关于‘我’的描述都是我的虚构，主要的‘我’是不可能复原的……真的，在这个词语经历了和某个人存在的关联之后，生活不会恢复到从前。”[②]值得注意的是，这并不意味着库切否定真相的存在，而是他对传统自传观所宣称的自传呈现绝对真实的论断的质疑，库切的传记观影响了他的自我建构。

为了突破传统传记的“空洞的真相”，呈现事物或自身相对的真相，库切强调“坦白”（confession）这一概念的意义：“坦白的终极目的是对自己或为自己阐述真相。”[③]这实际上是给写作者提出了更高的道德诉求：写作者必须直面自己的内心与良知，不再回避那些可能引发道德争议或良心不安的人或事件。在库切这里，“坦白”的主客体被同一起来：只有把坦白的对象锁定为自身而不是他人，即库切所说的对自己或为自己阐述真相，真相才会较少地受到其他因素的干扰而浮出水面。因此，尽管自传是一种既关系着作者与读者、又关系着作者与自身的双向交流，库切却更加注重后者，认为首要的也是最重要的交流发生在写作者与自我之间，也唯有这样才能保证作者与读者的交流尽可能真实有效。写作者坦然面对自我，力求还原历史真实。在三部曲中，库切没有计较个人形象的得失，如实地坦承了生活中某些尴尬的、不愉快的、甚至有损于他的形象的时刻。可见库切追求的是一种更高意义上的真实。库切的真实观影响了其作品的主体形象建构与叙事手法，是重中之重。

在《男孩》《青春》中，库切选择“以他传的写作方式探究自我真相”，把过去的自我当作客体来研究，对如何呈现真相进行了思索。[④]它们违背了勒热纳的作者、叙事者与人物的三位一体的观念，采用第三人称叙述，而非传统的第一人称叙述视角，读起来像是在讲他人的故事；在时态上，

---

① J. M. Coetzee, *Doubling the Point: Essays and Interviews.* Cambridge: Harvard University Press, 1992: p.392.

② J. M. Coetzee, *Doubling the Point: Essays and Interviews.* Cambridge: Harvard University Press, 1992: p.75.

③ J. M. Coetzee, *Doubling the Point: Essays and Interviews.* Cambridge: Harvard University Press, 1992: p.391.

④ 姜礼福：《以他传的自传写作方式探究自我真相》，《外国文学动态》2010 年第 1 期，第 29~30 页。

一般现在时占据了主导，打破了传统自传作者讲述过往经历时使用过去时的惯例。库切没有丝毫要呈现“个人化的、稳定的尤其是具有同质性的主体”的念头，相反，两部作品所要竭力打破的，就是这种稳固的、连贯的、理性的主体形象，取而代之以一个异质性共存的、流动不居的自我。此外，库切也没有按照时间顺序呈现自己的经历，而是让文本随意识/叙述声音自然涌动。因而，在它们是自传还是自传体小说这个问题上，学界一直存在争议。有些学者认为它们属于虚构的小说文类，诺贝尔文学奖授奖词也持此观点；另外一些学者则认为它们是非虚构类，即纪实性质的自传作品。如《大不列颠百科全书》《哥伦比亚百科全书》都把它们称作自传、回忆录、小说之外的作品。著名作家厄普代克也在随笔《库切和他的青春》中称其为回忆录。高文惠在《库切的自传观和自传写作》中，结合后结构主义历史观，深入探讨了库切的“自传即他传”的观念。她从自传文学的真实性和纪实性这个标准出发，引证了库切本人关于两部作品内容真实性的言论，认为它们应该属于自传。在此基础上，她分析了两部作品所具有的精神分析传记的特点。[①]这一阐释，可谓抓住了库切前两部自传的核心，鞭辟入里。

然而，在《夏日》里，库切玩起了小说的把戏，在叙事创新的道路上走得更远。他想象自己业已离世，年轻的传记家文森特决定写一部库切的传记，内容覆盖1971、1972年作家返回南非至1977年其创作才能为世人所知，也就是库切三十多岁的人生经历。他根据库切留下的为数不多的手稿，走访了五位他认为对库切的生活有过重大影响的人士。《夏日》由七部分组成，开头和结尾是库切本人20世纪70年代的一些日记与笔记，中间是五段采访。日记、笔记部分沿用了《男孩》和《青春》的第三人称叙述视角，风格也类似于前两部传记；中间的五段采访发生于2007年12月至2008年6月之间。《夏日》在文本的实验性上又向前迈进了一大步。这主要表现在：（1）它融入了更多的假想的因素，打破了事实与虚构的边界。（2）在叙述视角上，弃用了之前两部自传使用的第三人称叙述这一单一、

① 高文惠：《库切的自传观和自传写作》，《外国文学评论》2009年第2期，第116~126页。

稳定的叙述视角，而转向多元、立体的叙述尝试。（3）传记的叙事性、建构性问题已经从叙事背后走到了叙事之中，甚至是叙事前景，颇有一些元传记的味道。它是库切在自我言说上迄今为止走得最远的一次尝试。鉴于学界对于《男孩》《青春》已有很好的论述，因而下文将锁定《夏日》，从形式入手，从多种叙事形式的融合、不同视角的并置、文本顺序的编排以及元传记特征四个方面，寻找《夏日》通往主体建构的路径。

## 二、《夏日》的叙事编排与主体形象的建构

不同于《男孩》《青春》由一个相对稳定连贯的叙述声音贯穿始终的叙述模式，《夏日》融入了多种叙事形式，既有传主库切的日记、笔记等资料所形成的即时性叙述与回顾性叙述，又把传统传记很少使用的采访叙事吸纳进来。采访叙事本身又有形式的变化：五段采访采用了基本一致的叙事框架，即采访者提问、受访者回应，间或受访者就某个问题进行提问、采访者予以解释的对话框架；但在第二段采访中，在这一大的对话框架下，又运行着类似《男孩》《青春》的人物内聚焦的第三人称回顾性叙述。原来，文森特把第一次采访玛格特的内容进行了改写。文本记录的是文森特对玛格特的第二次采访，这次他特意前来就改写后的文稿征求玛格特的意见。因而，这一部分出现了采访对话框架套第三人称回顾性叙述的双重叙事。

在《夏日》里，叙事形式的创新与叙述视角的变化密切相连。文本放弃了前两部自传的单一、稳定的第三人称叙述视角，转向了多元视角共存。文本大致包含了两种视角，传主库切的与非库切的。库切的视角主要对应于《夏日》的开头与收尾，即 20 世纪 70 年代库切本人的一些日记（开头部分，注明了日期）和笔记（结尾部分，未注明日期）。这一部分沿用了《男孩》《青春》的第三人称叙述视角和叙述风格，但在部分日记下面，又有库切做的一些点评，如，如何对日记中的部分内容进行扩展，如何突出人物的个性特点，进行背景的补充，等等。这些点评在文本中以斜体显示，未标明具

体的日期。文本借文森特之口在采访中表明，它们是 1999~2000 年间库切为筹划中的第三部自传所做的功课，然而，不知出于何种原因，库切并未动笔。由此可见，库切的视角又包含了 70 年代作为事件、存在体验者的库切的视角，以及 90 年代末作为自传写作者的库切的双重视角。而非库切的视角来自五段采访：采访人是文森特，受访者来自不同国家，有不同的民族与性别身份，都曾在南非生活，与库切有过一段时间的接触。他们是现居加拿大、70 年代曾与库切有短暂情史的犹太人朱莉亚，一直居住在南非的库切的堂妹玛格特，70 年代暂居南非、库切曾对之展开追求的巴西人阿德瑞娜，以及 70 年代库切在开普敦大学的同事马丁与苏菲。这样一来，这一部分就有了包括文森特在内的六个讲述人，而五个受访者的讲述中又隐含了他们过去作为事件的体验者以及现在作为讲述者的不同视角。这些个性鲜明的、外在于库切的目光与库切本人的视角一起，众声喧哗而成为一个时空交错的异质体，彼此辉映、修正，共同参入、建构一段库切的人生。

《夏日》的主体是五段采访。依照文森特透露的采访行程安排以及文本标注的具体的采访时间，按照时间顺序五段采访依次为：（1）马丁，时间为 2007 年 9 月；（2）玛格特，2007 年 12 月初次会面（由于文森特用第三人称改写了玛格特的叙述内容，2008 年 6 月就改写稿进行了第二次采访）；（3）阿德瑞娜，2007 年 12 月；（4）苏菲，2008 年 1 月；（5）朱莉亚，2008 年 5 月。然而，文本没有按照这个顺序排列五段采访，而是把朱莉亚的排在第一，玛格特的次之，阿德瑞娜的第三，马丁的第四，苏菲的最后。这样的编排显然是有独特的用意。如果把马丁的部分排在第一位，那么读者在阅读中难免会受到马丁观点的影响，对于阿德瑞娜和朱莉亚的叙述内容（二者都与库切有过情感纠葛）戴着有色眼镜进行阅读，从而影响到读者阐释的独立性与客观性。把这两个人的采访放在马丁的前面，一方面，可以避免先入为主的影响，让读者依据文本的提示，进行自己的解读与判断，把阐释的主动权留给了读者[1]；另一方面，之后马丁的诘问，又可以在

① 读者可以凭借文本里的蛛丝马迹识别二人某些观点的偏差与判断的主观性。详细分析见后文。

一个更理性的高度反观前者的叙述可靠性，启发读者对前文内容进行再判断与评价，从而留下了更多可以商榷的空间，避免了关于传主库切的一锤定音的判断。有意思的是，马丁质疑阿德瑞娜和朱莉亚的叙述是否足够客观，不被个人感情所左右，依据便是二人与库切有过情感纠葛。他不知道的是，同事苏菲与库切也有过情事，因而，马丁没有质疑苏菲的叙述的真实性。人物已知的与未知的信息影响着他对人与事物的看法。这样一来，文本又形成了对马丁观点的一种反判断，从而消解了把任何一家之言（无论看似多么理性）当成终极判断的可能性。文本次序的编排，折射了库切建构真实的良苦用心。

《夏日》另外一个显著的特点就是元传记特征。元传记是笔者模拟元小说提出的概念。元小说的基本特点是故意暴露创作痕迹，在作品中谈论该作品的创作过程、思路与技巧等，也就是“关于小说的小说”①。《夏日》把元小说的概念移植到传记中，揭示自传 / 传记同小说的写作一样，都是借助语言这一不透明的媒介进行表述，建构传主 / 人物形象，都离不开材料的挑选、加工、删减、润色、谋篇布局等一系列精心考量的过程，从内部打破了传记真实性的神话。自传 / 传记是如何写成的，在《夏日》中走入了叙事之中，甚至是叙事的前景，并且贯穿于文本的始终。这在开头与结尾部分（即传主库切的日记、笔记部分），表现为若干日记后面附有的如何将日记内容转化为自传的库切本人的文字表述。它们以斜体出现，如，在 1973 年 9 月 13 日的日记后：*“故事中显现的他的性格：（a）正直［他拒绝以她要求的（不合理的）方式解读遗嘱］；（b）天真（丧失了一次赚钱的好机会）”*②。在随后的一篇日记后面：*“小心：避免把他对基督的兴趣扯得太远，不要使它读起来像是个皈依故事。”*（13）又如，1975 年 6 月 3 日后的附言：*“继续：从法庭驶出的监狱押送车驶过 Tokai 路；一闪而过的一些面孔，抓紧窗子栏杆的手指；特拉斯科特一家（the Truscotts）如何对孩子们解释这些人的存在，他们中的某些人蔑视一切，另一些人则绝望无助。”*（16）

---

① 华莱・马丁：《当代叙事学》，吴晓明译，北京大学出版社 1990 年版，第 228 页。

② J. M. Coetzee，*Summertime: Scenes from Provincial Life*. London: Harvill Secker，2009: p.12.

这些斜体文字显示了传记写作与小说创作相通的地方：二者都是作者精心谋划的结果，都需要对事件、人物性格进行细致的挑选与打磨，都具有高度的故事性。《夏日》借助日记这一自传写作者们常常依赖的素材来源形式，让传记者们自己说话，从而揭示了自传的故事性与建构性。

由于自传是关于自我的回顾性叙事，其叙事的真实与否主要取决于自传写作者的记忆、对事件与自我的认知等因素，因而无需与传主外的视角发生太多的联系；传记写作则不同，写作者态度是否严肃，立意是否深远，材料来源渠道、内容是否可靠等问题，都直接关系到传记的“真实性”与传主的形象问题。此外，传记写作中，除了传主本人提供 / 遗留下来的第一手资料，还需要参考、结合传主之外的视角，采访也就成为传记写作材料收集的一个重要渠道。《夏日》巧妙地利用采访的形式，通过采访人文森特与受访人的互动，把关系传记写作的上述几个问题带入了读者的视野。如，文本借苏菲询问文森特写作是否立意严肃，暗示了该问题与传记品质的联系。借助被采访人向文森特提问，让文森特就如何挑选受访人的问题进行解答，从而挑明了材料的来源（其挑选的标准带有主观性）与传记真实性的不言自明的关系。而在如何写方面，借文森特之口，对传记书写进行了进一步的解密：文森特要求受访人提供一些“故事”，以便“在叙事与故事之间寻求一种平衡。我已经有了许多观点——许多人告诉了我他们对于库切的看法，过去的，现在的——但是，要想写活一个人，所需的远远不止这些”（216）。这样一来，传记写作的一个重要原则就被解密了。总之，隐藏于传记作品背后的传记写作的种种奥秘，诸如作品的立意、资料的收集与分类等，都被《夏日》挪用为叙事话题，公之于众了。

传记写作者往往需要对他收集到的材料进行编辑与二次加工，形成完整统一的叙事。在这一过程中，视角的变化、内容的删减、叙述声音的处理等问题，都可能导致传记成品与原材料所述内容出现偏差。《夏日》的第二段采访再现了写作者对原材料的艺术加工引发的真实性打折的问题。在这一部分开始，文森特就对玛格特言明，他对玛格特第一次讲述的内容做了编辑，去掉了采访者的问题与提示，润色了文字，增强了故事性，使叙述呈现出一种连贯的、一气呵成的特点。文森特改写的文稿明显带有《男孩》《青春》第三人称叙述者内聚焦的行文特点。然而，他的朗读不时地被玛格特的质疑所打断："我不确定是否可以那样写。"（90）"我不知道你会重写。"（91）"这次我必须抗议，这太离谱了。我压根就没这么说。你把自己的观点强加在我身上。"（119）"不能写那个，不行，这是胡编乱造。"（137）文森特否认重写了玛格特的故事，在他看来，这只是叙事模式的改变，而且"形式的变化不会影响到内容"（91）。然而，正如玛格特所形容的，"你的版本读起来不像是我讲叙过的内容"，形式的变化必然牵扯到内容与阅读感受。至于玛格特的其他异议，文森特承认为丰富故事他添加了些许内容，答应对玛格特表示异议的地方进行修改。总之，这一部分通过传记写作者与材料提供者的互动，抓住了形式变化可能引发的真实性问题，又戏剧化地展现了二者共同参入修订书稿的烦琐过程。这种关于传记的传记把传记作品的产生过程以及相关问题拉到文本的前景，从而解开了库切所言的传记叙述惯常"以一种或多或少没有缝隙的方式领先于活生生的现实"的外衣。

《夏日》刻意消解了传统自传的边界，不仅带有明显的杜撰成分，还把传记产生的幕后过程带入读者的视野中。如此大动干戈目的何在呢？文本借文森特之口，表述了库切本人的传记创作观：与大规模的、一体化的自我投射相比，他更倾向于来自不同视点的、各为一体的、由读者自行合成的多元叙述。（225~226）也就是说，相对于传统的独白性自传，融入了复调性的自我言说在一个怀疑的年代要来得更为切实。从《夏日》的叙事特征上看，库切无疑是赞同这一点的。

在《陀思妥耶夫斯基诗学问题》中，巴赫金指出，复调型小说的人物是直抒己见的主体，他与作者平起平坐，人物的意识与作者的意识都自成权威，形成意识间的"对位"、声音间的对话，而不是作者意识的单纯客体。在这种新格局中，作者的独裁意志受到了节制："作者并没有留给自己——即仅仅在自己的视域内——任何一种实质性确定、任何一个标记、任何一种主人公特征：他把一切都置于主人公自己的视域内，把一切都抛进主人公自我意识的坩埚里。”也就是说，复调型小说的人物不再是遵照作者的意志给予完形的被动体，而是具有独立性、主体性，有自己的意识与自己的声音的自由个体。因而，曾经坚实的、完成的自我定义转变为人物的自我定义；作者在“超位”位置上，以自我的静默授权他人去行使其自由。这实际上是对作者的意识和创作提出了更高要求，要求他对自我意识“进行不同寻常的扩展、深化和改造，以便使它能够容纳具有同等权利的他人意识”①，从而不局限于自我意识/意志，而是兼容外部，以一种拒绝定性的、封闭的思维进行双向艺术思考。库切本人对于巴赫金的思想非常熟悉，曾撰写陀思妥耶夫斯基的评论，指出陀思妥耶夫斯基小说的对话性产生于作家本人的道德品格以及理想②；他还援引巴赫金的对话理论，对布雷滕巴赫的诗作做了独树一帜的评价③。库切认为：“写作的确是对话性的：唤醒自身的对立声音并与它们展开对话。作家是否激发自身的对立声音，即，是否从拉康所说的洞悉一切的主体中走出来，是衡量他的严肃性的一项标准。”④库切不仅在小说创作中注意激发自身的对立声音，从洞悉一切的主体中走出来，还把这种概念挪用到传记写作中，《夏日》的复调型特色主要表现在：打破了传统自传/传记作者独白性的叙述权威，把权力下放给人物，经过对人物功能的提升与传记写作者意志的节制，使人物的意识具有了与写作者意识并列的权力与平等地位，从而在众声喧哗的叙述间性中谋求传主库切的形象真实。

《夏日》的叙事编排最大限度地保留了传记写作者与人物之间平起平坐的格局。传主库切的日记和笔记与五位受访人的叙述并置，汇成时空交错的文本场。该书的作者库切与他的代理人文森特占据了“超位”的位置，不试图以自己的声音压制或覆盖其他人的声音，而是给予他们足够空间以行使其自由。每个人物都有独立见解，享有意识与权力自主。因而，朱莉

① 米哈伊尔·巴赫金：《陀思妥耶夫斯基诗学问题》，刘虎译，中央编译出版社2010年版，第53、77页。

② J. M. Coetzee，*Stranger Shores Literary Essays 1986–1999*. New York：Viking，2001：pp.123–124.

③ J. M. Coetzee，*Giving Offence*. Chicago：University of Chicago Press，1996：pp.223–227.

④ J. M. Coetzee，*Doubling the Point：Essays and Interviews*. Cambridge：Harvard University Press，1992：p.65.

亚能够在叙述中一再偏离库切的主题，讲述“我的故事”，显示了强烈的主权意识；玛格特可以一再质疑文森特叙述的真实性；阿德瑞娜对库切的负面评价可以毫不保留地宣泄出来；甚至在某些对话中，人物的意识占据了明显的上风。如，在对马丁的采访中，马丁并未被文森特说服，他逼问道：“虽然如此，你的这些素材提供者难道没有这个意图（给库切下定论）吗？”文森特无言以对，只好沉默。（217~218）相对于传统自传/传记的独白性，《夏日》更重视奠基于多种叙述“之间”（between）的领域，笔者把它称作叙述间性。传主库切本人的叙述与其他多个主体的叙述相遇，库切的个人形象随着每次叙述的展开，在它与其他叙述的交汇处或被确证，或发生移位、变形，始终处于开放的对话中，是一种未完结的而不断丰富的、未确定而有待充实的形象。《夏日》舍弃了理性、连贯、同质性的主体形象，舍弃了《男孩》《青春》稳定连贯的叙述声音，而转向复调的叙事特征，这正是库切对“自传中唯一确定的真相是个人的自我兴趣被锁定在个人的盲区”的一种矫正。

著名自传研究者依肯认为，自传本质上是一门参照的艺术。[①] 自传作者与自传文本中的“我”互为参照，自传事实与历史事实互为参照。自传文内和文外两个世界的参照和指涉关系决定了自传叙事的“参照性不可靠叙述”[②]。《夏日》的复调性打破了传统自传文内与文外的单向度的指涉关系，判断人物的叙述可靠与否，不仅要看他的叙述中是否存在前后矛盾的地方，更多的还是落实到不同人物叙述组成的交汇处，即看他的叙述与传主库切本人的言论、书中其他人物的言论或观点是否产生了参照或背离关系，并在此基础上做出进一步分析。此外，人物叙述与库切的小说、批评集的互文现象也可以帮助我们判断它的可靠性。例如，库切在女人面前比较木讷，不是个称职的爱人，这一点被几乎每位女性受访者提及，而且与库切的日记也吻合，可见是符合库切对自己的认知的。库切性格比较冷淡，在教书方面不是特别受学生喜欢这一点，为他的同事马丁、苏菲二人的叙述所佐

---

① John Paul Eakin, *Touching the World: Reference in Autobiography*.Princeton: Princeton University Press, 1992: p. 3.

② 刘江:《自传不可靠叙述: 类别模式与文本标识》,《外国文学》2012 年第 1 期，第 121 页。

证，因而也可以判断为是真实的。而库切的追求对象阿德瑞娜对于库切的某些极尽贬低的叙述，由于她的先入为主的观念（从女儿对老师库切的崇拜上判定库切在追求自己的女儿）和偏见（作为巴西难民，她在南非的生活经历使她对南非人深恶痛绝，而库切又是一个常见的阿非利肯人的姓，因此，在见到库切本人之前她就已经有所偏见；而库切教给学生济慈的诗中的"hemlock"一词让她产生了负面联想，更是加深了对他的误解，等等），其叙述的不可靠性很容易被读者识破。值得注意的是，在库切阿非利肯人的身份问题上，玛格特与苏菲的观点产生了碰撞。库切的堂妹玛格特是地道的阿非利肯人，她从内部的视角否定了库切的阿非利肯性，原因是库切既不拥护南非国民党，也不信奉国教，从而揭示了民族身份构成的政治与宗教意味。这与库切自己的创作与言论是相符的。库切在前两部自传、小说和现实生活中多次抨击阿非利肯人，这一点已为学界所熟知，在此不再赘述。而苏菲却不这么看：

> （文森特）这么说，库切的情况是这样的：他的阿非利肯语说得不够地道，也不信奉国教，有着大都市的人生观，政治上——该怎么形容呢——持不同政见，却准备拥抱阿非利肯身份。为什么会这样呢？
>
> （苏菲）我认为，他觉得在历史的注视下，他无法做到与阿非利肯人身份一刀两断而能独善其身，即使那意味着牵扯进阿非利肯人的所作所为，我说的是政治方面。（238）

在小说《铁器时代》中，库切通过主人公科伦太太之口反复表达了"耻"的概念，抒发了一个生活在种族隔离语境里的白人承担祖先的罪过的勇气。苏菲的观点与《铁器时代》以及库切的文集形成了互文，显示了这一时期库切对于阿非利肯人的民族身份的态度，已经从《男孩》《青春》中一味的否定排斥转变为一种痛苦的接受。库切的转变显示了他的政治自觉性，直面殖民罪恶、抨击种族隔离的道德操守，虽然库切依然以"外来者"自居。玛格特与苏菲的身份的差异、视角的差异，形成了对同一个人的不同的评判。而苏菲关于库切的“外来者”角色的解读与马丁的观点又互为参照，马丁把库切的矛盾心态归结为白人在南非“合乎法律但不合乎法理”（legal but illegitimate）的存在，并用“外来者”“暂住者”来形容殖民征服给有良知的白人造成的创伤感:“我们觉得自己是‘当地人’‘根’的对立面，我们是暂居者，临时住户，没有家，没有家乡。我不认为在这一点上我会错误地表述约翰的观点,就这个问题我们谈了很多。”(210)而这一点与《男孩》互文，从而增加了马丁观点的分量：

> 百鸟喷泉的两户混血种人家庭：乌塔·杰普与农庄一体相连；虽说他祖父买下了农庄，从法律上说是农庄的拥有者，但乌塔·杰普之于农庄却是与生俱来的主人，他比任何后来者都更熟悉这儿的一切，关于羊，关于草原，关于气候。(89)
>
> 好像他弗里克要比这些库切们更属于这个地方似的——即便不属于百鸟喷泉，也属于这片干旱草场。干旱草场是弗里克的家乡；而库切们，在农庄大宅的游廊上喝茶聊天的库切们，却像一群季候性迁徙的雨燕，今儿来了，明儿走了，甚至更像一群麻雀，叽叽喳喳，跳跳蹦蹦，却呆不久。(92~93)

在《夏日》中，苏菲曾使用“小说家”的隐喻，意思是每个人都有可能出于某种目的或现实考虑，编织自我的影像，而这一自我的影像可能造成传主库切形象的偏差。纵观《夏日》就会发现，在人物叙述可靠性这个问题上，库切有意识地使用了一些策略，让苏菲和马丁在一些严肃话题上做他的代言人，在不危及传记复调性的范围内审慎地塑造二人叙述的可信度。而涉及库切私生活的朱莉亚、阿德瑞娜则通过人物的自说自话，让她们在认识与价值判断上的偏差于不经意处曝露出来，从而使读者对她们的叙述采取一种保留态度。复调性带来的文本空间规约着人物的叙述，又使库切实践了在传记文学中对（相对）真实的追求，完成了对“自身的真相”

的探索。

一言以蔽之，库切在《夏日》中挪用了巴赫金的“复调型”小说的概念，从传记作者独白性的权威叙述转向外在于传记作者的、拥有独立意志与自主性的人物的多元叙述，通过文本内参照与互文现象，对人物叙述的可靠性进行了规约，在众声喧哗的叙述间性中建构了一个异质的、流动的、相对真实的“库切”的形象。对于如何在一个怀疑的时代建构自我真实这个难题，《夏日》在破与立中做出了有益的探索。

## 三、三部曲的主要线索梳理：生命中的不可承受之重



心理分析认为，早期生活经历对人的影响重大。库切对此无疑是认同的。《男孩》描述的岁月在他的记忆里留下了抹不去的痕迹，与作家人格和思想的形成和发展有密切的关系。库切把它作为自我言说的首部，足见其重要性。《青春》把库切拉回到那段梦想与感伤如影相随的青涩青春期，再现了一个文化外来者在国际大都市伦敦的彷徨与失落。这部作品延续了《男孩》的低沉基调。《夏日》则一改前两部第三人叙事的单一手法，糅合了日记、笔记与采访等多种形式，多视角立体地讲述了传主库切 32 岁到 37 岁的人生轨迹。众所周知，J. M. 库切很少接受媒体的采访，即使接受采访，言谈也相当简短。研究者们多从他的小说和文学评论中或他与后现代文论之间的渊源入手进行研究，在这种情况下，自传作品的出现极大地丰富了库切研究的第一手资料。下面将围绕三部曲的几条主要线索，对它们的内容做提纲挈领的回顾，观看作家生命中的不可承受之重，希望借此可获得关于库切的相对客观的认识，对其思想之生成和走向有一个整体的把握，加深对其作品的领悟。

### （一）自由·抗争·关怀弱者的情怀

“对自由的向往与追求”贯穿了库切的创作。“自由”链接或衍生出许

多其他概念，如“压制”“压迫”“压迫性意识形态”“妥协”“抗争”，等等。库切用讲故事的方式对各种形式的压迫进行了不懈的消解与抗争。在南非种族隔离时期，库切抗争的对象主要是殖民主义与隔离制度；在后隔离时代的南非，暴力的历史循环引起了他的高度关注；移居澳大利亚之后，库切的批评视野更为开阔，任何形式的压迫或压迫性意识形态都可能成为他鞭挞的对象。近年来西方国家借民主理性的名义在全球范围内行经济、文化与价值观的新殖民之实，背离了库切崇尚的多元自主精神，使他在七十多岁的高龄仍不忘洋洋洒洒奋笔疾书，创作了《凶年纪事》。对自由的向往与对压迫的愤懑如影相随，贯穿他的一生，也是他进行文学创作的一个重要元素。《男孩》以库切孩提时期的经历为这种情结的缘起做了有力的说明。

《男孩》描绘的时期正是南非种族隔离政策盛行的时期。按照人种，南非人被划分为白人、有色人种和黑人；按照血统，白人又分为英国人、阿非利肯人和外国人。白人在政治、经济、社会生活、教育等诸多领域享受各种特权；在白种人中间，又以英国人的身份最为显赫，阿非利肯人次之，其他民族的白人社会地位较低。同时，由于信奉基督教的阿非利肯人构成了白人社会的主体，宗教信仰也成为将人群分类的重要参照标准。种族、政治、宗教等掺杂在一起，南非整个社会被划分成一个等级森严的权力体系，影响甚至决定着每个人的思想乃至命运。

库切对自由的向往与生俱来，也受后天环境的影响。由于父母倾向于英国人的观念和习俗，早期家庭教育使儿时的库切误认为自己是英国人：“他庆幸自己不是阿非利肯人，所以他不用这么说话——像一个挨打的奴隶似的。”[①] 他之所以排斥阿非利肯人，不仅在于这一民族身份的排外性与独断性，更由于它时常伴随着言语和行为的暴力。在《男孩》中，阿非利肯人的民族身份与个体尊严不被尊重，个人的思想、言谈举止被格式化，甚至施暴与被施暴。库切看重个人的独立与自由，为此他不惜忍受外界的

① J. M. 库切:《男孩》，文敏译，浙江文艺出版社 2006 年版，第 52 页。

压力。当被问及自己的宗教信仰时，不知如何回答的他出于对古罗马英雄的敬仰回答了天主教。殊不知这个答案将他与信奉基督教的大多数阿非利肯孩子隔离开来。在阿非利肯孩子们进教堂做礼拜时，他与几个犹太孩子被孤立在操场上，这种“把山羊与绵羊分开的把戏”令他十分厌恶。如果说库切的初次回答带有偶然的成分，并非他的本意，那么接下来他对此的坚持则是对暴力欺压的无声抗议。文本用相当多的篇幅描写阿非利肯孩子如何辱骂犹太孩子，对他们施暴。由于宗教信仰不同，小库切与犹太孩子一起沦为被欺压与羞辱的对象。暴力没有使他屈服，反而让他心甘情愿地靠拢犹太孩子，成为介于“我们”和“他们”两种对立身份之间的第三种状态。后来他干脆享受起这段身体上遭受奴役、精神上自由自在的时光来：“虽说要受到真正的天主教徒的威胁，虽说牧师随时可能去造访他的家庭而戳穿他的把戏，他还是对那一瞬间选择做罗马天主教徒而感到欣慰。他感谢教堂给了他蔽身之地；他一点也不后悔，不想停止做他的天主教徒。如果做一个基督徒就意味着唱赞美诗、听讲道，然后出去折磨犹太人，他一点也不想做一个基督徒。”（24~25）而《男孩》对于混血儿艾迪的描写，更是印证了库切追求平等自由的心。与库切年龄相仿的混血儿艾迪离开自己的故乡到他家帮佣，因为想家试图逃跑，结果被英国人特里维廉绑起来用鞭子抽打双腿。库切笔下的艾迪灵巧、友善，然而，混血种人的身份注定“像他这样的人到头来总会进少年教管所的，然后就是监狱”（82）。《男孩》的回顾性叙事把对艾迪的同情与当时的普遍社会状况联系起来：从城市到农庄，“所到各处，混血种人无论遇到了什么事情总得是低三下四的模样（求求你了，我的主人！求求你了，我的老板！）”（90）。种族身份与隔离制度的不公与蛮横，对库切的心灵产生了巨大冲击。库切的坚持始于对自由、平等的崇尚，完成于对暴力压迫的另类反抗，童年的经历造就了他对权力关系的敏锐洞察力以及对弱者的贯穿一生的关切之情。

在这部回忆童年生活的作品里，库切用感人至深的笔触记录了一段埋藏在心的有关糖果包装纸的记忆。他与母亲坐在长途大巴上，手里捏着一张包糖果的纸，他的手伸向车窗外边，糖纸在风中沙沙作响：

“我可以扔掉吗？”他问母亲。

她点点头。他松开手指。

那纸片在风中飞舞着翻卷着。山隘下面是阴森森的深渊，四周环绕着冷冷的山峰。他向后探视一下，刚才飞出去的纸片还在迎风飞舞。

“它怎么回事？”他问母亲，但是她也不明白。

这就是另一桩最初的记忆，是隐秘的记忆。他一直在想着那张纸片，它孤零零地在一片大空旷中飞舞。他本来不该扔掉的。总有一天他会回到斯瓦特山隘口，去找到它，救出它。这是他的职责：在他完成这事情之前他不会死去。（31~32）

薄薄的糖果纸在他的眼里仿佛具有了生命，惨遭遗弃，飘零在空旷的山隘间。此情此景唤起了小库切强烈的责任感与道德心，使他产生了“解救”孤苦的念头。而令他产生冲动的远不止这些。看着羊群被装车运往屠宰场，他“不明白为什么羊就接受它们的命运，为什么它们从不反抗，而只是谦卑地引颈受戮。……当他跻身羊群之中，……他想悄声对它们说，告诫它们危险已在等候”（108）。糖纸、羊群这些弱者的意象引起了库切情感的共鸣，启发他思考，最终达成他对弱者命运的智慧的感悟：“此时此刻，从它们橙黄的眸子里，他看出了某种令人缄默的神色：听天由命，也不妨说对命运的达观，等候它们的不仅是棚屋后面罗斯那双手，还有最终驶往开普敦的货车上载饥载渴的漫长旅途。……它们计算过代价并准备付出——生存于世的代价，活着的代价。”（109）库切的小说里有很多令人印象深刻的弱者形象，有学者对库切疏于强者叙事进行了分析，很有见地。细读《男孩》，就会发现库切对于弱者的关怀始于童年。从库切小说里众多的“达观”的弱者形象判断，《男孩》的这一幕场景与弱者意识是镌刻在库切的意识深处的，化为文学创作的涓涓细流。

这份早期的对弱者生存状态的敏感与悲天悯人的情怀在《青春》里发展成为对专制制度的不齿。年轻的库切之所以远渡重洋来到英国，一个重要原因就是逃避南非的兵役。种族隔离制度罪孽深重，他认为没有义务为这种理应被废除的政治制度卖命。南非的一切成为青年库切极力逃避的创伤经历，《青春》直接提及南非状况的场景并不多，有限的描述中夹杂着对专制体制的猛烈抨击："这事自始至终使他厌恶：法律本身，流氓、打手、警察；拼命为谋杀者辩护、谴责死者的政府；还有报纸，吓得不敢站出来讲出只要长着眼睛的人都能看得到的事实。"[①]《夏日》让文森特走访库切生前的好友、同事，对他反极权、反对一切压迫性意识形态的政治立场做进一步的确认，本章第二部分已作论述，此处不再赘述。

综上所述，对自由的向往与对暴力压迫的抗争等早期生活经历在很大程度上决定了库切为人处世的观念，对作家人格的形成有着难以磨灭的影响。对弱者的关切之情在文学创作中更是发挥出异彩，成就了一系列令人难以忘怀的弱者叙事。库切称自己是"一个热爱自由的人（就像每个锁链缠身的囚徒一样），构建那些摆脱锁链、转脸看到光明的人的表达"，此话极为中肯。这些库切建构的社会边缘人虽然不像强者那般能够主宰自己的命运，然而如诺贝尔文学奖授奖词所言，在"犹疑退缩、无法率意而行"的消极被动中，他们不仅"以无法达到目的为由拒绝执行那些暴虐的命令"，展示了"面向人性的最后一方聚集地"，而且形成了对命运的达观的认识。沉默可以是妥协，可以是无声的抗议，也可以是洞悉人生后的无可奈何花落去，库切的弱者书写可谓内涵丰富、异彩纷呈。

### （二）语言、故事与建构

作家借助语言讲述故事，深入人物的内心世界，创作出一个个性格各异的人物和意味深长的故事。除了具备一双善于观察、善于发现的眼睛和充沛活跃的想象力之外，成功的写作还离不开生动的语言表现力和出众的构建故事的能力。库切是驾驭语言的高手，他的写作不仅内涵丰富，还展现了相当高的艺术功力，使阅读成为很好的艺术体验。《男孩》《青春》呈

① J. M. 库切：《青春》，王家湘译，浙江文艺出版社 2004 年版，第 41 页。

现了一个对语言执着，对如何讲述故事有着灵敏触觉与领悟力的少年和青年库切的形象，作家艺术上的造诣得益于这种早期就已具备的文学天分。

库切很早就对字母表现出浓厚的兴趣。对他而言，字母的象形性包含了某种特殊的含义和情感色彩：如，字母 V 像一支箭，一支向下射的箭；字母 R 是所有字母中最有力的一个，等等。对某些字母的偏好甚至在关键时期左右了他的选择，如在 20 世纪 40 年代美苏对抗日渐激烈、南非人普遍支持美国的背景下，小库切站在苏联人的一边，因为他母亲的名字是维拉，而维拉是个俄罗斯名字，第一个字母是 V；选择天主教与他喜欢大写的字母“R”有很大的关系。字母的象形性，以及字母组合成的词语产生的视觉、听觉甚至触觉的关联，为他打开了想象之门：“通过这漫长的思维之径，他已经发现了 perversion 这个词，它如此阴暗晦涩，让人头皮发麻，那令人困惑的打头字母 p 可代表任何意思，随后迅速通过无情的 r 跌入那报复性的 v。”（63）现代语言学认为词语是由能指与所指构成的纯粹的表意符号，而在小库切的眼里，它是由具有象形特征的字母组合层叠后的通感体验，符号 / 能指、意义 / 所指与它们引发的感性体验达成三位一体。黑格尔认为：美是理念的感性显现。艺术创作是对现实的审美发现与审美再现的过程，离不开感性因素与感性形式，这通常是借助具体的形象传达的。《男孩》里的小库切展现出来的语言天分与强烈的感受力，为他日后成为一名享誉世界文坛的作家奠定了基础。

时光的流逝没有带走库切最初的语言天赋和领悟力，《青春》续写了他的语言能力。像许多名人的自传一样，这部有关青春的作品的一个重要的主题是库切的艺术追求——成为一名伟大诗人的青春梦想。库切玩味文字，进行各种试验，憧憬创作出精美的诗篇。“例如 perfetvid 这个词，有朝一日他将把它放进一首机智的短诗之中，短诗的奥秘在于作为单独一个词的底衬，就像胸针可以是单独一颗宝石的底衬一样，那首诗表面上看来会是关于爱情或绝望的，但却是从一个他尚未完全肯定其含义的悦耳的单词发展而成的。”（67~68）诗不是浪漫主义的情感宣泄，不是意义的简单承载者，而首要表现为形式之美之妙。诗能达意，但归根结底，它是形式之美、乐声之美。尽管库切没有成为一个伟大的诗人，但他对于形式、对于构思的看重在之后的小说创作中被发挥得淋漓尽致。

在语言天分之外，库切对建构的理解以及建构故事的能力也得到很好的呈现。俄国形式主义者什克洛夫斯基强调作家应该致力于创作陌生化的艺术文本，使读者在区别于事物常态的瞥视中达成全新的感悟："作家和艺术家全部工作的意义，就在于……使所描写的事物以迥异于通常我们接受它们时的形态出现于作品中，借以吸引读者的注意力，延长和增强感受的时值。"① 要实现这一陌生化的效果，形式至关重要，在这一方面，库切称得上是高手。他擅长以讲故事的方式，对人们已经习以为常的事物进行陌生化处理，完成对某个命题的思考。如，库切的演讲往往把命题放进故事里，启发听众以一种陌生化的方式审视世界，对某些既定看法进行反思。后来库切把多篇演讲稿串在一起，做了一些额外的修修补补工作，形成《伊丽莎白·科斯特勒：八堂课》这一独特文本。由于这本小说不寻常的由来，学界至今还有是否应把该作品划入小说类的争议。同样，他的自传作品也呈现出融小说因素于一体，以陌生化的方式建构自我的特征。

故事的本质是建构的，既是形式上的建构，也是内容上的建构。《男孩》描述了库切最初的记忆：

> 在约翰内斯堡，他从自家的公寓窗口探出身子。天色暗下来了。远处一辆飞驰而来的汽车驶过街道。一条狗，一条小斑点狗，在前头颤颤地跑。汽车撞上了那条狗：车轮正好撞到狗身上。小狗拖着失去知觉的后腿一步一挪，痛得吱哇乱叫。毫无疑问，它会死去；这当儿，他离开了窗子。
>
> 这是触目惊心的第一次回忆……但这是真事儿吗？他为什么要探出窗子向空荡荡的街上张望？他真的看见汽车撞上那条狗了，还是只听见了狗的叫声，再扑向窗口？会不会是

① 佛克马等：《二十世纪文学理论》，林书武等译，生活·读书·新知三联书店 1998 年版，第 19 页。

> 他什么也没看见，只看见一条狗拖着后腿离去，于是就编织出其余那些汽车和司机什么的？（31）

文本里的“他”在傍晚从“自家的公寓窗口”向外张望，看到一条“小斑点狗”被“远处一辆飞驰而来的汽车”撞倒，痛得吱哇乱叫，这是童年库切向小伙伴描绘记忆深处的一个片段。这一场景具体可感、生动可信，似乎是实实在在发生的事情留在目击者头脑里的记忆。然而，库切没有停留在此，引文第二段的一连串问号点出了记忆本身可能存在的选择性与不可靠性，以及相应的叙事的建构性。究竟是真实记忆呢，还是至少部分是想象力作用的结果？库切不能给出明确的答案。虽然如此，库切出色的讲故事的本领以及强烈的自省意识令读者关注。自省否定了对事物的唯一的、终结性的判定，释放了诠释的多样性可能的空间，这是库切小说的一大特点。库切自我言说的三部曲也同样充满了自省意识。在《青春》中，库切对作家亨利·詹姆斯（Henry James）建构故事的手法的解析也体现出他超凡的洞察力：库切注意到詹姆斯作品的背景设置在什么地方并不是很清楚，但詹姆斯总是能够高明地置身于日常生活琐碎的技术性细节之外，运用人物的对话实现故事的要义：“需要他们（这里指人物）去做的只是微妙的谈话，结果是发生了小小的权力变化，小到只有眼光老练的人才能看出来。当有足够的此类变化之后，人物之间的权力架构就显示出突然的、无法逆转的改变。就这样，故事完成它的职责，结束了。”（71）库切本人也是模糊故事背景的高手，善于运用（隐形）对话或独白展现权力架构的微妙变化，这与他善于拆解与建构故事的能力是分不开的。

后现代主义动摇了超验的根基，终结了本质主义的神话，否定确定无疑的同一性，释放出差异性与多样性。在这种思潮的影响下，建构的对象溢出了故事的范畴，生活甚至主体也呈现出文本性，一切皆在文本之内。在《男孩》中，学校对于库切“不过是个缩至一隅的小世界，多少像是一个还算仁慈的监狱，他每天编织着课堂生活，自己也像是被编织的篮筐”（151）。游走于真实世界与想象界的边缘的小库切以编织作为意象，编织着关于世界与自身的想象。“编织”的意象出现在他的多部小说中，现实与想象的边界变得模糊，文本世界与外部世界的分界线被打破了。主体的形象也开始漂浮不定、自相矛盾，《青春》挑战了传统的同质稳定的主体形象：

> 谁能够说在笔移动的每一时刻他都是真正的自己？此一刻他可能真正是他自己，彼一刻他可能仅仅是杜撰。他怎么能够肯定地知道？他又为什么要肯定地知道？
>
> 事物很少是表面看起来的样子：这才是他应该对杰奎琳说的话。……她怎么能够相信，她在他的日记里读到的不是她的伴侣……心里出现的真实思想，……而相反是虚构的，许多可能的虚构中的一个，其真实性只是在文艺作品所称的真实意义上的真实——对作品本身真实，对它内在的目标真实？（10~11）

主体存在于语言和语言建构的文化网络之中，充满变化与未知性，是流动不居、异质共存的复杂存在。然而，人们习惯了传记里理性清明的主体形象，这在库切看来无异于自欺欺人，这一思想在《夏日》中得到进一步的阐述。借文森特之口库切表明了自己的立场：“我无意对库切下一个定论。历史自有评断。我现在所做的只不过是通过一个故事的多个侧面或多个故事的多个侧面反映他生命中的某段时期。”（217）现实生活中的人是复杂的生命体，不存在所谓的绝对真相；相对于传统的单一视角，多视角的复调型传记更能体现出对自我真相的尊重。不同受访者眼中的库切加上他本人遗留下来的手稿拼接成的影像，虽然存在相互抵触矛盾之处，却更接近真实。

综上所述，何谓真实、如何呈现真实这个命题伴随了库切的一生，他的创作蕴含了对此的思考。库切的多部小说涉及这个话题，《内陆深处》《黄昏之地》《等待野蛮人》《福》《铁器时代》等，都对此做了深入的探讨。

虽然暮年的库切修正了自己曾经坚信不疑的某些观念[①],在“真实”这个问题上，库切却无半点含糊，表现了地道的后结构主义者的真实观。

### （三）俄狄浦斯情结与身份认同

自传写作的一个传统是童年纪事，而传主与父母的关系又是其中必不可少的重头戏。库切言述自我的作品在回顾自身的成长时，亦无法回避母子、父子关系这条轴线，再现了一段爱恨交织的情感大戏。少年时期对母亲的爱夹杂着对她的冷漠和愧疚，五味杂陈；青春期急于摆脱母亲“控制”的迫切心理呈现得丝丝入扣，令人印象深刻。同时，《青春》为读者带来的不仅是母子情感的互动，更多的是一个作家如何摆脱精神束缚、独立成长的心路历程。由于所涉及的年代关系，《夏日》不再聚焦于母子关系，而是描写了老态失意的父亲，克制冷峻的文风蕴含了库切对父亲的歉疚之情。三部曲对双亲的刻画，对母子、父子、父母关系的描述为心理分析提供了绝佳的样本。下文主要考察俄狄浦斯情结（Oedipus Complex）与性别身份认同如何作用于作家的意识与潜意识，并影响其自传作品对双亲的刻画。在某种程度上，库切对母亲的矛盾态度折射了成年后他与其他女性的交流与互动模式和问题。

童年是一个孩子最依恋母亲的时期，母亲在《男孩》中占据了很大的比重，库切对母亲的那种爱与逃离的纠结的矛盾心理跃然纸上。由于采用人物内聚焦的叙述方式，母亲的形象基本上是通过小库切的眼睛、情感与意识展现的。在这个母亲主导的家庭里，父亲只是一个“挣一份薪水给家里提供经济来源的”“附属角色”，事业上的失意使他丧失了应有的位置，成为全家人厌恶的对象。母子间的情感纽带是贯穿全书的一个主要线索。弗洛伊德认为，俄狄浦斯情结是儿童对父母的情感体验，主要由无意识的爱和敌意的欲望组成。它包括对异性父母的性欲望（表现为爱）和对同性父母死亡的期望（表现为恨）。俄狄浦斯情结体验通常在3~5岁间达到高

① 详见本书第十章“从库切对现实主义的态度转变解读库切创作的新方向”。

峰，然后进入潜伏期。它在人格结构形成和人的欲望倾向中发挥最基本的作用。[①]《男孩》渲染母子之爱：母亲甘愿为他付出一切，即使牺牲生命也在所不惜；他也坚定地站在她这一边，仇视父亲，希望把他逐出家庭生活。《男孩》的文本看似是俄狄浦斯情结的戏剧化再现。

然而，《男孩》的开篇描述了库切如何与父亲结盟反对母亲骑单车的情景。小库切一反常态，没有支持母亲。在他看来，踩着踏板驶上杨树大街的母亲是在“从自身逃离开去，逃向她自己的欲望。他不愿她走。他不愿她有自己的欲望。他要她一直待在屋里，当他回家时，她在家里等着他”。所以，“尽管他喜欢和她结成一派抗拒父亲，尽管对她有愧疚心理，可是这一次，他却站在了男人一边”（4）。引文一方面显示了俄狄浦斯情结的作用，即一个男孩排斥父亲、独占母亲的欲望，另一方面，男人、男人的一边，这些字眼又微妙地折射了男性儿童最初的性别身份意识。小库切对于“正常”家庭的认识以及对自己家状况的不满，更是显示了男性身份认同的心理趋向。在他看来，在正常的家庭生活中，“父亲应居于家庭最高位置，他早有这种心理准备：这个家庭属于他，妻儿都在他的卵翼之下”（11）。这是男性主导的家庭模式常态，而自己家偏偏是以母亲为主导，父亲是个可有可无的，甚至是令人厌恶、遭人唾弃的角色。尽管热爱母亲、痛恨父亲，这种家庭模式其实并不为小库切所认同：文本用“不正常的”“畸形的”等字眼来形容他对此的看法，因而，生长在这种家庭里的自己是“不正常的”。他把责怪的矛头指向母亲，因为她“没有把他们当作正常小孩来养，没有让他们过一种正常的生活”（7）。

该怎么理解小库切对于母亲的这种矛盾心理呢？拉康认为，处于子宫内的胎儿享有一种自足的状态。这个状态下的母子浑融一体，胎儿所有的需要都能得到满足；婴儿出生后一段时间内仍然沉浸在这种状态中，与母亲没有完全区分开来，无法识别自己与外在事物，认为一切还是圆满的。这种与母亲身体合一的阶段被拉康称为“现实界”（the Real）；接下来的镜

① J. Laplanche, *The Language of Psychoanalysis*. Trans. Donald Nichoson Smith. New York: W. W. Norton & Company. 1973: pp.282–283.

像阶段拉开了“想象界”（the Imaginary）的序幕。儿童开始逐步辨认出自己的身体形象，从而获得自身身份的基本同一性；“自我”通过镜像中的影像他者得以形成，自我与他者构成了一个想象的世界。在镜像阶段之后，儿童开始走向主体认同的道路。虽然此时的儿童极力把自己与母亲的欲望等同起来，然而母亲的在场与不在场使他不得不接受母亲实际上是一个与自己分离的他者，而且母亲的欲望对象还指向父亲。父亲的出现禁止儿童成为母亲欲望对象的想法，他不得不放弃对母亲的欲望，转向对父亲的形象认同来塑造自己的人格，遵循所谓的“父亲的法则”（the Law of Father）。拉康用“父亲的名字”来指称象征性的父亲，它是整个“象征界”（the Symbolic）的核心能指。儿童认同“父亲的名字”，进入象征界，获得自身的主体性身份，得到社会的认可。①这样一来，对于母亲，男性儿童往往表现出一种矛盾心理：一方面在情感上依恋母亲，渴望回到真实界与她亲密无间的自然状态中；另一方面，对阉割的恐惧以及身份认同机制的需要，又促使他约束自己，遵循社会法则。这种既依恋又逃避的矛盾心态在库切与母亲的互动中表现得淋漓尽致。

由于主体身份是建立在认同“父亲的名字”这一象征界的核心能指的基础之上，小库切对母亲的难以言表的矛盾心态就不难解释了。尽管视母亲为生命的基石，爱她所爱、想她所想，然而，出于男性身份的建立与身份认同的需要，他又不得不从她的爱中、从母子纽带中疏离出来，即使伤害了她的情感也在所不惜。小库切把母亲主导的家庭投射为“不正常的家庭”，因为这类家庭背离了“父亲的名字”这一能指，背离了它所表征的角色常规。正是性别身份的无意识使他把母亲投射为他不如意生活的罪魁祸首。他打网球磨破了脚不肯上学，母亲顺应了他的想法替他请假。然而当别人得知他请假的理由取笑他时：“只有他一个人生着那么娇嫩的脚掌，并不是故意要怎么样，区别就这么显出来了。突然之间，他成了孤零零的——他，他身后，是他母亲。”（10）“娇嫩的”多与女性和女子气质联

① 拉康：《拉康选集》，孝泉译，上海三联书店 2001 年版。

系在一起，是一个具有强烈性别身份意蕴的词语；而“孤零零的”意象更是把他从男性群体的常态建构中区分出来，二者交叠为阉割恐惧。与其说小库切表达的是对传统的家庭模式的向往，不如说是一个男孩在一个以父亲的法则为核心能指的文化体系里确立主体身份的心理需要。正是这种需要使他对母亲不满，把她当作替罪羊。虽然他意识到自身的问题，然而更多地把不能融入群体的原因归结于母亲。他甚至渴望父亲“承担起应有的角色揍他一顿”，使他恢复成“正常的男孩”，但他也明白，如果父亲真的这么做，他一定不会善罢甘休。他不时地刺激父亲，因为明白对方不会贸然对自己动手，因为母亲与自己站在一起。可见，小库切不仅对母亲有种既爱又怨的矛盾情结，对于父亲也是如此。一方面，他看不起父亲，极力排斥他；另一方面，他又暗中渴望父亲能够承担起应有的角色，在家庭范围内重树“父亲的名字”的位置与功能。库切对双亲的矛盾心理，恰是俄狄浦斯情结与社会文化体系中“父亲的法则”这一核心能指交互作用的张力的结果。

儿童主体性的形成与家庭环境密不可分，孩子与父母的关系尤为重要。在一个父亲长期不在场的家庭中，儿童的人格发展可能会偏离常规。心理分析学家格林格勒认为：“自我的分裂常常被置于这样的背景上，即它涉及一种对母亲或姐妹的过分依赖，同时这种对于性别身份的迷茫被不断强化和延长……当父亲缺席或被低估而导致其影响受到削弱时，这种自我认同……会更稳定地存在。”① 从心理分析的角度看，小库切有些分裂表现就不足为怪了。“父亲的名字”在家里失去其应有的位置与功能，儿子试图取代他，像个“易怒的小霸王”；而在学校，他却表现得“像一只小羊羔，柔顺而谦和，两面生活使他背上了不堪负荷的重负”。男性特质与女性特质、攻击与柔顺在他身上同时分裂地、矛盾地存在。他在情感上依恋母亲，也因此恐惧母亲，害怕“一辈子都得背负爱的债务，……让他动弹不得，让他恼怒不已，所以他从来不吻她，也不肯让她碰自己”（50）。在西方二元

---

① 转引自 Carl P. Eby，*Hemingway's Fetishism: Psychoanalysis and the Mirror of Manhood*. Albany：State University of New York Press，1999：p.191。

对立体系中，理性、头脑是与男性联系在一起的，而情感、身体往往与女性联系在一起，库切对母亲的态度显示了他担心认同母亲 / 女性或情感可能弱化自身的男性身份或男性气质。因而，他陷入了劳伦斯式的两难中，在爱与疏离、反抗的游戏中拼命挣扎，这种矛盾心态表现为：

> 她一切的爱都包含着十足的戒意，好像随时准备扑上来，保护他，把他从危难中拯救出来。如果他尚有选择的余地（当然他永远也别想有），那也许就会转身投入她的呵护，自己的生命由她摆布算了。可他知道自己没有退路，他很清楚母亲对他的监护之严，所以他要尽全力抵御她，永远也不会松懈自己的防卫，永远也别给她机会。
>
> 爱：这就是所谓的爱了，他在这个陷阱里撞来撞去，像一个手足无措的可怜的狒狒。（132）

库切用一场没有硝烟的战争来形容母子间的情感关系。“扑上来”“全力抵御”“没有退路”“永远也不会松懈自己的防卫”等字眼显示了战争的残酷。对他而言，只有对母亲、对感性的爱进行不懈的抵御，才能保全自我，确立男性主体的身份。库切与母亲的关系是《男孩》最亮眼的部分之一，它如实地记录了库切夹在母亲与“父亲的名字”的法则之间，夹在爱与身份认同机制之间的痛苦与彷徨，为此他不得不逃避母亲、逃离自身情感的心路历程。联系自传系列的第三部《夏日》，就会发现那些女性受访者，如与他有过情事的朱莉亚、阿德瑞娜、苏菲等人，都印证了库切作为一个爱人不肯投入、疏离的特性。或许这是库切早期与母亲情感互动模式遗留下的无意识反应吧。

在《青春》中，性别身份意识更多地与作家成长的主题关联在一起，逃离的主题与文学上的建树做了关联：只有摆脱母亲的情感需求以及对她的情感需求，才能在艺术上有所作为。相较于《男孩》，这本书涉及母亲的篇幅有限，原因之一在于此时库切已经远离母亲，开始独立生活。尽管如此，它还是建构了一个青春期身份意识日益坚定的库切。“他知道自己的冷淡使母亲很难过，他一生都以冷淡来回应她的爱。在他一生中母亲想无微不至地照料他，他一生都在反抗。……只要给她一点机会，她就会为他的公寓缝窗帘，给他洗衣服。他必须硬起心肠来对待她。现在还不是放松警惕的时候。”（19~20）这本自传延续了《男孩》中对被母亲以及母亲所代表的普遍意义上的强大女性（即对常态的男权模式构成挑战的女性）象征性阉割的恐惧。库切曾经评价多丽丝·莱辛的自传，认为其中的一个亮点是莱辛与母亲矛盾关系的写照。其实，他自己的自传又何尝不是如此呢？而且由于性别身份的关系呈现出更为错综复杂的特点。

《夏日》对过往的岁月进行了再审视与重估。母亲在叙事中仅有零星的呈现，更多的是库切之前极度排斥的父亲的形象。《夏日》涉及的这段岁月母亲已经不在人世，只剩下父子二人相依为命。《男孩》里曾经面目可憎、无所事事的父亲现已老迈、孤苦，做着毫无乐趣的工作，与库切别别扭扭地生活在一所破败的老房子里。由于《夏日》独特的叙事形式，父亲的形象、父子二人的关系是从包括库切本人在内的多个人物视角展现的。库切本人的视角主要在开始与结尾的日记或笔记里，在这一部分，他回顾了儿时的自己如何出于对父亲的厌恶而故意划伤父亲最喜欢的歌剧唱片并毫无悔意，与《男孩》形成互文；描述了父亲严谨刻板的工作态度与辛苦劳作；记录了三十多岁的自己对父亲的同情与对其境遇的感同身受。此外，多个受访人，如朱莉亚、玛格特、阿德瑞娜的叙述里都提到库切的父亲。在他们看来，父亲是个孤独可怜的、温和有礼的老人，虽然不大说话，却比库切本人容易相处；此外，他们都注意到父子二人的关系并不融洽。这样一来，《夏日》就修正了《男孩》里一面倒的负面的父亲形象，展现了故事的另一面。虽然对于父亲库切依然没有对母亲那样强烈的情感，他的愧疚、悔过之情却溢于言表。库切把父亲一生的失意归结为家庭生活的不幸：一个不听话的妻子和一个从小就忤逆他的儿子，库切对父亲、对自己的家庭生活进行了重新诠释。这不禁令人回想起《男孩》的开篇：“站在了男人一边”。人到中年的库切回首往事，像 D. H. 劳伦斯一样，站在了父亲/

男人这一边。在造成这一转变的诸多因素里，以父亲的法则为核心能指的社会文化体系以及在此体系下的身份认同机制发挥了相当大的作用。

### （四）客居他乡的自我流放者

《男孩》《青春》令读者动容的还有库切字里行间倾泻出来的孤独感，这孤独犹如一颗毒瘤侵扰了作家敏感的心灵，同时又催熟了他的心智。

孤独既是天性使然，也是环境酿成的苦果。首先，如前文所述，库切挚爱自由的灵魂与周遭的压抑环境相抵触，产生了强烈的疏离感与孤独感。其次，虽然身为阿非利肯人，由于父母是老派的亲英分子，他们家的思想观念、行为做派与阿非利肯人的社会圈子格格不入，乃至在很长的时间里库切混淆自己的民族身份，不肯以阿非利肯人自居而错把自己当成英国人："因为他们在家里说英语，因为他在学校里英语总是第一名，他觉得自己是个英国人。虽说他名字上是阿非利肯人的姓氏；虽然他父亲身上阿非利肯人的血脉更多于英国人的血脉；虽然他说阿非利肯语不带一点英语口音，但他一刻也不认为自己就是个阿非利肯人。"（133）库切抗拒阿非利肯人的一切，排斥它的语言与文化，字里行间却又流露出与它割不断、剪不断的渊源："一旦他会说阿非利肯语，生活中的难题似乎突然迎刃而解。阿非利肯语像魅影附身似的走到哪儿都跟着他，使他很自然地进入其中，突然换了一个人似的，变成一个更普通的孩子，更快活了，走起路来脚步也更轻松。"（134）语言是民族文化与民族身份的载体，文化与身份的错位使库切从小就与周遭产生了强烈的疏离感。对于英国文化他心向往之，虽然语言不是问题，但是，他也本能地明白"在被接受为一个真正的英国人之前，显然还需要面对其他的考验，……有些是他根本无法通过的"。来到英国后，发现自己作为一个外国人，特别是一个来自前殖民地的南非人，无法融入的尴尬与痛苦。讽刺的是，在地地道道的英国人眼里，他不过是一个布尔人（即南非阿非利肯人），一个他之前竭力排斥的民族身份。库切把南非以及南非的民族身份与痛苦、孤独连接起来，竭尽所能地忘却南非，忘却他痛苦的始作俑地："他宁愿像把南非的土地留在身后一样，把南非的自我也留在身后。……他不需要想起南非。如果明天大西洋上发生海啸，将南非大陆南端冲得无影无踪，他不会流一滴眼泪。他将是被拯救者中的一个。”（69）却发现自己依然牵挂有关南非的消息。爱恨缠绕、欲罢不能、欲说还休的库切认为“痛苦是他的生存环境。他在痛苦之中犹如鱼儿在水中那么自在”，并发出“我们的孤独感会消失吗？”的感叹。（72）身份的错位、文化的失根引发的在陌生的伦敦的焦灼感，足以用精神创伤来形容。

如果说身份错位和边缘意识是少年库切难以释怀的心结之一，那么文化失根之痛则是作家的青春过往的主音，这种失落感终生伴随着他，无论库切居住在哪里，都有一种漂泊异乡的客居心态，这点在《夏日》里被清晰地表述出来。《夏日》借受访者马丁之口，对库切的“失家园”意识做了注解。虽然生于南非，生长在这片土地上，然而，受到后殖民思想影响的库切对于殖民者的“外来者”“不合法的土地所有者”的身份是相当敏感的，这点详见前文的引文和论述，此处不再赘述。这也导致无论库切身处何方，都摆脱不了客居者的身份和孤独感。然而就文学创作而言，这不失为一种优势，使他能以外来者的相对客观、独立的眼光审视他乡与他乡文化，为创作抹上一层流散（diaspora）特色。库切在创作的早中期以国际视野书写南非问题；移居澳大利亚之后又以外来者的视角观察评点美、英、澳大利亚等第一世界国家的政治、经济、社会和文化问题，往往一针见血，应该说是得益于这份文化“外来者”的独特视角与心态。

### （五）凋零的白人农庄

孤独与失落感在三部曲中贯彻始终。与这种不可名状的失家园情绪联系在一起的，是白人农庄文化在南非的无可奈何花落去。从三部曲特别是《男孩》看，库切对传统的白人农庄感情极深，他热爱滋养了万物的土地，认为它征象了圆满自在的生活。他的内心是与农庄、与土地紧密联系在一起的。《男孩》细述了小库切对农庄的依依不舍，仿佛孩子依恋母亲一般。他笔下的干旱草场不亚于一个物产丰盛肥美的宝地，一个受到神佑的福地：

“好像这片干燥的土地里生出的任何东西都被赐予了福祉。”（96）库切对大地的这股浓浓的眷恋在他的小说中也时有体现，如《幽暗之地》《等待野蛮人》批判了对土地的施虐和掠夺性行为，《迈克尔·K 的生活与时代》通过主人公的视角，赞美大地的生命价值，对人类与生命之根的扭曲关系做了恰如其分的反思，并对未来的人与土地的关系做出建设性的构想。在《男孩》中，农庄是自由幸福的生活本身，是物质富足与精神自由的具化。库切对农庄的溢美之词不胜枚举，把它比喻为母亲：“他有两个母亲。他出生两次：一次产于母体，一次生于农庄。两个母亲，没有父亲。”（103）母亲的隐喻突出了农庄滋养生命的本性以及他对农庄的发自肺腑的热爱，然而，

> 他愈是回顾农庄生活，就愈是感到他的爱已到了痛苦的边缘。他也许可以去农庄做客却永远也不可能生活在那儿。农庄不是他的家；他在那儿永远只是一个客人，一个不自在的客人。甚而如今日复一日地过去，农庄和他之间岔开了两条不同的路，这两条路并非愈益趋近，而是愈来愈扯开了距离。总有一天，农庄会完全闪开，完全消失；他一直为它的逝去而感伤。（85）

正像对待母亲的态度一样，对于农庄库切也是痛并爱着：他渴望与之亲近却又不能，这种失落感深深地紧紧地裹挟了他，爱之深、痛之切。库切用“根”与“母亲”隐喻他与农庄的亲密无间，农庄的逝去令他极其痛苦却又无可奈何。《男孩》存在两条主要叙事线索：与母亲的和与农庄的，二者并行，互为指涉。《夏日》通过库切堂妹玛格特的回顾性叙述再次谈到库切对农庄的爱：“他谈起卡卢农庄（Karro），仿佛它是天堂！”（108）与《男孩》形成互文。

库切的失落产生于白人农庄文化在南非的宿命：一方面，城市化、商业化进程的加剧促使越来越多的白人离开农庄，去城市谋求发展，农庄作为一种传统的生活方式只是少部分人的选择。如，库切的祖父是当地的一

位名士，当过市长，经营农庄非常成功，以“农庄绅士”自居，他的子女之中只有一人留在了农庄，其他人都在城市里谋生，库切一家就是典型的例子。另一方面，出售羊毛带来的可观的经济效益促使大多数农场主放弃传统经营转向畜养羊群，他们中很多人由于经营不善不得不变卖农庄，许多农庄落入犹太商人的手中。库切的舅舅因此失去了祖业，库切母亲家族的成员对此耿耿于怀。通过库切家的经历，《男孩》于无声处展现了传统的白人农庄以及农庄文化在南非无可奈何花落去的状况，体现了作家对历史的高度敏感。在南非，白人人口所占比例极少，他们依靠种族隔离制度的庇护，取得了土地所有权。虽然《男孩》记录的是库切少年时期的生活经历，文本的叙述声音却是成年库切的，流露出强烈的反种族隔离制度的倾向。在土地归属问题上，明确了土著人才是土地的合法主人。文本对于农庄的主人做了法律意义与天然意义的区分：虽然库切的祖父买了农庄，是法律上的主人，然而在他内心深处霍屯督人才是土地的真正的主人，“他们来自这片土地，而土地也来自他们，土地是他们的，一向如此”（65）。正是在这个意义上，尽管库切对于农庄怀有“神秘而神圣”的归属感，却敏锐地意识到，像库切家这样的外来家族只是暂居者，如同季候性迁徙的雨燕待不长久。更重要的是，“百鸟喷泉不属于任何人。农庄比他们任何人都伟大。农庄从永恒走向永恒。等他们都死了，等到农庄大宅倾塌，就像山坡上的牲畜栏一样，农庄还是农庄”（102~103）。象征了白人农庄文化的农庄大宅是某一具体历史阶段的产物；而农庄 / 大地作为一种自在之物，有恒在性。虽然《男孩》没有涉及农庄归属的历史变迁，然而从白人、土著人与大地的联系中，从白人农庄文化的落寞中，文本已经预示了土地所有权的变迁，这在《迈克尔·K 的生活与时代》《铁器时代》，特别是小说《耻》中化为现实。《夏日》则通过玛格特的叙述，再现了白人农庄凋零的现实。虽然玛格特与她的丈夫卢卡斯在城市里拼命工作，用以补贴农庄的开销，却难以在一个彻底改变了的历史语境里维持白人农庄家长制式的传统经营模式。可以说，白人农庄文化的逝去以及库切对此的痛苦感知加深了库切自我言说的作品的深度与力度，在情与理的平衡中为他的创作奠定了基调。

## 四、结语

本章考察了库切的三部自传作品，《男孩》《青春》与《夏日》，认为库切在言说自我的方面进行了有益的尝试。库切并非创新写法的第一人。早在 20 世纪 80 年代，法国罗伯 – 格里耶的新自传就吸纳了 60 年代新小说的特点，塑造了介于真实与虚构之间的主体形象。虽然库切的自传作品与法国派的新自传之间存在明显的不同，二者同属自传的新写法的行列，突破了传统的阈限，通过叙述视角、声音的调整，甚至将虚构成分融入传记里，极大地丰富了自传作品的可读性，开拓了这一文类的潜能。然而，新式自传不应在小说 / 虚构的道路上走得太远，“新”应体现在叙事手法上的创新，而不是从根本上背离书写“个人历史”的意图，否则它就不应归入传记文类。在拿捏自传能够走多远的方面，库切的尝试是成功的。这背后是库切对何谓真实的认识、追求与坚持，唯此他才避免了某些新自传在真实与虚构关系上的迷失，在把握两者的距离上表现得游刃有余、进退有度。

# 第十章　从库切对现实主义的态度转变解读库切创作的新方向

库切是现实主义小说的批评者。他曾在多种场合对现实主义小说发表过不恭的评论：如 1987 年，在题为《今日小说》的演讲中库切指出，当代小说大致可以分为两类：一类附属于历史书写，即针对某个特定的历史时期创作出令读者产生仿佛身临其境般逼真感觉的故事，在人物的矛盾与事件的冲突中体现对立力量；另一类小说则依照自身的律动前行，进化出小说特有的模式，从而构成与历史的竞争关系。[①] 这里提到的第一类小说就是传统现实主义小说，库切批评它沦为历史的附庸，丧失了小说的独立性；而后一类的创新性小说（如编史元小说）则为库切青睐，长期以来他是这类小说的倡导者与践行者。库切对现实主义的批评以及对事无巨细的白描手法的刻意回避为国内外的研究者所关注。已有研究论及库切与现实主义的关系，如段枫指出，库切小说不仅在内容上反映了人物对历史神话结构的思索，在形式上也打破了传统现实主义小说试图模仿历史写作的幻象，

① J. M. Coetzee，“The Novel Today.” *Upstream* 6，1 ( 1988 ): pp. 3–4.

完成了对传统现实主义的继承与超越。①

库切与现实主义的分歧，主要体现在对以下几个问题的思索上：其一，文本能否真实地再现现实？现实主义坚信客观现实真实存在并可以被文字再现，而深受后现代思潮影响的库切认为语言并非透明的载体，文本只能建构一个虚拟的世界。其二，“逼真效果”是否是文学创作的第一位的追求目标？现实主义小说认为理应如此；库切对此持反对态度。在他看来，一味追求对外部世界的精雕细琢的模拟会束缚艺术家的想象，妨碍艺术创作的独立性。这也是南非时期的库切创作受到其国内左派批评的重要原因。在种族隔离时期，南非的本土作家把现实主义文学作为政治批评的有效形式，他们不厌其烦、细致入微地描写普通大众的生活。库切的同胞、同为诺贝尔文学奖得主的戈蒂默把创作的目标界定为“通过准确地刻画历史事实对社会负责”②，在当时可谓是一种代表性的声音，而深受后结构主义思潮影响的库切却对此不以为然。他认为，由于现实主义小说对传统历史学静态、独调式的话语体系缺乏充分的认识，其陈旧的观念和表现手法已经无法胜任新时代的要求，因此，小说创作必须推陈出新。③ 由此可见，库切弃现实主义传统而扬新文学理念，固然与他谋求艺术自主、艺术创新的主张有关，也是基于后结构主义对历史话语本质的认识与思考。创作理念决定作品的形态，库切将上述理念运用到创作中，《幽暗之地》《内陆深处》《福》《伊丽莎白·科斯特勒：八堂课》等一系列融杂糅、互文、戏仿、元小说特征的后现代派作品问世，库切用文学实践验证了他的“走出现实主义”“走出经典”的文学观。

然而，在《凶年纪事》中，库切一改对传统现实主义的不屑，苛责自己为“经典的忤逆之子”④，悔过之情溢于言表。库切抒发了对 19 世纪俄国

---

① 段枫：《历史的竞争者——库切对传统现实主义的继承与超越》，《当代外国文学》2006 年第 3 期，第 28~36 页。

② Nadine Gordimer，“The Idea of Gardening.” *New York Review of Books* Feb. 2 ( 1984 ): pp.3–6.

③ Joanna Scott，“Voice and Trajectory: An Interview with J. M. Coetzee.” *Salmagundi* 114/115 Spring-Summer ( 1997 ): pp.82–102.

④ J. M. Coetzee，*Dairy of a Bad Year*. London: Harvill Secker，2007.

现实主义经典的景仰之情："他们（托尔斯泰和陀思妥耶夫斯基）教会别人如何成为一个更出色的作家；'更出色'并非针对技巧而言而是指向更高的伦理准则。他们战胜了人的虚荣与自大，廓清了我们的视线，强健了我们的臂膀。"(227)尽管此番言论是借小说的中心人物J. C.之口吐出，然而，J. C.与库切本人之间存在太多相同，笔者与学界的许多研究者持相同观点，认为这样的处理暗示J. C.是库切借古论今、抒发胸臆的替身。暮年的库切借用J. C.的名义回首漫漫人生路，对当下西方文明浅薄的道德感给予了毫不留情的批判。[①] 那么，该怎样理解库切上述有关现实主义的言论呢？难道他要调转靶子，成为传统现实主义的拥趸？笔者认为，库切对现实主义的修好之辞可以做以下解读：其一，它体现了后现代倾向消褪后的库切对文学创作本质的审思，传递了作家把新时期的创作向道德和生活主题靠拢的意旨。其二，在艺术表现手法上，库切依然故我，继续在创新与继承之间探索一条可行之路。因此，库切的示好不是简单地回归现实主义传统，而是在承继了后现代艺术与思想精华之后的道德回归、生活回归。库切的这一转向影响了他的后期写作，在传统与创新、道德与艺术的探索中，库切的创作迈入了一个新阶段。

## 一、库切晚期作品中形式的实验性与对德性问题的探讨

库切的晚期作品《慢人》与《凶年纪事》中令人瞩目的一点是小说对道德/德性的探索与对体现人性价值的新伦理的尝试性建构。其实，作为一个对身份有着高度敏感意识的作家，"道德""耻辱"之类的词在南非种族隔离时期的库切小说中就已经频频出现，库切对道德话语的触碰并非首次。不同的是，之前库切的小说构架在后殖民、后现代的宏大议题下，库切对道德/德性的探讨常常是遮蔽在历史、话语、权力、身份等叙事背后的，

① 详见本书第五章"库切的政治观与文学创作"部分。

其基调是悲观的，悲天悯人的；而在这两部小说中它发展成意义重大的显在主题，无论是探讨的频度、力度还是深度都是前所未有。这也是经历了后现代文字游戏与虚无主义后的库切回归道德、回归生活的思想指导了艺术创作的结果。

《慢人》大致分为两部分：前 12 章描述了主人公退休摄影师保罗遭遇车祸，被迫截肢，爱上了女看护玛丽亚娜，保罗在单相思中裹足不前；自称是作家的伊丽莎白出现在小说的第 13 章中，她上门拜访保罗，称保罗是她笔下的一个人物，由于他无所作为，她的创作几乎陷于停顿，不得已她才来催促保罗采取行动。正像许多研究者所观察到的，《慢人》的后半部分出现了叙事重心偏移，从一个发生在男女之间情愫萌动的现实主义版爱情故事转向作家与小说人物之间的博弈，难怪大部分研究者把重点放在了对其元小说的结构分析上。同样，《凶年纪事》也因其实验派的写作手法备受关注，如美国文化刊物《村之声》（*Village Voice*）如是评述：

> 《凶年纪事》三股叙述流分头并进，每一页都层层相叠，读者须立即决定采用何种阅读方式：或是顺着一股叙述流一路而下；或是逐页的，从上到下把三股叙述流依次读完。……从复调的意义来看，他的天赋不亚于他最倾慕的音乐大师：巴赫。①

简言之，库切小说的创新性与实验精神已经赢得了学界的充分肯定，而两部小说的道德内涵与伦理呼唤虽然引起了部分研究者的兴趣，却没有得到足够的重视②。这两部小说均以老年人作为主人公，抨击了当下西方社会几种流行的伦理观，字里行间流泻出爱的缺失的社会现状引发的焦灼感

---

① Allen Barra. "Coetzee Does Coetzee ( Sort of ) ." *Village Voice* Web. 25 Dec. 2007.

② 这一话题的探讨见于 Jonathan Lear, "The Ethical Thought of J. M. Coetzee." *Raritan* 28, 1 Summer ( 2008 ): pp.68–97; John Lanchester, "A Will of His Own." *The New York Review of Books* 52, 18 ( 2005 ): p.4; Kerryn Goldsworthy, "Portrait of Pain and Pity." *The Age* Sept 3 ( 2005 ): p.5; 秦海花:《拓展小说极限，寻求新的主题——从〈慢人〉看库切的后现代主义小说观》,《当代外国文学》2008 年第 2 期。

和孤独感，抒发了对和谐的“我”—“你”、“我”—“他”关系的救赎力的信仰，以及对以互爱与关怀为核心的新伦理的企盼。

孤独是当代人无法回避的一大社会问题。新弗洛伊德主义的理论家弗洛姆在考察了人类爱的本能与孤独这一社会问题的历史根源后指出，资本主义经济与社会制度造成现代人与自身、与他人、与自然之间的联系被异化，人与人之间的关系在本质上是陌生的，像一群可以自由行动的机器，人丧失了爱的能力，形成西方社会爱的缺失的普遍现状。弗洛姆还描述了商品社会对人类爱的能力的侵蚀：由于爱已经蜕变成商品关系，人们把市场上的交换原则带到爱之中，使它打上了资本主义经济关系的烙印。在对人的异化、爱的异化现象进行批判的同时，弗洛姆赋予爱以救赎的力量，他提出“人类永恒的爱”这一目标，认为爱作为人类最基本的欲望，不仅与个体的人格紧密相连，还是把人类、种族、社会与家庭维系在一起的力量，因此互爱互助是现代人摆脱孤独感和解决各种危机的最基本途径。①弗洛姆把困扰当代社会的孤独症归结为资本主义经济和社会制度带来的爱的缺失的社会症候，有深刻的道理。库切的晚期创作与弗洛姆的思想之间产生了共鸣：科技的发展、物质的极大丰富没有消除人的孤独感，相反，在消费主义狂潮与极端利己主义思想的左右夹击下，社会道德底线不断放开，传统的伦理观、价值观被冲击得体无完肤，孤独症作为一种社会症候，反而空前加剧。库切的小说不仅道出了当代西方社会的各种病象，而且把道德/德性这一长期被冷落的话题重新置放于读者的视域之内，尝试性地建构互爱互助的新伦理，这在当下的时代氛围里具有重要的意义。

## 二、加速当代西方社会道德状况恶化的三种伦理观

《慢人》《凶年纪事》中存在几种对立的伦理观：社会丛林伦理、功利

① 埃利希·弗洛姆:《爱的艺术》，亦非译，京华出版社 2006 年版，第 17~18、94 页。

主义伦理、无节制的消费主义伦理与体现人性价值的新伦理。社会丛林伦理把经济领域的竞争放大到生活的各个角落，视人类社会为一个巨大的丛林或角斗场，生活就是一场人与人之间的生死博弈。这一理论的源头可追溯至19世纪下半叶兴起的社会达尔文主义思潮，20世纪资本主义经济的蓬勃发展带动了此伦理的扩张。《凶年纪事》写道："世界就是丛林（这是一个发散性的隐喻），丛林里所有物种都在为自己的生存空间和生存资源与别的物种展开斗争。"（79）"一旦放下武器，你就会被（对手）杀死。"（119）以"生命攸关的竞争对手"来界定自我与他人的关系，爱与互信成为遥不可及的奢侈品。此伦理纵容了恶恶相向的生存逻辑，激化了当代社会本就存在的孤独感。而打着社会丛林旗帜进行的各种有违伦理道德的动作则有了堂而皇之的依据。社会丛林伦理在《凶年纪事》中占据了显著的位置，它不仅作为J. C. 批判的靶子多次出现在小说的批评文集部分，而且由于故事部分为数不多的人物之一艾伦的精彩出场而成为贯穿小说的主要伦理之一。艾伦是此伦理的忠实粉丝。物质利益至上的他无视道德廉耻，在J. C. 的电脑里安插木马程序图谋窃取对方的财产，"仿佛这老人是一艘来自西印度群岛满载黄金的西班牙商船，眼看就要往深海里沉下去了，倘若他艾伦不跳下去抢救，那些财富就永远没有"（51）。事情败露后他毫无悔意，反而理直气壮地为自己辩护。社会丛林伦理滋生了漠视道德的心态，损人利己似乎是生存所迫，不再是应该引以为耻的事情；它还造成人人自危的社会氛围，在生存竞争的巨大压力面前，人与人之间哪里还谈得上爱与信任。库切没有对艾伦进行直接的批评，而是让这个人物自说自话，充分暴露丛林论者的思维与逻辑，达到不言自明的效果。

加速了当代西方社会道德状况恶化的还有功利主义伦理观与无节制的消费主义伦理观。《凶年纪事》的批评文集部分用马基雅维利主义指代为达目的不择手段的政治权术理论，并对此冷嘲热讽：

> 马基雅维利说，……为了把握权力，你不仅要掌握欺诈和背信弃义的窍门，还要准备好在必要的时候使上这些招数。

> 必要的，必要性，是马基雅维利的基本原则。……马基雅维利主义者的立场是：必要时，违反道德准则是正当的。
>
> 于是，这就开辟了现代政治文化的二元论天地，这种论点也同时支持绝对与相对的价值标准。现代国家把道德、宗教和自然法则作为它存在的意识形态基础。同时，它又随时准备为了自身利益而违反任何一种准则或是所有的准则。
>
> ……
>
> 马基雅维利主义也是现代政治的精髓之义，已被大众彻底吸取的精义：这个世界是受必要性统治的，而不是某种抽象的道德法则所统治。我们别无他法，只能如此。（17~18）

文本对马基雅维利主义的批判牢牢地锁定在它对道德体系的腐蚀上。由“必要性”派生出的各种“合理”的论断在现实社会里演化为相对主义的善恶观，利己主义的人性观和功利主义的处世观。正像文本所描述的，上至国家元首，中至商人、律师等社会中坚力量，下至市井小民，无不在极端利己文化和利益驱动的原则下肆意背离道德准则而毫不愧疚。批评文集部分在对欧美国家元首的马基雅维利式的政治权术进行了辛辣讽刺后，把批评指向功利主义伦理在当代社会生活各个层面的延伸，如在这种思想的作用下，正式道歉变成既能占据道德制高点又不会失去物质实利的手段，一语道出了它对当今文化的可怕影响：利益驱动掏空了真诚的内涵。其实，在《慢人》中，库切的上述思想就已显露。保罗被年轻人韦恩驾驶的汽车撞伤，韦恩到医院给保罗道歉，然而此人说出的每一句话都在小心翼翼地推诿塞责。小说从保罗的视角揣测韦恩的父亲已经事先教导过韦恩：“对那个老家伙要恭恭敬敬，对他说你很难过，但是绝不要承认你犯过任何错误。”（20）比《慢人》晚两年出版的《凶年纪事》强化了《慢人》对功利主义伦理的审视，把它和社会丛林伦理、无节制的消费主义伦理并行起来，透析它们如何造成了道德的萎缩，形成冷漠、防御过度的畸形社会关系。

消费不仅是人类存在的基本方式之一，同时也是一种伦理现象。弗洛姆认为，现代资本主义社会是一个消费异化的社会，人与消费品之间失去了真实、本质的联系，消费成为目的而非理性的目标，人们在异化消费中失去本真。库切聚焦过度消费和异化消费的现象，特别是“时尚”“性感”等价值符号如何误导了女性的消费观，用戏剧性的表现手法把弗洛姆的异化消费理论还原为社会现实。《慢人》中女护工玛丽亚娜的二女儿布兰卡，由于琳琅满目的商品的诱惑而在商店内行窃，是主体受到消费的控制的一个极端例子。《凶年纪事》中的安雅也是一个购物狂，她的鞋子数量多得令人咂舌。小说突出了消费时代身体的性别属性与商品属性，女性的身体往往成为交换法则下的商品或男性用来彰显身份、地位、财富和权力的符号。安雅的拜金主义男友艾伦毫不吝惜用在安雅身上的花费，在他看来，女性伴侣的性感美丽表征了男性拥有者的身份与财富，既可以炫耀，也可以用来交易获利。艾伦企图唆使安雅利用美色接近 J. C.，以盗取对方的财产。在库切的笔下，消费主义更多地表现为一种负价值，而要走出消费异化的伦理困境，必须抛弃无限度的物质消费主义伦理，学会用真实的需要（情感的需要）代替虚假需要（物的崇拜），谋求自主性的、讲求责任与关怀的新伦理。

## 三、人际关怀的新伦理

《凶年纪事》的新伦理走出了社会丛林伦理、功利主义伦理和消费主义伦理造就的扭曲、异化的生活方式，把当代西方社会的救赎希望置放在以互爱与关怀为核心的和谐伦理重建上。其实，早在反映种族隔离制度被废除前的南非境况的小说《铁器时代》中，库切就通过主人公科伦太太的中心意识，尝试性地展望了人际交往的新伦理。然而，种族隔离制度废除后，南非没有出现库切企盼的种族融合的新面貌。美好企盼的落空产生了巨大的心理落差，小说《耻》不仅反映了这一时期库切眼中南非混乱无序的状况，也传递了作者的幻灭感。直到脱离了南非语境，在一个后工业社会、消费社会的全新话语语境里，对新伦理的思索与探讨又回到作者的视野中。在令人耳目一新的形式外衣下，库切近作围绕爱、责任与关怀、爱的道德诉求与理性诉求等议题展开。

《慢人》中的退休摄影师保罗爱上了自己的护工玛丽亚娜，因为感情得不到对方的回应而苦恼。玛丽亚娜的长子德拉格私自用电脑修改了保罗极为珍视的历史照片，保罗大为恼火，前往玛丽亚娜家理论。面对玛丽亚娜一家为他精心制作的残疾人专用自行车，保罗被感动了。虽然自行车对他并无实际用处，很可能会被放在储藏室里落满灰尘，然而作为玛丽亚娜一家人共同参与制作、凝结了他们诚意的信物，它还是赢得了保罗的心。韦恩的汽车与玛丽亚娜一家制作的自行车构成了一对互为映照的能指：汽车来自于大规模机器生产的流水作业线，象征了工业生产的标准化与机械化。它缺乏“人性”的内涵，推崇速度与力量，极有可能酿成惨剧，就像韦恩撞伤保罗，致使后者残疾所显示的那样；而行驶起来歪歪扭扭的专用自行车承载了个体的心思与劳动，传递了伦理关怀。在爱、被爱、如何爱等一系列情节的推动下，保罗与玛丽亚娜一家终于在小说结尾处尽释前嫌，消解了彼此的心结。小说的场景设置（澳大利亚，移民国家）、人物设置（保罗是来自法国的老移民，玛丽亚娜一家是来自克罗地亚的新移民）、情节设置（事件的发展走向）无不彰显了这部小说对“我—他”关系叙事的新尝试。这一次，由于把故事置放在一个开放的、后现代多元文化的语境里，为基于个体间善意与关怀的人际交往新伦理预留了充足的实现空间。文本让保罗用“道德溃败”一词来反思他去玛丽亚娜家的初衷，既显示了人物思想的转变，又突出了库切对道德、对在当下语境如何扭转“我—他”关系的思考。对立与对抗无助于问题的解决，而真诚与善意则会化解矛盾隔阂，从根本上改善我与他人的关系。

库切后期的创作表明互信互爱能够满足人的情感渴求，呼应了弗洛姆的理论。《凶年纪事》如此描述人类对爱的锥心渴望：“爱，如此心向往之。”（174）在一个社会丛林论主导的功利的消费社会里，人类对爱的需求尤其强烈，人与人之间的情谊也就越发珍贵。小说的故事部分通过安雅与 J. C. 的互动，构建了一个温暖的、倡导关怀与责任意识的新伦理。安雅虽然受到异化消费观的误导，却没有丧失基本的道德判断，与 J. C. 的交往唤醒了她的道德直觉，激起她关爱他人的天性与责任意识。在德性与物质主义的博弈中，安雅听从内心的感召，放弃艾伦提供的优越的物质生活和不良的消费理念，准备开启全新的生活。在故事的结尾处，安雅不忘替 J. C. 着想，拜托公寓的管理人照应孤独的老人，并承诺在他临终前守护他，以便他能够安详地离开这个世界。库切不仅赋予了安雅美丽的外表，还用她表征了爱的温暖气息。也是在安雅的影响下，在火药味浓厚的“危言”之后，J. C. 完成了更有生活气息、更有人情味儿的“随札”（以上两部分都属于批评文集），从而与故事部分的道德转向、生活转向更好地应和起来。可以说，《凶年纪事》虽然不乏文笔犀利冷峻之处，却是库切迄今为止最为温暖的一部小说。而这与库切对现实主义传统、对经典的反思是极为相关的。

## 四、结语

在《凶年纪事》的结尾处，库切通过人物 J. C. 反思了自己的创作，并对现实主义经典小说发出由衷的赞美：

> 年轻时我未曾允许自己怀疑这一点：只有让自己摆脱大众趣味，并对大众持批判眼光，才有可能创造出真正的艺术。因而我所创造的艺术多少都属于这类表达，甚至以脱离大众为荣。但是，这种艺术最终会什么样呢？诚如俄罗斯人所说，没有伟大心灵的艺术，未能去赞美生活的艺术，就是缺乏爱的艺术。（170）

伟大的艺术应该是传播爱的艺术，是凭借“它们人们可以重塑人性的信念，坚信那些贯穿人性的故事会延续下去”（170）的故事。正是在这一点上库切对自己以往的创作进行了深度反思，库切对现实主义经典的赞美最终落脚到“爱”与“信念”的伦理关怀之上。

然而，库切对现实主义经典的态度改观并没有令他扭转一贯秉承的实验路线，在写作手法上来个乾坤大挪移。无论是《慢人》《凶年纪事》，还是最新出版的自传体小说《夏日》，都把实验精神贯穿到底。在小说创作手法上库切可谓依然故我，没有倒退回现实主义的文学传统。库切创作的价值取向可以从《凶年纪事》对托尔斯泰晚期创作的评价中管窥一二。由于《战争与和平》在写实性方面达到了顶峰，批评界长期以来认为之后托尔斯泰的作品力不如前，步入了漫长的衰退期。J. C. 并不这么看：“此时的托尔斯泰一定认为，自己远非衰退，而是摆脱了从前像是禁锢他的诸般镣铐，使他能够真正直面自己的灵魂问题：该怎么活。”（193）其实，引文的观点与其说是托尔斯泰的，不如说是库切本人的认识。托尔斯泰是否这样思考无从考证，文本的推断恰好印证了“该怎么活”这个议题对于库切本人的意义。因此，库切对现实主义经典的修好之辞不能片面地解读为作家对后现代思潮的背弃或是对现实主义的迎合，而应视为库切在充分吸收了后现代艺术与思想精华之后的伦理审思，反映了作家回归道德、回归生活的创作意向，以及用爱、关怀和责任意识建构和谐新伦理的乌托邦想象。笔者大胆预言，如果库切还有新作问世，对此的探索依然会是他作品的叙事主线之一。

# 参考文献

## 英文参考文献

[1] Alexander, Jeffery C. *Cultural Trauma and Collective Identity* [M]. Berkeley: University of California Press, 2004.

[2] Attridge, Derek. *J. M. Coetzee and the Ethics of Reading: Literature in the Event* [M]. Chicago: University of Chicago Press, 2004.

[3] Attwell, David. J. M. Coetzee: *South Africa and the Politics of Writing* [M]. Berkeley: University of California Press, 1993.

[4] ———. "Afterword" [A] // Graham Huggan and Stephen Watson. *Critical Perspectives on J. M. Coetzee*. New York: Macmillan Press, 1996.

[5] Barra, Allen. Coetzee Does Coetzee (Sort of) [J]. *Village Voice*, 25 Dec. 2007.

[6] Begam, Richard. An Interview with J. M. Coetzee, conducted by Richard Begam [J]. *Contemporary Literature* 1992, Vol. 33, Issue 3: 419–431.

[7] Bethlehem, Louise. Elizabeth Costello as Post-Apartheid Text [A] // Elleke Boehmer, Katy Iddiols and Robert Eaglestone. *J. M. Coetzee*

*in Context and Theory*. New York：Continuum International Publishing Group，2009.

[8] Booth，Wayne C. *The Rhetoric of Fiction* [M]. Chicago：University of Chicago Press，1961.

[9] Briganti，Chiara. A Bored Spinster with a Locked Diary：The Politics of Hysteria in *In the Heart of the Country* [J]，*Research in African Literature* 1994，Vol. 25，Issue 4：33–49.

[10] Brink，Andre. Post-Apartheid Literature：A Personal View [A] // Elleke Boehmer，Katy Iddiols and Robert Eaglestone. *J. M. Coetzee in Context and Theory*. New York：Continuum International Publishing Group，2009.

[11] Caruth，Cathy. *Unclaimed Experience：Trauma，Narrative，History* [M]. Baltimore，Johns Hopkins University Press，1996.

[12] Coetzee，J. M. *Waiting for the Barbarians* [M]. London：Penguin Group，1980.

[13] ———. The Novel Today [J]. *Upstream* 1988，Vol. 6，Issue 1：3–4.

[14] ———. *Age of Iron* [M]. New York：Random House，1990.

[15] ———. *Doubling the Point：Essays and Interviews* [M]. ed. David Attwell. Cambridge，Harvard University Press，1992.

[16] ———. *Giving Offense：Essays on Censorship* [M]. Chicago：The University of Chicago Press，1996.

[17] ———. *Strange Shores：Literary Essays* 1986–1999 [M]. New York：Viking Penguin，2001.

[18] ———. *Elizabeth Costello* [M]. New York：Penguin Group，2003.

[19] ———. *Dairy of a Bad Year* [M]. London：Harvill Secker，2007.

[20] ———. *Summertime：Scenes from Provincial Life* [M]. London：Harvill Secker，2009.

[21] Colleran，Jeanne. Position Papers：Reading J. M. Coetzee's Fiction

and Criticism [ J ]. *Contemporary Literature* 1994, Vol. 35, Issue 3: 578–592.

[ 22 ] Davis, Lennard. *The Disability Studies Reader* [ M ]. London: Routledge, 2006.

[ 23 ] Derrida, Jacques. *Of Grammatology* [ M ]. trans. Gayatri C. Spivak. Baltimore: Johns Hopkins University Press, 1974.

[ 24 ] Eakin, John Paul. *Touching the World: Reference in Autobiography* [ M ]. Princeton: Princeton University Press, 1992.

[ 25 ] Eby, Carl P. *Hemingway's Fetishism: Psychoanalysis and the Mirror of Manhood* [ M ]. Albany: State University of New York Press, 1999.

[ 26 ] Eckstein, Barbara. The Body, the Word, the State: J. M. Coetzee's *Waiting for the Barbarians* [ J ]. *Novel: A Forum on Fiction* 1989, Vol. 22, Issue 2: 175–198.

[ 27 ] Foucault, Michel. *The Archaeology of Knowledge* [ M ]. trans. A. M. Sheridan Smith. Pantheon, 1972.

[ 28 ] Gallagher, Susan Vanzanten. *A Story of South Africa: J. M. Coetzee's Fiction in Context* [ M ]. Cambridge: Harvard University Press, 1991.

[ 29 ] Gary, Adelman. Stalking Stavrogin. J. M. Coetzee's The Master of Petersburg and the Writing of The Possessed [ J ]. *Journal of Modern Literature* Winter 1999–2000: 351–357.

[ 30 ] Gordimer, Nadine. The Idea of Gardening [ N ]. *New York Review of Books* Feb. 2, 1984: 3–6.

[ 31 ] Graham, Lucy Valerie. Reading the Unspeakable: Rape in J. M. Coetzee's *Disgrace* [ J ]. *Journal of Southern African Studies* 2003, Vol. 29, Issue 2: 433–444.

[ 32 ] Hutcheon, Linda. *A Poetics of Postmodernism* [ M ]. London: Routledge, 1988.

[ 33 ] Irigary, Luce. *This Sex Which is Not One* [ M ]. New York: Cornell

University Press，1985.

[34] Jelinek，Hena Maes. Ambivalent Clio：J. M. Coetzee's *In the Heart of the Country* and Wilson Harris's *Carnival* [J]. *Journal of Commonwealth Literature* 1987，Vol. 22，Issue 1：87–98.

[35] Jenner，Mark. Body，Image，Text in Early Modern Europe [J]. *Social History of Medicine* 1999，Vol. 12，Issue 1：143–154.

[36] Jolly，Rosemary. Writing Desire Responsibly. [A] // Elleke Boehmer & Robert Eaglestone. *J. M. Coetzee in Context and Theory*. London，New York：Continuum International Publishing Group，2009.

[37] Kindt，Tom and Tilmann Koppe，Unreliable Narration with a Narrator or without [J]. *Journal of Literary Theory* 2011，Vol. 5. Issue 1：81–93.

[38] Laplanche，J. *The Language of Psychoanalysis* [M]. trans. Donald Nichoson Smith. New York：W. W. Norton & Company，1973.

[39] Luckhurst，Roger. *The Trauma Question* [M]. London：Routledge，2008.

[40] Macarthur，Kathleen Laura. *The Things We Carried：Trauma and Aesthetic* in *Contemporary American Fiction* [D]. Columbia College of Arts and Sciences of the George Washington University，2005.

[41] Macaskill，Brian and Jeanne Colleran. Reading History，Writing Heresy：The Resistance of Representation and the Representation of Resistance in J. M. Coetzee's "*Foe*" [J]. *Contemporary Literature* 1992，Vol. 33. Issue 3：432–457.

[42] Mossman，Mark. *Disability*，*Representation and the Body in Irish Writing 1800–1922* [M]. New York：Palgrave Macmillan，2009.

[43] Nunning，Ansgar. Reconceptualizing the Theory，History and Generic Scope of Unreliable Narration：Towards a Synthesis of Cognitive and Rhetorical Approaches [A] // James Phelan and Peter J. Rabinowitz. *A Companion to Narrative Theory*. Oxford：Blackwell，2005.

[44] Parry, Betina. Speech and Silence in the Fictions of J. M. Coetzee [A] // Derek Attridge, Rosemary Jolly. *Writing South Africa: Literature, Apartheid and Democracy, 1970–1995*. Cambridge: Cambridge University Press, 1998: 149–165.

[45] Penner, Dick. *Countries of the Mind: The Fiction of J. M. Coetzee* [M]. Westport: Greenwood, 1989.

[46] Phelan, James. *Narrative as Rhetoric* [M]. Columbus: Ohio State University Press, 1996.

[47] ———. Estranging Unreliability, Bonding Unreliability, and the Ethics of Lolita [J]. *Narrative* 2007, Vol. 15, Issue 2: 222–238.

[48] Probyn, Fiona. J. M. Coetzee: Writing with/out Authority [J]. *Jouvert: A Journal of Postcolonial Studies* 2002, Vol. 7, Issue 1. http://english.chass.ncsu.edu/jouvert/v7is1/probyn.htm.

[49] Quayson, Ato. *Aesthetic Nervousness: Disability and the Crisis of Representation* [M]. New York: Columbia University Press, 2007.

[50] Richardson, Brian. Narrative Poetics and Postmodern Transgression: Theorizing the Collapse of Time, Voice, and Frame [J]. *Narrative* 2000, Vol. 8, Issue 1: 23–42.

[51] ———. *Unnatural Voices: Extreme Narration in Modern and Contemporary Fiction* [M]. Columbus: The Ohio State University Press, 2006.

[52] Scott, Joanna. Voice and Trajectory: An interview with J. M. Coetzee [J]. *Salmagundi* 1997, 114/115: 82–102.

[53] Smith, Dannis. *Zygmunt Bauman: Prophet of Postmodernity* [M]. Cambridge: Polity Press, 1999.

[54] Spivak, Gayatri Chakravorty. Theory in the Margin: Coetzee's Foe Reading Defoe's Crusoe/Roxana [J]. *English in Africa* 1990, Vol. 17, Issue 2: 1–23.

[55] Snyder, Sharon & David Mitchell. *Narrative Prosthesis: Disability & the Dependencies of Discourse* [M]. Ann Arbor: University of Michigan Press, 2000.

[56] Strauss, Peter. Coetzee's Idylls. The Ending of In the Heart of the Country [A] // M. J. Daymon, J. U. Jacobs, and Margaret Lenta. *Momentum: On Recent South African Writing*. Pietermaritzburg: University of Natal Press, 1984: 121–128.

[57] Sharon L. Snyder, Brueggemann, and Rosemarie Garland Thomson. *Disability Studies: Enabling the Humanities* [M]. New York: MLA, 2002.

[58] Todd, Jane Marie. *Autobiography in Freud and Derrida* [M]. New York: Garland Pub, 1990.

[59] Yacobi, Tamar. Authorial Rhetoric, Narratorial (Un) reliability and Divergent Readings: Tolstoy's Kreutzer Sonata [A] // James Phelan and Peter J. Rabinowitz. *A Companion to Narrative Theory*. Oxford: Blackwell, 2005.

## 中文参考文献

[1] 米哈伊尔・巴赫金. 陀思妥耶夫斯基诗学问题 [M]. 刘虎译. 北京: 中央编译出版社, 2010.

[2] 艾勒克・博埃默. 殖民与后殖民文学 [M]. 盛宁, 韩敏中, 译. 沈阳: 辽宁教育出版社, 1998.

[3] 柏拉图. 斐多篇 [M] // 柏拉图. 柏拉图全集. 北京: 人民出版社, 2002.

[4] 陈俊松. 栖居于历史的含混处——E. L. 多科特罗访谈录 [J]. 外国文学, 2009 (4): 86–91.

[5] 陈彦旭. 隐喻、性别与种族——残疾文学研究的最新动向 [J]. 外国文学动态, 2010 (6): 56–57.

［6］段枫．历史的竞争者——库切对传统现实主义的继承与超越［J］．当代外国文学，2006（3）：28–36.

［7］雅克·德里克．书写与差异［M］．张宁，译．北京：生活·读书·新知三联书店，2001.

［8］米歇尔·福柯．规训与惩罚［M］．刘北成，杨远婴，译．北京：生活·读书·新知三联书店，2012.

［9］米歇尔·福柯．疯癫与文明［M］．刘北成，等，译．北京：生活·读书·新知三联书店，1999.

［10］佛克马，等．二十世纪文学理论［M］．林书武，等，译．上海：上海三联书店，1998.

［11］埃里希·弗洛姆．健全的社会［M］．欧阳谦，译．北京：中国文联出版公司，1988.

［12］埃里希·弗洛姆．占有还是生存［M］．关山，译．北京：生活·读书·新知三联书店，1989.

［13］埃利希·弗洛姆．爱的艺术［M］．亦非，译．北京：京华出版社，2006.

［14］高文惠．后殖民文化语境中的库切［M］．北京：中国社会科学出版社，2008.

［15］高文惠．库切的自传观和自传写作［J］．外国文学评论，2009（2）：116–126.

［16］大卫·格里芬．后现代精神［M］．王成兵，译．北京：中央编译出版社，1998.

［17］何林军．身体的叙事逻辑［J］．理论与创作，2007（1）：14–17.

［18］海登·怀特．后现代历史叙事学［M］．陈永国，张万娟，译．北京：中国社会科学出版社，2003.

［19］斯图尔特·霍尔．表征［M］．徐亮，等，译．北京：商务印书馆，2003.

［20］姜礼福．以“他传”的自作写作方式探究自我真相——库切新作《夏日》评介［J］．外国文学动态，2010（1）：29–30.

［21］丹尼·卡瓦拉罗．文化理论关键词［M］．张卫东，等，译．南京：江苏人

民出版社，2006.

［22］J.M. 库切 . 迈克尔的生活和时代［M］. 邹海伦，译 . 杭州：浙江文艺出版社，2004.

［23］J.M. 库切 . 伊丽莎白・科斯特勒：八堂课［M］. 北塔，译 . 杭州：浙江文艺出版社，2004.

［24］J.M. 库切 . 青春［M］. 王家湘，译 . 杭州：浙江文艺出版社，2004.

［25］J.M. 库切 . 男孩［M］. 文敏，译 . 杭州：浙江文艺出版社，2006.

［26］J.M. 库切 . 慢人［M］. 邹海伦，译 . 杭州：浙江文艺出版社，2006.

［27］J.M. 库切 . 内陆深处［M］. 文敏，译 . 杭州：浙江文艺出版社，2007.

［28］J.M. 库切 . 福［M］. 王敬慧，译 . 杭州：浙江文艺出版社，2007.

［29］J.M. 库切 . 幽暗之地［M］. 郑云，译 . 杭州：浙江文艺出版社，2007.

［30］J.M. 库切 . 凶年纪事［M］. 文敏，译 . 杭州：浙江文艺出版社，2009.

［31］拉康 . 拉康选集［M］. 孝泉，译 . 上海：上海三联书店，2001.

［32］奥尔多・利奥波德 . 沙乡年鉴［M］. 侯文蕙，译 . 长春：吉林人民出版社，1997.

［33］刘江 . 自传不可靠叙述：类别模式与文本标识［J］. 外国文学，2012（1）：117–125.

［34］刘文良 . 生态批评的后现代特征［J］. 文学评论，2010（4）：81–86.

［35］刘文良 . 生态话语审美化：生态批评的诗意之维［J］. 北方论丛，2008（2）：23–26.

［36］柳晓 . 梯姆・奥布莱恩九十年代后创作评析［J］. 外国文学，2009（5）：68–74.

［37］波林・罗斯诺 . 后现代主义与社会科学［M］. 张国清，译 . 上海：上海译文出版社，1998.

［38］华莱・马丁 . 当代叙事学［M］. 吴晓明，译 . 北京：北京大学出版社，1990.

［39］爱德华・W. 萨义德 . 知识分子论［M］. 单德兴，译 . 北京：生活・读书・新知三联书店，2002.

[40] 申丹，韩加明，王丽亚 . 英美小说叙事理论研究 [M]. 北京：北京大学出版社，2005.

[41] 阿尔伯特・施韦泽 . 敬畏生命 [M]. 陈泽环，译 . 上海：上海社会科学院出版社，1992.

[42] 约翰・斯道雷 . 文化理论与通俗文化导论 [M]. 杨竹山，等，译 . 南京：南京大学出版社，2001.

[43] 汪民安 . 后现代的哲学话语 [J]，外国文学，2001 (1)：53–59.

[44] 王旭峰 . 库切与自由主义 [J]. 外国文学评论，2009 (2)：105–115.

[45] 王晓侠 . 从新小说到新自传 [J]. 国外文学，2010 (1)：43–49.

[46] 雷蒙・威廉斯 . 文化与社会：1780—1950 [M]. 高晓玲，译 . 长春：吉林出版集团有限责任公司，2011.

[47] 肖恩・维斯尼，伊恩・霍德 . 身体 [M]. 贾俐，译 . 北京：华夏出版社，2006.

[48] 吴景明 . 生态文学的伦理文化诉求 [J]. 当代文坛，2009 (4)：20–23.

[49] 彼得・辛格 . 动物解放 [M]. 祖述宪，译 . 青岛：青岛出版社，2004.

[50] 杨通进 . 环境伦理：全球话语，中国视野 [M]. 重庆：重庆出版社，2007.

[51] 叶平 . 关于莱奥波尔德及其“大地伦理”研究[J]. 道德与文明，1992(6)：31–33.

[52] 赵冬梅 . 弗洛伊德和荣格对心理创伤的理解[J]. 南京师大学报(社科版)，2009 (6)：93–97.

[53] 赵毅衡 . 身份与文本身份，自我与符号自我[J]. 外国文学评论，2010(2)：5–17.

[54] 赵一凡，张中载，李德恩 . 西方文论关键词 [M]. 北京：外语教学与研究出版社，2006.

[55] 詹明信 . 晚期资本主义的文化逻辑 [M]. 陈清桥，等，译 . 北京：生活•读书・新知三联书店，1997.

# 索　引

## M



## N



## R



## S



## T



## W



## X



## Y



## Z

# 后　记

《库切作品与后现代文化景观》的写作始于 2010 年初，2012 年获教育部哲学社会科学研究后期资助项目立项，几经修改，终于完稿。现在看来，书中仍有一些不尽如人意之处。写作是遗憾的艺术，批评大约也是如此吧。笔者衷心希望能对现有的库切研究形成一些有益的补充。书中不当之处敬请读者指正批评。

写这本书的几年，欣喜与焦虑时常相伴而来。过程虽然艰辛，却也磨练了心境，算是一种意外收获。

感谢北京外国语大学英语学院的老师们，特别是我的导师马海良先生，他们渊博的知识与深厚的学养令我受益匪浅。感谢我的家人的支持与理解。谨以此书献给他们。

邵凌

2015 年 7 月于北京